Jasmin Adam

Felsenmond

Fünf Mädchen im Jemen

cbj

DIE AUTORIN

Jasmin Adam zog es nach dem Studium der Anglistik und Islamwissenschaft weit in die Welt hinaus: Mehr als 10 Jahre lebte sie mit Mann und vier Kindern im Nahen Osten und auf der Arabischen Halbinsel, wo sie mit verschiedenen NGOs in der Entwicklungszusammenarbeit tätig war und einen Schatz an Erfahrungen sammeln konnte. Seit 2010 wohnt Jasmin Adam wieder in einem Dorf nahe Freiburg. Dort widmet sie sich in ihrer Freizeit mit Begeisterung dem kreativen Bearbeiten ihrer schillernden Eindrücke. »Felsenmond« ist ihr erster Roman.

Jasmin Adam

Felsenmond

FÜNF MÄDCHEN IM JEMEN

cbj

cbj

Kinder- und Jugendbuchverlag
in der Verlagsgruppe Random House

FSC www.fsc.org
MIX
Papier aus verantwortungsvollen Quellen
FSC® C014496

Verlagsgruppe Random House FSC® N001967
Das für dieses Buch verwendete FSC®-zertifizierte Papier
Salzer Alpin wird produziert von UPM, Schongau
und geliefert von Salzer Papier, St. Pölten, Austria.

2. Auflage 2015
Originalausgabe Oktober 2015

Umschlaggestaltung: Formlabor, Hamburg
unter Verwendung eines Fotos von © plainpicture/Mohamad Itani
Lektorat: Christina Neiske
MP · Herstellung: ReD
Satz: Buch-Werkstatt GmbH, Bad Aibling
Druck: GGP Media GmbH, Pößneck
ISBN 978-3-570-40302-0
Printed in Germany

www.cbj-verlag.de

Mondsüchtig

Hast du den Mond gesehen?
Er scheint so seltsam nah.
Als könnt ich zu ihm gehen,
als wär ich fast schon da.

Spürst du den Zauber nicht,
in dieser stillen Nacht?
Mondschein im Angesicht,
ringsher der Sterne Pracht.

Die Luft ist süß und mild
und schmeckt nach Sommertraum,
das Dunkel wie ein Schild,
gibt den Gedanken Raum.

Als ob sie Flügel hat,
schwebt meine Seele fort,
ist weder müd noch matt,
schwingt sich von Ort zu Ort.

Ach, blieb die Zeit doch stehen!
Sonne, was brauch ich dein?
Kann ich den Mond nur sehen,
bin ich nicht mehr allein.

1. Kaktusfeigen

»Latifa! Latifa, komm! Schnell!« Die grelle Stimme ihres Bruders riss Latifa aus ihrer Versunkenheit. Seufzend löste sie ihre Augen vom Horizont und zwang ihre wild streunenden Gedanken in die Gegenwart zurück. Latifa konnte es sich selbst nicht erklären, aber immer wenn sie auf das Flachdach hinaustrat, wanderten ihre Blicke unwillkürlich zu dem einen markanten Felsen, der sich schroff von der Bergsilhouette am Horizont abhob. Als ob ein Zauber von dort ausginge und ihr irgendwann ein geheimes Zeichen geben müsse. Ein Zeichen nur für sie, das alles schlagartig verändern würde. Etwas Erhabenes, Unwiderrufliches, etwas, das sie aus der Eintönigkeit ihres Daseins herauszuholen vermochte. Latifa wusste selbst nicht, auf wen oder was sie wartete – sie wartete einfach. Meist unbewusst und selbstverständlich, manchmal bewusst und ungeduldig. Diese undefinierbare und doch alles bestimmende

Sehnsucht war ein untrennbarer Teil ihrer selbst, war ihr engster Vertrauter geworden.

»Latiiiifa!« Nur ein leichtes Zucken um ihre Mundwinkel verriet Latifas Unwillen, als das schlanke Mädchen ihr Wäschebündel mit einem geschickten Handgriff zusammenschnürte, den Gesichtsschleier gekonnt über die Nase hochzog und mit behänden Schritten die unebene Treppe vom Dach des Hauses hinuntersprang.

»Ich komme ja schon!«, antwortete sie und verschwand im Dunkel des Wohnturms, wo sie, aus dem grellen Licht der Mittagssonne kommend, zunächst nichts mehr sehen konnte. Aber das musste Latifa auch nicht, kannte sie doch jede der eigenwilligen Stufen, jeden Vorsprung der Lehmmauer, jeden herausragenden Balken selbst im Schlaf.

Unten empfing ihr jüngerer Bruder Ahmed sie mit strengem Gesicht. »Wo bist du bloß gewesen? Der Vater kommt gleich! Wir haben das Auto schon im Wadi gesehen, und die Mutter braucht dich, du musst doch noch die Hilbe zubereiten!« Zufrieden, eine Rüge ausgeteilt zu haben, wartete Ahmed keine Antwort ab, sondern zog sich in den Diwan zurück, wo er am Fenster sitzend ungeduldig die Ankunft des Vaters erwartete. Wie die meisten Jungen aus den Bergen war auch Ahmed klein und drahtig, seine glänzenden schwarzen Locken waren kurz geschnitten und seine sanften braunen Augen passten nicht so recht zu dem herrischen Auftreten, das er den Frauen der Familie gegenüber so gerne an den Tag legte. Doch der ganze Stolz des Vierzehnjährigen war der kleine schwarze Flaum, der sich seit Kurzem auf seiner Oberlippe zeigte. Seitdem fühlte er sich erst recht als der Mann im Haus, und Latifa musste oft insgeheim über den einen Kopf Kleineren lachen, wenn er sich ihr gegenüber mal wieder als Vormund aufspielte.

Sie hatte das Wäschebündel im Vorbeigehen in eine der kleinen Schlafkammern geworfen und trat jetzt, den Kopf duckend, durch eine niedrige Tür in die Küche des Hauses. Der Qualm des offenen Reisigfeuers war so stark, dass Latifa sofort die Tränen in die Augen schossen. Amina, ihre Mutter, war gerade damit beschäftigt, dünnflüssigen Hirseteig auf die flache Pfanne über dem Feuer zu gießen. Hirsepfannkuchen gab es fast täglich und sie waren frisch gegessen eine Köstlichkeit. Heute aber standen auch noch verschiedene andere Töpfe auf dem kleinen Gasbrenner, und das Pfeifen des Schnellkochtopfs verriet ebenso wie der Duft in der kleinen verrußten Küche, dass es sogar etwas Fleisch geben würde! Eines der schmächtigen Hühner, die sowieso fast nie Eier legten, hatte wohl daran glauben müssen.

»Latifa, endlich. Wo hast du nur gesteckt? Wir sind doch noch gar nicht fertig, Kind! Schnell, die Tomaten müssen gerieben werden, die Hilbe ist noch nicht geschlagen und dein Vater wird jeden Augenblick eintreffen!« Die Mutter zeigte mit hochgezogenen Augenbrauen auf die Tomaten, wischte sich mit dem Handrücken rasch den Schweiß von der Stirn und wandte sich dann gleich wieder dem Brot zu.

Latifas Vater kam stets nur an den Wochenenden nach Hause und dann musste alles perfekt sein. Er war ein angesehener Mann im Dorf, da er als stolzer Besitzer eines kleinen Geländewagens Lebensmittel, Menschen und Tiere vom Dorf in die Stadt transportierte und umgekehrt. Außerdem hatte der Vater einen Teil seiner Jugend in der Provinzhauptstadt bei Verwandten verbracht und dort sogar ein paar Jahre die Schule besucht. Weil er deshalb nicht nur eine ganze Reihe von Koransuren auswendig konnte, sondern auch ein wenig zu lesen und zu schreiben verstand, hatte man ihn im Dorf sogar zum Vorbeter erkoren.

Latifa hatte ihren Vater jedoch noch nie lesen oder schreiben gesehen. Was sie sah, war der strenge Blick, mit dem er die Mutter tadelte, wenn das Essen nicht rechtzeitig fertig wurde. Und was sie sah, war der Beutel voller Qat, den er ihr wortlos zuwarf, damit sie die Blätter gründlich reinigte, bevor er sie am Nachmittag in der Runde der Männer einzeln vom Stängel pflückte, zusammenrollte und in seine Backe schob, um sie dann stundenlang zu kauen, hin und wieder den bitteren grünen Speichel in einen der bereitstehenden Spucknäpfe spuckend – welche wiederum Latifa später am Abend zu reinigen hatte.

Die Woche über arbeitete der Vater als Taxifahrer in der Stadt, von wo aus er dann Donnerstagmittags mit voll beladenem Pick-up-Truck hupend ins Dorf zurückkam. Ungeduldig erwartet von einer bunten Horde kleiner Kinder, die aufgeregt um das Auto herumwuselten und mit großem Hallo die mit den Wocheneinkäufen nach Hause kommenden Väter begrüßten. Jede der kleinen Hände wollte helfen, etwas zu tragen, um irgendwie dem Reichtum nahe zu kommen, der in Säcken, Tüten und dreckigen Tüchern verpackt zwischen den Männern auf der Ladefläche gestapelt war. Nicht selten stellte jemand dann zu Hause fest, dass etwas, von dem er sicher war, es gekauft zu haben, sich einfach nicht mehr in der Tasche finden ließ. Und manchmal bekam eine der vielen Tüten plötzlich einen Riss, und im Nu hatten die kleinen schmutzigen Kinderhände die Bananen, Tomaten oder Gurken aus dem Staub gefischt und kleine nackte Füße waren triumphierend hinter dem nächsten Felsen verschwunden.

Felsen, die gab es wahrlich genug in Latifas Dorf. Wie ein Adlerhorst klebte es hoch oben an der Flanke eines der vielen schroffen Berggipfel, welche diese Gegend prägten. Ein trockener Wind fegte den Staub durch die schmalen Pfade zwischen den kleinen, aus roh behauenen Natursteinen gemauerten Häusern, aus deren windschiefen, aus alten Brettern oder flach gehämmerten, aneinandergenagelten Blechbüchsen zusammengezimmerten Türen Esel oder Schafe hinausblickten. Dieses Dorf war arm, genauso wie alle anderen Dörfer in der Umgebung auch. Jedes ohne Strom, ohne Wasser, ohne Laden, ohne Schule. Die ganze Woche über gab es hier nur Frauen, viele barfüßige kleine Kinder, ein paar alte Leute und nur ab und zu einen verlorenen Mann, der ohne Arbeit und Würde so unsichtbar war, dass es keinem Risiko gleichkam, ihn mit all den Frauen alleine zu lassen.

Wie die meisten anderen Frauen aus Sharqi war auch Latifas Mutter Amina schon in ebendiesem kleinen Adlerhorst aufgewachsen. Sie hatte als junges Mädchen Ziegen gehütet, Wasser in Kanistern aus dem Tal heraufgeschleppt, im Sommer mit einer Sichel das dürre Gras von den steilen Hängen geschnitten, trocknen lassen, zu Heuschnüren geflochten und nebenbei ihre vielen Geschwister versorgt. Nach ihrer frühen Heirat ging es geradeso weiter, mit dem kleinen Unterschied, dass sie nun nicht mehr im Elternhaus, sondern in dem der Schwiegereltern lebte. Und, worin die wesentliche Veränderung bestand, dass sie nun abends nach getaner Arbeit nicht mehr einfach müde auf die dünne Matratze sinken konnte, sondern ihrem Mann noch zur Verfügung zu stehen hatte. Damit dieser, wie es schon im Koran heißt, seinen Acker bestellen konnte.

Latifa war das dritte von acht Kindern. Ihre beiden älteren Schwestern waren mit Cousins aus einem Nachbardorf verheiratet und auch für sie hatte der Vater schon mehrfach

Heiratspläne geschmiedet. Bisher waren seine Pläne jedoch stets daran gescheitert, dass die Mutter dann immer gerade wieder schwanger gewesen war und auf Latifas Hilfe nicht verzichten konnte.

Mit flinken Händen nahm Latifa jetzt einen großen flachen Stein zwischen den Blechnäpfen und Schalen hervor, ging in die Hocke, spülte den Stein rasch mit etwas Wasser ab und begann dann geschickt, Tomaten, Knoblauchzehen, etwas Salz und ein Stück Chilischote mithilfe einer zweiten Steinwalze zu zerdrücken und miteinander zu vermengen. Das so entstandene Sahawiq, eine fruchtig-scharfe Tomatensoße, wurde in kleinen Mengen mit dem Reis und den in Sauermilch eingelegten Hirsepfannkuchen gegessen. Oder man tunkte einfach frisches Brot in die würzige Tomatensoße. Lecker!

Jetzt ertönte draußen das erwartete Hupen und Latifa vernahm zeitgleich ein Trappeln vieler kleiner nackter Füße. Sie lächelte. Ob der Vater diesmal wohl etwas Besonderes mitgebracht hatte? Zum Beispiel Trauben? Die Traubenzeit sollte doch allmählich begonnen haben! Latifa liebte es, diese kleinen grünen oder blauen Bällchen in den Mund zu schieben, sie dort zwischen Zunge und Gaumen genüsslich zu zerdrücken und ihren süßen Saft die Kehle hinunterrinnen zu lassen! Inzwischen hatte sie das Sahawiq in kleine Blechschüsseln gefüllt und war nun dabei, mit kräftigen Handbewegungen aus dem gequollenen Pulver der Bockshornkleesamen einen festen gelblichweißen Schaum zu schlagen. Dieser bittere Schaum, die Hilbe, würde dann zum Schluss auf die mit etwas Gemüse angereicherte Fleischbrühe gegeben und als letzter Gang mit Brot gegessen werden. Ohne Hilbe war eine Mahlzeit hier in den Bergen des Nordjemen undenkbar!

So, die letzten Handgriffe waren getan. Mutter und Tochter, die in ihren schwarzen, oben eng anliegenden und unten weiten Kleidern und der ebenso schwarzen Kopf- und Gesichtsverschleierung kaum voneinander zu unterscheiden waren, warteten in der Küche, während die Stimmen und das Gepolter im Treppenaufgang verrieten, dass der Vater Besuch mitgebracht hatte. Fragend schauten die Frauen einander an. Ob die Menge des vorbereiteten Essens für Gäste reichen würde?

Da kam auch schon Ahmed hereingestürmt, diesmal nicht als würdevolle Autorität, sondern ganz kindlicher Enthusiasmus: »Papa hat Onkel Hussein mitgebracht und Tante Fatima! Sausan und Hanna sind auch dabei, außerdem noch drei andere Männer und eine alte Frau. Und sie haben ganz viele große Taschen!« Ahmed strahlte und war schon wieder verschwunden, bevor Mutter oder Schwester noch etwas hätten fragen können.

»Oh Allah!«, stöhnte die Mutter besorgt, »woher sollte ich das nur wissen? Für so viele Leute reicht unser Essen doch nie! Latifa, du musst sofort zu Aischa hinüberlaufen und sie bitten, uns zu helfen! Nimm den Hinterausgang, damit dich keiner sieht! Und beeile dich! Yalla – mach schon!«

Latifa nickte und eilte davon. Die Freude ihres Bruders hatte sie angesteckt: Tante Fatima und die Cousinen! Wie lange war es schon her, seitdem sich die Verwandtschaft auf den beschwerlichen Weg in ihr Dorf gemacht hatte! Wahrscheinlich hatte sie ihre Cousinen das letzte Mal bei der Hochzeit ihrer Schwester gesehen, und die hatte inzwischen schon zwei Kinder! Wie Sausan und Hanna jetzt wohl aussahen? Und was sie für Kleider trugen? Ob sie sich noch immer so gut verstehen würden? Und wie lange sie zu bleiben gedachten? Ruckzuck hatte Latifa ihrer Freundin Aischa die Situation geschildert, die kurzerhand ihr eigenes Brot und ihren Topf Reis mitnahm und wiederum ihre Schwägerin losschickte, um noch mehr Nachbarsfrauen zu verständigen. So viel war klar: Heute würde das Haus aus allen Nähten platzen! Denn wenn auch alle Nachbarinnen bereitwillig kamen, um zu helfen, so kamen sie doch auch, um mitzuessen, zu bleiben und teilzuhaben an der Abwechslung, die ein Besuch aus der Stadt mit sich brachte.

Als Latifa gerade in die Küche zurückhuschen wollte, fing ihr Vater sie ab. Er grüßte kurz, hielt sie am Arm fest und musterte seine Tochter kritisch. Dann sagte er: »Geh und wasch dich, Latifa, du bist ja voller Ruß! Zieh dir etwas Sauberes an und begrüße dann deine Tante und die Frauen, sie warten schon im unteren Diwan auf dich. Und denk daran, dich ordentlich zu verschleiern, es sind fremde Männer im Haus!«

»Ja, Vater, natürlich! Aber die Mutter braucht mich erst noch in der Küche!«, entgegnete Latifa. Sie scheute sich, alleine zu den doch fast fremden Frauen zu gehen und dort die Rolle der Gastgeberin zu übernehmen.

Aber ihr Vater erwiderte unwirsch: »Du tust, was ich dir gesagt habe, verstanden?! Deine Mutter wird auch ohne dich zurechtkommen.«

Latifa nickte gehorsam. Sie lief die Treppe hoch zu der Kammer, welche sie sich mit ihren drei kleinsten Brüdern teilte. Schnell verriegelte sie die Tür, stellte sicher, dass der verschossene, einst blau geblümte Vorhang das kleine Fenster auch richtig bedeckte, und holte dann einen großen alten Mehlsack hervor, in dem ihre Kleider verstaut waren. Hastig leerte sie den gesamten Inhalt auf den Boden und begann nervös darin zu wühlen. Doch alle Kleider schienen ihr zu alt! Manche waren definitiv zu kurz oder zu eng, andere hatten Risse oder waren vom Kochen angesengt, hier oder da war der Reißverschluss kaputt. Latifa spürte, wie ihr Tränen der Wut in die Augen stiegen. Ihr Vater hatte gut reden! Was sollte sie denn nur anziehen? Jeder wusste, wie kritisch diese Frauen aus der Stadt waren! Konnte sie etwas dafür, dass sie keine angemessene Kleidung besaß? Schließlich stopfte sie trotzig das ganze Durcheinander wieder in den Sack zurück und tauschte nur ihr schwarzes Kopftuch gegen ein dunkelrotes mit Goldfäden aus. Dieses Tuch hatte sie zum letzten Opferfest vom Vater bekommen und seitdem geschont, es sah noch aus wie neu. Dann goss Latifa etwas Wasser aus einer Plastikflasche auf den Zipfel eines der herumliegenden Tücher, wusch sich damit schnell das Gesicht und befreite auch noch ihr schwarzes Kleid vom gröbsten Staub. Schließlich atmete sie tief durch, versuchte sich zu sammeln und ging langsam die Treppe hinunter zum Frauendiwan.

»Friede sei mit dir, meine Tochter. Bei Allah, wie bist du groß geworden! Wie geht es dir, mein Liebes?«, begrüßte Tante Fatima ihre Nichte und küsste Latifa überschwänglich auf beide Wangen und die Stirn, woraufhin diese der Älteren ehrerbietig die Knie küsste. Auch mit den anderen Frauen wurden Küsse getauscht und auf die stets gleiche Frage: »Wie geht es dir?« folgte die stets gleiche Antwort: »Al-hamdu li-llah! Allah sei gelobt!«

Latifa fühlte sich angesichts des Interesses, mit dem die älteren Frauen sie bedachten, unwohl. Wie viel lieber wäre sie der Mutter zu Hilfe geeilt oder hätte ihre Bekanntschaft mit den Cousinen erneuert! Als bald darauf einige Nachbarinnen auftauchten und sofort in eine rege Unterhaltung mit den Städterinnen verfielen, nutzte Latifa die Gelegenheit und gesellte sich zu den beiden Mädchen, die sie freudig in ihre Mitte nahmen.

»Latifa, wir haben uns so gefreut, dass wir mitkommen durften und dich endlich wiedersehen können! Aber der Weg hierher ist ja fürchterlich! Ich habe jetzt bestimmt lauter blaue Flecken!«, sagte Sausan, die Ältere der beiden, lächelnd, und ihre Schwester Hanna flüsterte theatralisch: »Mich hat Tante Mariam beinah zerquetscht, sie saß halb auf meinem Schoß, so eng war es im Auto!« Mit einem schiefen Seitenblick auf die besagte Frau fügte sie verschwörerisch hinzu: »Und die Gute wiegt bestimmt hundert Kilo!«

Latifa hielt sich die Hand vor den Mund, um sich ein Grinsen zu verkneifen. Sie wusste nicht recht, was sie denken sollte. Zwar besaß ihr Vater ein Auto, doch sie kannte den Weg in die Stadt nicht, denn er hatte sie noch nie mit dorthin genommen. Eine Frau aus dem Dorf hatte meistens nur dann eine Chance, in die Stadt zu kommen, wenn sie ins Krankenhaus musste, doch Latifa war bisher immer gesund gewesen. Konnte die Straße in die Stadt denn so schlimm sein? Außerdem verunsicherte Latifa der Ton, in dem Hanna über die fremde Frau sprach. Hatte man den Mädchen in der Stadt denn nicht beigebracht, Erwachsenen mit Respekt zu begegnen? Latifa musterte ihre Cousinen verstohlen von der Seite. Nachdem sie nun ihre schwarzen Gesichtsschleier abgelegt hatten, erschienen sie ihr noch fremder, ja kaum wiederzuerkennen! Und mit diesen Mädchen war sie, Latifa, verwandt? Ihre Haut schien so viel weißer, ihr Auftreten so viel erwachsener und selbstsicherer! Bei Sausan lugte unter dem Kopftuch sogar eine blondierte Haarsträhne hervor!

Bei ihrem letzten Besuch vor etwa drei Jahren waren sie gemeinsam noch ausgelassen draußen im Dorf herumgesprungen. Sie hatten erst mit den jungen Ziegen gespielt und dann mit langen Stangen, an deren Ende aufgeschnittene Blechdosen befestigt waren, Kaktusfeigen gepflückt, um sich hinterher lachend gegenseitig die Tausende von kleinen Stacheln aus den Fingern zu ziehen. Wie war das schön gewesen! Am Abend hatten sie zu dritt auf dem Dach unter den Sternen gesessen, sich die Hände und Füße mit Henna verziert und von ihren Träumen erzählt. Latifa seufzte leise. Jetzt erschienen die beiden so gepflegt, so fremd!

Als ob sie Latifas Gedanken lesen könne, stupste Sausan sie an und zwinkerte ihr zu. »Hey, Latifa«, fragte sie lächelnd, »können wir vielleicht nachher noch zusammen hinausgehen? Ich erinnere mich an einen bestimmten Felsvorsprung, auf den wir das letzte Mal geklettert sind. Wie gerne würde ich da noch einmal hin!«

»Natürlich!«, antwortete Latifa erleichtert. Vielleicht hatte sich zwischen ihnen ja doch nichts verändert. »Ihr bleibt doch über Nacht, oder?«

»Aber sicher! Heute Abend ist doch …«, fing Hanna an, aber Sausan fiel ihr ins Wort.

»Sollten wir nicht endlich deine Mutter begrüßen, Latifa? Sie freut sich doch sicher, wenn wir ihr helfen!«

In der kleinen Küche war es jedoch schon so voll, dass niemand mehr hineinpasste. Kurz erhaschte Latifa einen Blick auf ihre Mutter und erschrak. Warum hatte die Mutter geweint? Sicherlich gab es viel zu tun, aber das war bestimmt nicht der Grund für diese Tränen. Hatte der Vater wieder geschimpft? Sie hatte ihn gar nicht brüllen hören! Latifas Magen krampfte sich unwillkürlich zusammen. Was war nur los? Ob vielleicht Aischa Bescheid wusste? Aber vorerst war es Latifa nicht möglich, mit Aischa zu reden, da das Mittagessen nun begann.

Eine Stunde später waren alle hungrigen Mäuler gestopft. Erst die der Männer, die nun entspannt im obersten Raum des Hauses auf dem Teppich saßen, an bunte, mit Sägespänen gestopfte Kissen gelehnt und rundherum mit einer spektakulären Aussicht aus den fast auf den Boden reichenden Fenstern beschenkt. Doch ihr Interesse galt inzwischen nur noch den Bündeln grüner Qatstängel, die sie behutsam aus Plastiktüten oder Bananenblättern auspackten, fachmännisch beurteilten und hin und her tauschten, um sie dann schließlich innerhalb der nächsten Stunden allmählich in ihren immer praller werdenden Backen verschwinden zu lassen. Qat gehörte zum Leben dieser Männer ebenso wie die Jambiya, der reich verzierte, vor dem Bauch getragene Krummdolch. Latifa kannte keinen Mann, der sich dem gemeinschaftlichen Qatkauen entzog. Ablenkung, Entspannung, Anregung, was auch immer es war, das sie beim Kauen der Droge empfanden – es schien Männern wie ihrem Vater eine Menge Geld und Zeit wert zu sein.

Ahmed hatte beim Bedienen der Männer geholfen, denn die Frauen durften sich bei fremden Männern nicht blicken lassen. Sogar der Vater selbst war mehrfach aufgestanden und hatte seine Wünsche das Treppenhaus hinuntergerufen: »Wo bleibt das Fleisch? Bringt noch Brot! Auf, macht Tee!« Erst nachdem die vielen Schüsseln und Schalen abgeräumt worden waren und auch die auf dem Boden ausgebreitete Plastiktischdecke wieder verschwunden war, konnten sich die Frauen um das Essen der weiblichen Gäste kümmern. Hier gab es zwar nur noch wenige kleine Fleischreste, aber Reis, Brot und Hilbe waren dank der Nachbarinnen genügend vorhanden. Der kleine Raum, in dem die Frauen saßen, war inzwischen gerammelt voll. Teilweise hatten die älteren in der zweiten Reihe Platz genommen und mussten den Arm langmachen, um das in flachen Schalen auf der Mitte des Zimmerbodens verteilte Essen zu erreichen. Löffel gab es auch nicht genug, aber im Dorf aß man sowieso am liebsten mit der Hand. Latifa, ihre Mutter und Aischa nahmen fast gar nichts zu sich, zu sehr waren sie beschäftigt, dafür zu sorgen, dass kein Gast und auch keine der Nachbarinnen sich vernachlässigt fühlen konnte.

Da die kleineren Kinder sich auch zu den Frauen gesellt hatten, musste Latifa nach dem Essen rasch den kurzen Reisig-Handbesen holen, um die Brotreste und Reiskörner auf dem Teppich zusammenzufegen. Vor der Zimmertür warteten schon ungeduldig mauzend verschiedene dürre Katzen, und auch die Hühner würden sich über die Krümel freuen, die Latifa draußen einfach vor die Tür kippte.

Nun galt es noch, die Töpfe und Blechschüsseln wieder sauber zu schrubben, dann würden auch die Frauen es sich zusammen gemütlich machen. Die Männer waren ja schließlich versorgt.

Noch immer wusste Latifa nicht, weshalb ihre Mutter so bedrückt aussah. Sie war ihren fragenden Blicken stets ausgewichen, und selbst Aischa, die normalerweise nie um eine Antwort verlegen war, hatte auf Latifas Frage hin nur finster die Augenbrauen zusammengezogen und wild den Topf geschrubbt. Fast schien es Latifa, als ob die Frauen ihr lautes Geschnatter in der Küche immer unterbrachen, wenn sie hereinkam. Doch die Anwesenheit der Cousinen war eine solche Freude für sie, dass Latifa ihr Unbehagen schließlich verdrängte und sich ganz den beiden Schwestern widmete.

Die Nachbarinnen waren kurz nach Hause gegangen, um sich umzuziehen. Die Gäste aus der Stadt hatten inzwischen ihre dünnen schwarzen Baltos abgelegt und schillerten plötzlich in leuchtend bunten Kleidern. Nun konnte auch Latifa sich nicht mehr vor dem Umziehen drücken. Eben überlegte sie noch, ob sie sich vielleicht von Aischa etwas ausleihen könnte, da wurde das Problem der Kleiderwahl plötzlich auf überraschende Weise für sie gelöst.

»Komm her, Latifa«, rief Tante Fatima sie zu sich, als sie gerade den Tee servierte. »Ich habe etwas für dich.«

Damit drückte sie dem jungen Mädchen eine große Plastiktüte in die Hand, aus der ein Stück dunkelgrünen Stoffes herausschaute.

»Bei Allah, was ist denn das? Ist das tatsächlich für mich? Oh, vielen Dank, liebe Tante!«, rief Latifa und wollte der Tante gleich noch einmal die Knie küssen, was diese aber abwehrte.

Lachend sagte sie: »Gerne, meine Liebe! Und nun, meine Töchter, geht mit und helft Latifa, sich hübsch zu machen!«

So schnell war Latifa noch nie in ihrem Zimmer gewesen! In der Tasche befand sich tatsächlich ein eigens für sie geschneidertes Kleid! Ob es auch passen würde? Kichernd drängten sich mit den beiden Cousinen noch mehrere jüngere Nachbarsmädchen in die kleine Kammer. Latifa zog rasch ihr schwarzes Überkleid aus, unter dem sie wie immer noch ein T-Shirt und eine lange, leichte Stoffhose trug.

»Dein Vater hat uns gesagt, wie groß und schlank du bist, bestimmt wird es dir passen«, schnatterte Hanna fröhlich drauflos, während Sausan schon dabei war, den langen Reißverschluss in Latifas Rücken zu schließen.

»Bei Allah, du siehst wunderschön aus«, sagte sie dann bewundernd zu dem Mädchen, das schüchtern und stolz zugleich an sich selbst hinuntersah. Das elegant bis auf den Boden fallende dunkelgrüne Kleid war mit zierlichen Ranken aus dünnen Silberfäden bestickt. Doch was Latifa erröten ließ, war das tief ausgeschnittene Dekolleté und die ärmellosen Träger. Wenn der Vater sie so sehen würde! So etwas konnte sie unmöglich tragen, sie war ja fast nackt! Latifa spürte, wie ihr der Schweiß ausbrach. Was sollte sie nur tun?

Doch Hanna und Sausan waren ganz in ihrem Element und schienen Latifas Verlegenheit nicht zu bemerken. Die eine zog ihr das Kopftuch aus und kämmte Latifas lange rötlich-schwarze Haare.

»Wie schaffst du es nur, dass deine Haare so lang und dick sind?«, fragte Sausan. »Meine fallen ständig aus!« Zum Beweis nahm sie ihr Tuch ab und öffnete den dicken Knoten, worauf sich ihre lange schwarze Mähne bis zum Gürtel ergoss. Nur vorne hatte sie einige Strähnen kürzer geschnitten und blond gefärbt.

»Ach was, deine Haare sind doch viel schöner als meine!«, antwortete Latifa und versuchte zu lächeln. Doch dann platzte es aus ihr heraus: »Oh, Sausan, dieses Kleid ist wirklich wunderschön, aber ich kann mich doch so nicht sehen lassen! Nicht wahr, Aischa?«, wandte sie sich Hilfe suchend an ihre Freundin, die gerade die Kammer betrat, und zeigte auf ihre nackten Arme.

Aber Sausan lachte nur und schüttelte amüsiert den Kopf. »Ach was, in der Stadt ist das ganz normal! Die Männer sehen dich doch gar nicht. Aber keine Sorge, Cousinchen, ich habe hier noch ein Tuch vom gleichen Stoff, das kannst du dir um die Schultern legen.« Triumphierend zog sie aus der Tüte eine breite grüne Schärpe, die Latifa dankbar annahm.

Aischa betrachtete das Treiben schweigend. Als sie bemerkte, wie Sausan ein kleines Schminketui aus ihrer Handtasche nahm und sich Augen und Mund in kräftigen Farben zu schminken begann, fragte sie erstaunt: »Du trägst Lippenstift? Das dürfen bei uns nur die verheirateten Frauen.«

»Ich weiß«, erwiderte Sausan und zwinkerte den Mädchen zu, »aber zu besonderen Anlässen kann man wohl auch bei euch mal eine Ausnahme machen, oder? Die modernen Mädchen in der Stadt schminken sich alle. Die

Alten fangen schon an, sich daran zu gewöhnen. Mama meckert inzwischen auch nicht mehr. Seitdem ich auf dem College bin, ist sie sowieso nur noch damit beschäftigt, mit mir anzugeben. Und inzwischen möchte sie selbst auch nicht mehr so altmodisch sein. Ich bin mal gespannt, ob sie womöglich noch auf die Idee kommt, Jeans zu tragen!«

Hanna und Latifa prusteten los. Unvorstellbar, Tante Fatima mit ihrem mächtigen Busen und den breiten Hüften in Jeans!

Aischa lächelte verhalten und blickte besorgt zu Latifa hinüber.

Als sie wenig später zu viert mit einer Traube kleiner Mädchen im Schlepptau in das Frauenzimmer zurückgingen, fühlte sich Latifa doch wieder beklommen. Irgendetwas stimmte mit Aischa nicht. Außerdem war es Latifa fremd, so im Mittelpunkt zu stehen. Diese ganze Aufmerksamkeit war ihr unangenehm. Tatsächlich löste ihr Eintreten in dem nun schon wieder gut gefüllten Raum ein großes Aha aus. Sie musste sich vor der Tante nach allen Seiten drehen, und auch die fremde Frau, die, wie Latifa nun erstaunt bemerkte, ein Kleid aus dem gleichen Stoff und trotz ihrer Fülle sogar mit dem gleichen Schnitt trug, schien sehr zufrieden zu sein. Mit einer kurzen Handbewegung deutete diese nun einer neben ihr sitzenden Frau an, sich einen anderen

Platz zu suchen, und zog Latifa zu sich. »Komm her, mein Kind. Ja, so ist's recht. Wie geht es dir?«

»Allah sei gelobt!«, erwiderte Latifa verlegen. »Und dir?«

»Allah sei gelobt. Ich freue mich, heute hier zu sein! Ich heiße übrigens Mariam. Dein Vater hat uns schon so viel von euch erzählt, Latifa. Er ist oft bei uns, wenn er in der Stadt ist. Mein Mann und er kennen sich schon lange und machen Geschäfte zusammen. Dein Vater ist wie ein Sohn für mich.« Sie hielt kurz inne und fuhr sich mit der Hand über die Augen. »Ach, weißt du, ich habe nur noch zwei Söhne. Mein ältester Sohn ist vor einem Jahr als Soldat im Bürgerkrieg gefallen. Diese verdammten Huthis, Allah möge sie strafen!«

»Amen«, erwiderte Latifa leise. So etwas hörte sie nicht zum ersten Mal. Der Bürgerkrieg zwischen den sogenannten Huthi-Rebellen und den Regierungstruppen flackerte schon seit Jahren regelmäßig im Norden des Landes immer wieder auf und forderte auf beiden Seiten eine wachsende Zahl an Opfern. Doch ein Ende schien nicht absehbar.

Latifa blickte die ältere Frau mitleidig an, aber ihre Gesprächspartnerin hatte sich nach einem tiefen Seufzer schnell wieder gefangen und legte ihre kräftige Hand auf Latifas Arm.

»Du bist ein nettes Mädchen. Und deiner Mutter sicher eine große Hilfe. Die Arme! So viele kleine Kinder. Und sieht so dünn und schwach aus. Sicher nimmst du ihr viel Arbeit ab.«

»Ja, ich helfe ihr gerne«, antwortete Latifa höflich, obwohl ihr die Bemerkung über ihre Mutter nicht gefiel. Ihre Mutter war zäh, unglaublich fleißig und alles andere als schwach! Aber, und das musste Latifa der Fremden zugutehalten, heute sah sie wirklich angegriffen aus.

»Morgens hole ich das Wasser von der Quelle im Tal und gehe dann die Ziegen hüten«, begann Latifa zu erzählen. »Nach dem Mittagessen kümmere ich mich um das Geschirr und bereite den Brotteig für das Abendessen vor. Dann wasche ich die Wäsche und hole noch mal Wasser.« Latifas Blick fiel aus dem Fenster auf die steilen Berghänge ringsum. »Ja, und im Sommer machen wir natürlich alle zusammen Heu. Ach, es gibt wirklich immer etwas zu tun.« Mariam nickte bedauernd, und Latifa fühlte sich verpflichtet, hinzuzufügen: »Aber zwischendurch habe ich immer wieder mal Zeit, meine Freundin Aischa zu besuchen, sie wohnt direkt neben uns.«

»Nun, da ist das Leben in der Stadt wesentlich einfacher«, erklärte Mariam mit wichtiger Miene. »Du wirst sicher bald einmal kommen und uns besuchen. Es wird dir bei uns gefallen!«

»Oh«, erwiderte Latifa zweifelnd, »ich glaube nicht, dass der Vater mich mit in die Stadt nimmt, das hat er noch nie getan. Und Mutter wäre dann ja ganz alleine mit den Jungen. Die sind ihr keine Hilfe: Spielen nur mit der Steinschleuder herum und machen sich dreckig. Oder fangen Streit mit den Nachbarskindern an, wenn sie nicht gerade gemeinsam irgendeinen Unsinn aushecken!« Latifa musste über ihre eigenen Worte lachen. Denn obgleich sie sich oft über ihre fünf Brüder ärgerte, so liebte sie doch alle sehr. Besonders Ibrahim, der gerade erst Laufen gelernt hatte.

»Latifa, komm mal bitte zu deiner Mutter!« Aischa stand an der Tür und bedeutete Latifa, ihr zu folgen.

Latifa nickte Mariam noch einmal lächelnd zu, entschuldigte sich und stand auf.

Beim Laufen musste sie das Kleid ein wenig anheben, um nicht auf den Saum zu treten. Ganz so groß, wie der Vater gesagt hat, bin ich wohl doch nicht, dachte sie und suchte Aischa, die schon wieder verschwunden war. In einem Nebenzimmer sah Latifa ihre Mutter, dort befanden sich auch Tante Fatima und einige ältere Frauen aus dem Dorf. Sie unterhielten sich angeregt und rauchten Wasserpfeife.

Als Latifa eintrat, richteten sich wieder alle Blicke erwartungsvoll auf sie.

»Ja, Mutter?«, fragte sie und überlegte, was die Mutter wohl für einen Auftrag für sie haben mochte.

Stattdessen ergriff jedoch Tante Fatima das Wort. »Komm herein, Latifa. Heute ist ein großer Tag für uns alle und insbesondere für dich! Ich darf dir gute Neuigkeiten überbringen: Die Familie Al-Husseini ist mit uns und deinem Vater hierhergekommen, weil sie dich kennenlernen wollten, denn sie möchten dich mit ihrem Sohn Zaid verloben!«

Latifa bekam augenblicklich weiche Knie. So war das also! Jetzt wurde ihr einiges klar: die Tränen der Mutter, Aischas verstörtes Gesicht, das Kleid. Ja, das Kleid! Am liebsten hätte sie es sich auf der Stelle vom Leib gerissen! Man wollte sie bestechen! Sie versuchte ihrer Mutter in die Augen zu sehen, aber diese blickte betreten zu Boden.

Noch bevor Latifa ihre überkochenden Gefühle in Worte fassen konnte, fuhr die Tante unbeirrt fort: »Mariam ist sehr zufrieden mit dir, meine Tochter. Und, glaube mir, die Al-Husseinis sind eine hervorragende Partie für dich. Du Glückliche! Tausend Segenswünsche! Stell dir nur vor, du wirst in der Stadt wohnen, gar nicht weit von uns. Du wirst uns ständig besuchen können und viel Spaß haben! Denk nur, wie deine Cousinen sich schon auf dich freuen! Ist das nicht wunderbar?! Und natürlich brauchst du nicht mehr so hart zu arbeiten, wirst neue Kleider tragen, zu Frauenpartys gehen … Ach, mein Liebes, ich freue mich so für dich!«

Latifa starrte ihre Tante entgeistert an. Am liebsten hätte sie geschrien: »Dann verheirate doch eine deiner Töchter mit dem Sohn von Mariam«, doch stattdessen wandte sie sich bittend an ihre Mutter und flüsterte beschwörend: »Mama!«

Nun endlich hob diese langsam den Kopf und sah Latifa ausdruckslos an. »Es ist eine beschlossene Sache, mein Kind. Dein Vater hat mit den Männern schon alles besprochen und besiegelt. Heute Abend wird die Verlobung stattfinden. Ich …«

»Was?«, schrie Latifa dazwischen. »Das kann doch nicht sein, Mama! Das darfst du nicht zulassen! Mich hat man nicht einmal gefragt! Mama! Ich kenne diese Leute doch gar nicht, das sind Fremde! Oh Mama, ich will noch nicht weg von dir, bitte!« Mit einem verzweifelten Satz floh Latifa zu ihrer Mutter und warf sich ihr in die Arme, zitternd, ungläubig, wie betäubt. Das konnte doch alles nicht wahr sein! Warum sie? Warum jetzt? Hatte man ihre Schwestern etwa auch so überrumpelt? Schluchzend klammerte Latifa sich an ihre Mutter, voller Verzweiflung und voller Zorn. Würde ihr denn niemand helfen? Dumpf hörte sie, wie die anwesenden Frauen sie zu beruhigen und aufzumuntern versuchten. Nur die Mutter sagte kein Wort. Sie streichelte ihr nur sanft den Kopf und schien selbst mit den Tränen zu kämpfen. Widerwillig vernahm Latifa, wie die Frauen sich gegenseitig im Lob ihres zukünftigen Bräutigams überboten. Es schien ihr lächerlich, wie sie sich zum Anwalt dieses Mannes machten, den sie doch, mit Ausnahme von Tante Fatima, gar nicht kannten! Er sei zweiundzwanzig und gut aussehend. Er sei der Lieblingssohn seiner Mutter und sehr anständig. Habe die Schule abgeschlossen und helfe jetzt seinem Vater bei dessen Geschäften. Man höre nur Gutes von ihm und er gehe freitags immer in die Moschee ... Latifa hielt sich die Ohren zu. Sie wollte nichts mehr hören! Auch dann nicht, als die Frauen schließlich lautstark über das Gold spekulierten, das Latifa zu ihrer Hochzeit als Brautgeschenk zu erwarten habe.

Schließlich begann die Stimmung im Raum zu kippen. Die Frauen murmelten zustimmend, als Tante Fatima Latifas Mutter harsch zurechtwies: »Amina, du hast dieses Mädchen verzogen. Es ist unglaublich, wie respektlos und ungezogen sie sich benimmt! Wie dumm und unverschämt von ihr, sich so gehen zu lassen, anstatt Allah für dieses Geschenk des Schicksals zu danken. Sie sollte sich schämen, bei Allah!«

In diesem Augenblick wurde fest an die Tür geklopft und Latifas Vater kündigte sich an. Schnell bedeckten sich die Frauen mit ihren großen braunen oder schwarzen Tüchern, als Muhammad Hassan Al-Sharqi auch schon eintrat. Mit einem Blick hatte er die Lage erkannt und sagte barsch: »Latifa, steh auf! Du wirst uns keine Schande machen. Ich habe der Familie Al-Husseini gesagt, dass dich ihr Angebot ehrt und du es gerne annimmst. Und genauso wirst du dich jetzt auch verhalten! Bedenke, zu welchem Clan du gehörst! Es kommt bei uns nicht infrage, dass ein junges Mädchen sich den Wünschen seines Vaters widersetzt. Bildest du dir etwa ein, besser zu wissen, was gut für dich ist, als ich? Du nimmst dich selbst viel zu wichtig, Kind! Damit ist jetzt Schluss, die Zeit nutzloser Träumereien ist vorbei, hast du verstanden?! Du gehst jetzt mit deiner Mutter hinüber zu deiner zukünftigen Schwiegermutter, um die Verlobungsgeschenke entgegenzunehmen. Und dann wird gefeiert, so wie es sich gebührt! Soll man etwa in der Stadt über uns sagen, auf dem Dorf wüssten wir nicht, was gute Sitten sind?!« Er warf der Mutter noch einen warnenden Blick zu, drehte sich um und ging.

Latifa fühlte sich plötzlich wie abgeschnitten von ihrer Umgebung. Eine bleierne Mattheit bemächtigte sich ihrer Glieder und lähmte ihre Gedanken. Das zustimmende Grunzen der Frauen zeigte deutlich, dass Latifa keinen Rückhalt erwarten konnte, falls sie beabsichtigen sollte, sich den klaren Anweisungen ihres Vaters zu widersetzen. Niemand würde ihr beistehen oder sie unterstützen, nicht einmal ihre Mutter.

»Du hast gehört, was der Vater gesagt hat«, sagte die Mutter leise, aber bestimmt, nahm Latifa an der Hand und zwang sie mit leichtem Druck zum Aufstehen. »Das ist dein Schicksal. Sei tapfer, danke Allah und unterwerfe dich seinem Willen, er wird dich einst dafür belohnen. Allahu akbar – Gott ist der Größte.«

Von nun an ließ man Latifa keine Sekunde mehr aus den Augen. Man erlaubte es ihr nicht einmal, mit Hanna und Sausan alleine zu sein. Tante Fatima und eine Reihe der Nachbarinnen waren mit in Latifas kleine Kammer gekommen, um zuzusehen, wie sie den Koffer mit den traditionellen Verlobungsgeschenken entgegennahm. Während Tante Fatima sich anschickte, den Koffer zu öffnen, versuchte Hanna Latifa aufzumuntern, indem sie davon erzählte, wie sie, Sausan und die Mutter die Verlobungsgeschenke gekauft hatten, da Mariam, Zaids Mutter, nicht gerne in den Suq gehe.

»Und stell dir vor, Latifa, wir haben von allem immer nur das Allerbeste genommen! Hier, schau mal, ich wette, das hattest du noch nie: zwei Paar Jeans! Und mit besonders schönen Verzierungen! Und da«, Hanna kicherte, »diese Unterwäsche ist der Wahnsinn. Das sieht geradezu verboten aus!« Latifa blickte verwirrt auf die verschiedenen Kleidungsstücke, die Hanna eines nach dem anderen aus dem Koffer hervorzog und auf ihrem Schoß auftürmte. Was für ein Reichtum! Niemals war sie bisher so beschenkt worden! Zwar hatte sie schon einige andere Verlobungen miterlebt und auch dort hatten die Mädchen Kleidung, Unterwäsche, Tücher, Schuhe und verschiedenste Kosmetikartikel bekommen, aber nicht in einer solchen Fülle. Plötzlich sollten ihr lauter Dinge gehören, die nicht mal ihre Mutter besaß: Parfüme, Seifen, Öle, ganze Farbpaletten von Lidschatten, Lippenstiften und Nagellacken ... Damit hätte sie das ganze Dorf schminken können! Schließlich holte Hanna noch eine letzte Tüte aus dem Koffer und zog feierlich ein weiteres Festkleid daraus hervor: das Verlobungskleid. Latifa hielt die Luft an und strich bewundernd über den schimmernden Stoff. Vielleicht hatte ihr Vater ja doch recht? Vielleicht war diese Verlobung gar nicht so schlecht? Schließlich hatte sie doch schon immer darauf gewartet, dass sich in ihrem Leben etwas ändern würde. Vielleicht war das nun wirklich ihr von Allah auserwähltes Schicksal?

»So, genug gestaunt, Mädchen«, beschloss Tante Fatima schließlich. »Ich höre schon das Trommeln der Dorfmusikerin. Auf, Latifa, zieh das Verlobungskleid an und lass dich von Sausan schminken! Sie kann dir auch die Haare machen, sie ist eine wahre Künstlerin.«

Von allen Seiten bemühte man sich, Latifa in eine Braut zu verwandeln. Ihre Kleidung, ihr Make-up, ihre Frisur: Sämtliche Entscheidungen wurden von anderen für sie getroffen. Selbst wäre Latifa aber auch zu keinem klaren Gedanken fähig gewesen, deshalb ließ sie einfach alles mit sich geschehen. Nachdem Latifa das goldgelbe, mit Pailletten reich verzierte Kleid angezogen hatte, lackierte Hanna ihr die Nägel, während Sausan begann, mit viel Haarspray und Goldglanz ihre langen Haare zu kunstvollen Nestern auf dem Kopf zusammenzustecken. Dann nahm sie eine Dose mit weißem Make-up und cremte Latifa damit so dick ein, dass ihre Hautfarbe schließlich mehr der einer Chinesin glich als der einer Araberin. Für das Schminken brauchte Sausan eine ganze Weile, aber als sie endlich fertig war und Latifa den Spiegel vorhielt, erkannte diese sich selbst kaum wieder. Sie sah so fremd aus! Wie eine glitzernde zierliche Elfe, die sich aus einer anderen, besseren Welt hierher in dieses staubige, gottverlassene Dorf verirrt hatte. Jetzt nur nicht weinen, dachte sie, tapfer sein! Irgendwie wird schon alles gut, ich muss einfach nur Allah vertrauen. Ob Allah sich allerdings überhaupt für sie interessierte? Sie hatte wohl kaum ein Anrecht darauf, irgendetwas von ihm zu erwarten, denn sie war in ihren Gebeten manchmal nachlässig gewesen und kannte auch kaum einen Koranvers auswendig.

Doch Zeit zum Grübeln blieb Latifa nun nicht mehr. Das Trommeln und Singen war näher gekommen, und schon wurde sie von ihren Freundinnen vorangeschoben, durch ein unglaubliches Gedränge im Treppenhaus hindurch, hoch zu dem Raum, in dem vorhin noch die Männer gesessen hatten. Diese waren inzwischen mit ihrem Qat in ein Nachbarhaus umgezogen und hatten diesen größten Raum für die Frauen freigegeben. Aischa hatte am Kopfende des Raumes aus Kissen liebevoll einen kleinen Thron für Latifa aufgebaut, zu dem sie nun unter lauten Segensgesängen, begleitet vom scheppernden Trommeln auf großen Blechschalen, geführt wurde. Der Diwan war voll von Frauen jeden Alters, vom Säugling bis hin zur Urahne saßen sie in bunter Mischung teils nebeneinander, teils beinahe übereinander auf dem Boden. Nur direkt vor Latifa wurden ein bis zwei Quadratmeter frei gehalten, auf denen nun je zwei Frauen miteinander die traditionellen Tänze aufführten. Alle Anwesenden schienen sich ausgelassen über die spontane und unerwartete Gelegenheit zum Feiern zu freuen. Keine im Raum schien sich Gedanken zu machen, wie es Latifa zumute war, außer Aischa und vielleicht den Cousinen. Stattdessen hatte eine jede sich fröhlich beeilt, ein glitzerndes Kleid aus irgendeinem Sack oder Karton hervorzuholen, und die verheirateten unter den anwesenden Frauen hatten stolz ihre goldenen Armreifen und Ketten angelegt und sich farbenfroh geschminkt.

Latifa saß auf ihrem Thron, ihr Kopf dröhnte und in ihrem Nacken bildeten sich kleine Schweißperlen. Sie wusste nicht, wohin sie blicken sollte, denn sie fühlte sich von allen Seiten begutachtet und beobachtet. Krampfhaft versuchte sie, nicht weiter über ihre Situation nachzudenken, denn sie fürchtete sich davor, öffentlich die Beherrschung zu verlieren. Doch es gelang ihr nicht, den dicken Kloß in ihrer Kehle hinunterzuschlucken. Selbst die kleinsten der Nachbarsmädchen wetteiferten darin, der Braut möglichst nahe zu sein. Sie zupften bewundernd an den Spitzen des Kleides und versuchten, Latifas Frisur zu berühren. Dankbar für diese Ablenkung nahm Latifa schließlich die kleine schmuddelige Rahmana auf den Schoß, steckte ihr Gesicht in die zerzausten Haare des Kindes und atmete dankbar ihren vertrauten, leicht säuerlichen Geruch ein. »Oh Allah«, flüsterte sie, »sei mir gnädig!«

2. Die Stunde

Es war noch dunkel, als der Gebetsruf der nahen Moschee Sausan aus unruhigem Schlaf weckte. Was hatte sie eben geträumt? Latifa war in dem Traum vorgekommen, aber Sausan hatte ihre Botschaft nicht verstehen können, denn die Cousine hatte in einer fremden Sprache gesprochen. Dann war Latifas Gesicht plötzlich immer kleiner geworden, wie zusammengeschmolzen … Sausan versuchte die Fäden der seltsamen Geschichte, in die sie eben noch verstrickt gewesen war, zu entwirren, doch sie entglitten ihr. Da streckte auch schon ihre Mutter den Kopf zur Tür herein.

»Los, Mädchen, hopphopp, aufstehen!«

Sausan reckte sich gähnend und gab der neben ihr liegenden Hanna einen kleinen Knuff. »Hörst du? Zeit zum Aufstehen, du Schlafmütze!«

Inzwischen wurde es im Osten schon hell. Schlaftrunken stand Sausan auf, ging in das kleine Bad, öffnete den Wasserhahn neben dem Stehklo und ließ kaltes Wasser in einen Eimer laufen. Eben wollte sie mit der morgendlichen Waschung beginnen, als ihre Schwester an der Tür rüttelte.

»Sausan, lass mich rein! Yalla, mach schon auf!«

»Na warte!«, murmelte Sausan, öffnete ihrer jüngeren Schwester die Tür und begrüßte sie grinsend mit einem kräftigen Spritzer kalten Wassers.

Hanna hatte aber offensichtlich mit etwas Derartigem gerechnet und war sicherheitshalber rasch einen Schritt zur Seite getreten, sodass der Spritzer nicht sie, sondern die Mutter traf, die gerade im Flur vorbeiging.

»Schluss jetzt, ihr Mädchen! Was ist das für ein Unsinn!«, polterte diese halb lachend, halb schimpfend. »Auf, wascht euch, betet und macht dann das Frühstück! Na los!«

Gehorsam wuschen sich Sausan und Hanna nun Gesicht, Hals, Hände und Unterarme, dann Füße und Unterschenkel, so wie es der islamische Ritus vorschreibt. Unter dem frischen kalten Wasser zog sich ihre Haut prickelnd zusammen und die feinen dunklen Härchen auf ihren Unterarmen stellten sich zitternd auf. Rasch zogen die Mädchen ihre langen weißen Gebetsgewänder an, rollten die Gebetsteppiche gen Mekka aus und verrichteten leise murmelnd ihre Gebete.

Sausan studierte seit zwei Jahren am städtischen College Englisch, um Lehrerin zu werden. Nachdem sie die

Schule mit sehr guten Noten abgeschlossen hatte, war es ihr nicht schwergefallen, die Eltern zu überzeugen, sie auf das College zu schicken. In ihrem Bekanntenkreis gehörte es inzwischen sogar fast zum guten Ton, Töchter studieren zu lassen. Noch bis vor wenigen Jahren wäre das eine große Ausnahme gewesen! Tatsächlich war auch Sausans Mutter, wie die meisten Frauen ihrer Generation, eine Analphabetin. Doch auch sie erhoffte sich für ihre Töchter durch das Studium eine bessere Zukunft und mehr Unabhängigkeit.

Wie immer schien die Sonne von einem strahlend blauen Himmel, als Sausan später das Haus verließ und sich auf den Weg zum College machte. Tief atmete sie die frische Bergluft ein. Wie gerne hätte sie die Luthma, ihren Gesichtsschleier, gelüftet, um die Sonne auf der Haut zu spüren! Es würde heute wohl wieder ein heißer Tag werden, aber jetzt war es noch angenehm frisch. Sausan blieb stehen und ließ ihre Blicke schweifen. Sicherlich wird bald die Regenzeit beginnen, überlegte sie, dann wird der Regen endlich den Staub von Felsen, Bäumen und aus der Luft waschen, die Berge werden sich in ihr grünes Sommergewand kleiden und wir werden uns alle wie neugeboren fühlen! Sausans Blick folgte den schmeichelnden Konturen der sich bis zum Horizont hin staffelnden Bergketten. Ein wunderschönes Land!

Wenn es nach ihr ginge, würde Sausan auf ihrem täglichen Weg zum College gern alleine die Stille und Einsamkeit genießen und ihre Gedanken frei fliegen lassen, aber stattdessen machte sie auch heute wieder ihren kleinen Abstecher, um Malika, eine Mitstudentin, abzuholen. Das war zwischen den Familien so vereinbart worden, denn es wäre unschicklich für ein Mädchen, täglich alleine zum College zu laufen. Schließlich könnte sie dann ja auf die Idee kommen, sich unterwegs mit fremden Männern zu treffen, und das würde den Ruf der ganzen Familie zerstören! Sausan seufzte. Immer dieser Argwohn! Aber sie war zu fast jedem Kompromiss bereit, solange sie nur studieren durfte. Das Englischstudium machte Sausan viel Spaß. Und es lieferte ihr obendrein einen willkommenen Vorwand, um zu Hause die amerikanischen Serien zu schauen, welche sich über Satellit empfangen ließen: Sie musste schließlich ihr Hörverständnis verbessern! Doch vor allem bot ihr das Studium der englischen Literatur die Möglichkeit, sich mit Gedanken und Weltbildern auseinanderzusetzen, die ihrem eigenen Erfahrungshorizont so weit entrückt schienen wie – ja, wie der Osten vom Westen. Sausan musste schmunzeln. Sie hatte sich immer schon gefragt, wie das überhaupt Sinn machen sollte, die Himmelsrichtungen auf einer Kugel festzulegen. Wenn man von seinem Standpunkt aus immer weiter gen Osten wanderte, so käme man doch irgendwann von Westen her wieder an denselben Ausgangspunkt zurück, oder etwa nicht?! Vielleicht war das ja mit den Traditionen, Philosophien, Religionen auch so? Wenn sie immer und immer weiter entlang derselben Linie dachte, wo käme sie dann letztendlich an? Auch auf der entgegengesetzten Seite?

Sausan liebte solche kleinen Gedankenspiele, sie wusste aber auch, dass sie vorsichtig sein musste und sich nicht zu weit in die Welt ihrer Gedanken hineinwagen durfte. Denn sonst stieß sie unweigerlich innerhalb von kürzester Zeit an eine Mauer von Tabus, und dieses Gefühl frustrierte sie dermaßen, dass sie manchmal Angst bekam, ihre Gedanken könnten sich irgendwann verselbstständigen, schneller und immer schneller hin und her rasen und an Mauern knallen, bis sie verrückt würde.

Als kleines Mädchen hatte sie oft Fragen nach dem »Warum« und »Wozu« gestellt. Das war aber gar nicht gerne gesehen, sondern als vorlaut und gotteslästerlich kritisiert worden. Auch in der Schule hatten die Lehrer irritiert und argwöhnisch reagiert, wenn sie Fragen stellte, die den Gesamtzusammenhang und die Ursachen betrafen. Wollte sie etwa die Autorität der Lehrer infrage stellen? Oder gar Wissenslücken bei ihnen aufdecken? Wollte sie sich selbst wichtigmachen oder den Lernfortschritt der Klasse behindern?

Eine Zeit lang hatte Sausan dann ihre unbeantworteten und zum Teil ungestellten Fragen in einem kleinen Heftchen aufgeschrieben, in der Hoffnung, irgendwann jemanden zu treffen, dem sie all diese Fragen würde stellen können. Und immer, wenn sie sich einsam und missverstanden fühlte, hatte sie sich in dieses Heftchen vertieft und seine Ränder mit fantasievollen Zeichnungen aus ihrer Traumwelt verziert. Doch dann war das Heft ihrem großen Bruder bei einer seiner Razzien in die Hände gefallen. Erst hatte er sich über sie lustig gemacht und gedroht, das Heft überall herumzuzeigen. Dann hatten sie gestritten, er war wütend geworden, hatte sie als Ungläubige beschimpft und schließlich das Heft kurzerhand verbrannt. Damals war Sausan etwa zwölf Jahre alt gewesen. Sie hatte daraus gelernt. Aufgeschrieben und gezeichnet hatte sie nichts mehr, auch nicht mehr viele Fragen gestellt. Aber sie hoffte immer noch auf jemanden, der so dachte wie sie und mit dem sie ihre Gedanken und Fragen teilen und vielleicht gemeinsam auch Antworten finden konnte.

Inzwischen war Sausan am Haus von Malika angekommen. Eigentlich waren die zwei Mädchen so verschieden, wie man nur sein konnte. Doch da sie sich schon von der ersten Klasse an kannten und nun zusammen Englisch studierten, verbrachten sie viel Zeit miteinander. Sausan klopfte, blieb jedoch vor der Tür stehen, als von drinnen ein »Ja? Wer ist da?« ertönte.

»Ich bin es, Sausan. Bist du so weit?« Statt einer Antwort ging die Tür auf und Malika trat heraus. Noch nie hatte Sausan auf Malika warten müssen, sie war das Pflichtbewusstsein in Person. Malika war ein ganzes Stück kleiner als Sausan. Auch sie trug den langen schwarzen Balto und vor dem Gesicht die Luthma. Während Sausans Balto jedoch an den Ärmeln und dem Saum mit filigranen Stickereien verziert war, besaß Malikas Balto keinerlei Schmuckelemente.

»Wie geht es dir?«, fragte Sausan und begrüßte die andere mit einem Kuss auf beide Wangen.

»Allah sei gelobt. Und dir?«, erwiderte Malika den Gruß. »Wir müssen uns beeilen, es ist schon spät!«

»Wirklich?«, fragte Sausan erstaunt und schaute auf ihre Uhr, aber die war wieder einmal stehen geblieben. Daraufhin holte sie ihr Handy aus der Tasche. »Tatsächlich. Komisch. Ich dachte, ich sei heute früher losgegangen. Na ja.«

Schweigend gingen die beiden weiter, denn statt auf der Straße zu laufen, die in weiten Serpentinen den Berg hinaufführte, folgten sie nun einem schmalen, holprigen Pfad, der sich steil zwischen den Häusern hindurchschlängelte, aber eine enorme Abkürzung darstellte. So kamen sie dann auch noch gerade rechtzeitig zum Beginn der ersten Stunde an.

Professor Mumbai war Inder und unterrichtete schon viele Jahre an diesem College. Neben ihm gab es in der Englischfakultät noch mehrere irakische Professoren und neuerdings auch einen Jemeniten. Professor Mumbai war beliebt, da er gerecht war und sich ernsthaft bemühte, in seinen Studenten die Liebe zur Literatur zu wecken. Es gab aber auch Studenten, die ihm mit kühler Verachtung begegneten. Malika gehörte dazu. Als Sausan sie einmal nach dem Grund dafür fragte, hatte Malika erstaunt erwidert: »Professor Mumbai ist Hindu, weißt du das denn nicht? Er betet Kühe und Elefanten an und Tausende von Göttern mit vielen Köpfen und Unmengen von Brüsten und was weiß ich noch alles für schreckliche Gestalten. Wie kann ein intelligenter Mensch nur an so etwas glauben? Davor habe ich keinen Respekt!« Sausans Neugierde war geweckt, und so hatte sie den kleinen rundlichen Professor gleich nach der Stunde abgepasst und gefragt, ob er tatsächlich Hindu sei. Daraufhin hatte dieser sich erst nachdenklich an der Nase gerieben und Sausan dann direkt in die Augen geschaut. »Ich wurde als Hindu geboren, das ist wahr. Aber ich bin Atheist. Ich glaube nicht an Gott.« Dann hatte er kurz genickt, sich umgedreht und war gegangen. Das wiederum war für Sausan fast nicht zu glauben. Dass jemand eine falsche Gottesvorstellung hatte oder dem falschen Propheten folgte oder aber einfach Gott ungehorsam war und sich seinem Willen widersetzte, all das konnte man sich ja noch vorstellen. Aber dass ein Mensch, noch dazu einer, der studiert hatte und sehr belesen war, die Dreistigkeit besaß, Gott einfach zu leugnen? Wo doch die ganze Welt in ihrer Vielfalt und Komplexität tagtäglich bezeugte, dass es einen Schöpfer gab? Unvorstellbar! Wie man Gott verstehen solle und wie man ihm gefallen könne, darüber ließ sich ja vielleicht streiten, aber an seiner Existenz zu zweifeln, das war selbst Sausan zu abgehoben. Trotzdem mochte sie den kleinen Professor, auch wenn er ihr jetzt irgendwie leidtat. Ganz allein in einem fremden Land und noch dazu ohne Gott? Der Arme!

Heute war es jedoch nicht wie erwartet Professor Mumbai, der den Raum betrat, sondern der irakische Fakultätsleiter und mit ihm ein junger fremder Ausländer. Die Studenten waren augenblicklich still und blickten erwartungsvoll auf die beiden Männer.

»Friede sei mit euch und die Gnade Allahs und seine Segnungen«, sagte der Fakultätsleiter, und die Studenten antworteten im Chor: »Und mit euch sei Friede.«

»Ich bin heute gekommen, um euch Mr Williams vorzustellen. Mr Williams ist ein Englischlehrer aus Amerika und lebt seit Kurzem in unserer schönen Stadt. Er hat die Freundlichkeit besessen, unserem College seine Dienste anzubieten, und wird ab jetzt verschiedene Konversationsklassen übernehmen. Außerdem möchte er uns helfen, die

Englischbibliothek zu erweitern und einen kulturellen Austausch mit einem College in den Vereinigten Staaten zu organisieren. Wir sind sehr froh, Mr Williams bei uns zu haben, und freuen uns auf eine fruchtbare Zusammenarbeit. Und nun, Mr Williams, lasse ich Sie mit den Studenten allein. Allah segne euch alle.«

Das war vielleicht eine Stunde gewesen! So etwas hatte Sausan noch nie erlebt. Allein dem breiten amerikanischen Akzent des Dozenten zuzuhören, war schon der reinste Genuss! Wie im Fernsehen! Und dann sah dieser Mann auch noch gut aus! Groß und sportlich, mit kurzem dunkelblondem Haar und den unglaublichsten blauen Augen, die man sich nur vorstellen konnte. Noch nie hatte Sausan solche Augen gesehen. Aufmerksam hatte sie jede Sekunde des Unterrichts verfolgt, sich beteiligt, versucht, in Blickkontakt mit diesen blauen Augen zu treten, doch vergebens.

Nun war die Stunde zu Ende und Mr Williams packte seine Bücher in die Tasche. Schnell nahm Sausan die überraschte Malika an der Hand und zog sie mit sich vor zum Pult.

»Hallo, wie geht es Ihnen?«, fragte sie den Lehrer auf Englisch und legte dabei ihre schlanken, schönen Hände so elegant auf den Tisch, dass er sie unmöglich übersehen konnte. »Gefällt Ihnen der Jemen?«

»Danke, mir geht es gut«, antwortete Mr Williams überrascht. »Ja, der Jemen gefällt mir sogar sehr. Es ist ein schönes Land mit sehr freundlichen Bewohnern.« Aber er sah Sausan dabei kaum an, sondern schloss seine Tasche und wollte eben schon den Raum verlassen, als sich Malikas Stimme aus dem Hintergrund vernehmen ließ.

»Entschuldigen Sie, sind Sie Muslim?«

Plötzlich schien der Amerikaner es nicht mehr so eilig zu haben. Er stellte seine Tasche noch mal ab, blickte Malika forschend an und antwortete dann: »Ich liebe Gott und versuche nach den Geboten von Jesus zu leben.«

Malika folgerte nüchtern: »Dann sind Sie also Christ. Warum glauben Sie nicht an Muhammad? Er ist der letzte Prophet und das Siegel aller Propheten!«

Mit einem kurzen Seitenblick auf die anderen Studenten, die von dem Gespräch Notiz nahmen und sowohl den Amerikaner als auch die beiden Jemenitinnen genau beobachteten, antwortete Mr Williams mit einem verhaltenen Lächeln: »Weißt du was? Ich habe es gerade etwas eilig. Aber warum besuchst du nicht einfach mal meine Frau Sally? Sie redet sehr gerne über diese Fragen. Außerdem möchte sie Arabisch lernen. Wir leben in der Altstadt, im Haus der Al-Sayyidis. Komm doch einfach mal vorbei. Wie war noch gleich dein Name?«

»Malika.«

»Auf Wiedersehen, Malika, und Gottes Segen«, verabschiedete sich Mr Williams, lächelte den beiden kurz zu und verließ mit eiligen Schritten den Raum.

Das ganze Gespräch hatte keine zwei Minuten gedauert, aber Sausan war wie erstarrt. Unglaublich! Sie konnte es nicht fassen! Für sie hatte er sich überhaupt nicht interessiert, aber Malika mit ihrer dummen Frage hatte gleich seine ganze Aufmerksamkeit gewonnen. Na ja, verheiratet war er ja sowieso. Aber komisch war das trotzdem.

»Und?«, fragte Malika, als sie zur nächsten Vorlesung gingen. »Du hattest es ja sehr eilig damit, diesen Amerikaner kennenzulernen. Hoffen wir, dass es deshalb keinen Ärger gibt.« Sie schüttelte den Kopf. »Manchmal verstehe ich dich wirklich nicht. Du weißt doch, wie schnell das Getratsche losgeht.«

»Ich wollte doch nur höflich sein«, antwortete Sausan schnippisch. »Immerhin ist er ein Gast in unserem Land, dann wird man ihn doch wohl willkommen heißen dürfen, oder? Außerdem hast du dich ja viel mehr mit ihm unterhalten als ich!« Ohne auf eine Antwort Malikas zu warten, fuhr sie fort: »Also, ich finde es toll, dass wir jetzt von einem Amerikaner unterrichtet werden! Wie er wohl auf die Idee kam, ausgerechnet in unsere kleine Stadt zu kommen? Ich würde nie aus Amerika wegziehen und freiwillig im Jemen leben, wenn ich die Wahl hätte.«

»Was sagst du denn da!«, empörte sich Malika. »Amerika

ist ein Land von Teufeln! Hast du denn vergessen, dass die mit Israel unter einer Decke stecken und die Palästinenser, ja die Muslime insgesamt bekämpfen, wo sie nur können? Wer weiß, weshalb der hierhergekommen ist. Vielleicht ist er ja ein Spion?«

Sausan lachte. »Das glaubst du doch wohl selbst nicht. Was soll er denn hier bei uns schon ausspionieren?«

Malika wiegte nachdenklich den Kopf, dann fügte sie hinzu: »Aber seine Frau, diese Sally, die werde ich trotzdem mal besuchen. Kommst du mit?«

»Ach was, wirklich?« Sausan blieb erstaunt stehen. »Eben sind sie noch Spione und jetzt willst du sie besuchen? Warum denn das? Etwa, um wieder über Religion zu sprechen?«

»Ja, genau«, antwortete Malika bestimmt.

Als Sausan einige Stunden später alleine aus dem Collegegebäude trat, sprach sie plötzlich jemand vorsichtig von hinten an: »Sausan? Entschuldige bitte, könnte ich dich vielleicht einen Moment sprechen?«

Sausan drehte sich überrascht um und wollte schon eine unwirsche Antwort geben, als sie einen Kommilitonen erkannte. Der schmächtige junge Mann, der seiner Kleidung und dem Dialekt nach aus einem der entfernteren Stammesgebiete kam, sah Sausan schüchtern von der Seite an. Statt zu antworten, schaute sie ihn nur fragend an. Gleichzeitig spulten sich in ihrem Kopf automatisch all die Warnungen ihrer Mutter ab, die ihr stets untersagt hatte, sich auf irgendwelche Gespräche mit Männern einzulassen.

»Entschuldige, dass ich dich anspreche, Sausan. Aber ich dachte … weißt du, ich muss für ein paar Tage in mein Dorf zu einer Hochzeit in der Verwandtschaft, und ich dachte, nun, ich könnte dich vielleicht mal anrufen, damit du mir die Englischhausaufgaben sagst? Ich möchte nicht alles versäumen.«

Sausan runzelte die Augenbrauen, die einzige Mimik, dic man selbst bei einer verschleierten Frau noch erkennen kann. »Wieso rufst du nicht einen der anderen Studenten an? Was bildest du dir denn ein? Denkst du etwa, ich bin ein unanständiges Mädchen? Schäme dich! Ich komme aus einer guten Familie und ich gebe meine Telefonnummer nicht an Männer.« Mit diesen Worten drehte sie sich beinah übertrieben deutlich um und wollte eben stolz erhobenen Hauptes davongehen, als der junge Mann wieder an ihrer Seite war und es nochmals versuchte.

»Bitte, Sausan! Mit den Jungen, das habe ich schon mal versucht, das klappt einfach nicht! Die passen nicht richtig auf und bekommen nur die Hälfte der Aufgaben mit und davon sagen sie mir dann wiederum nur die Hälfte weiter. Das ist dann nur ein Viertel!«

Sausan musste unwillkürlich lachen. Irgendetwas gefiel ihr an diesem Jungen. Zumindest schmeichelte ihr seine Hartnäckigkeit. Sie blieb noch mal stehen, wiederholte aber, dass sie ihm ihre Telefonnummer unmöglich geben könne.

Bekümmert schaute er zu Boden. Dann entschuldigte er sich ein drittes Mal und beteuerte, er habe sie nicht beleidigen wollen.

In diesem Augenblick traten ein paar Mädchen aus der Tür, und Sausan schoss ein Gedanke durch den Kopf, den sie, ohne weiter zu überlegen, sofort umsetzte. Sie ging zwei Schritte auf eines der Mädchen zu und sagte laut: »Hallo, Nadja! Bitte ruf mich doch heute Nachmittag an, meine Nummer ist 733596422, falls du es vergessen hast. 733596422.«

Das angesprochene Mädchen reagierte etwas verwirrt: »Entschuldige, ich bin nicht Nadja, du musst mich verwechseln.«

»Oh«, antwortete Sausan, »na, so was. Nadja hat genau denselben Balto wie du.« Damit drehte sie sich um und ging, ohne den jungen Mann eines weiteren Blickes zu würdigen, zügig nach Hause.

Einige Wochen später befanden sich Sausan und Malika gemeinsam im Suq. Sie hatten für den Unterricht etwas kopiert und wollten nun die Gelegenheit nutzen, um endlich Mr Williams' Frau zu besuchen. Seit ihrem ersten Gespräch mit dem Amerikaner hatte sich Sausan zurückgehalten, aber gerade heute hatte der Lehrer die beiden Mädchen noch mal angesprochen: »Besucht doch mal meine Frau! Sie spricht kaum Arabisch und freut sich sicher sehr, mit jemandem zu reden, der so gut Englisch kann wie ihr.« Das Kompliment hatte Sausan gefallen. Die meisten Jemeniten konnten allerdings wirklich nicht mehr als ein paar Brocken Englisch, sie hatten ja auch keine Gelegenheit, die Sprache anzuwenden. Von ihrem Bruder hatte Sausan jedoch kürzlich erfahren, dass in einer bei Touristen beliebten Kleinstadt nördlich von Sana'a etliche junge Männer und Frauen gleich mehrere Sprachen gut beherrschten, und das nur durch den Umgang mit den ausländischen Gästen. Ja, Fremdenführer zu sein, das stellte Sausan sich toll vor! Immer wieder mit unterschiedlichen Gruppen ausländischer Touristen kreuz und quer durch das Land zu reisen und ihnen Tradition, Kultur und Architektur dieses abwechslungsreichen Landes nahezubringen, das musste wirklich schön sein! Aber auch dies war wieder so ein aussichtsloser Traum. Solch einen Gedanken auch nur zu äußern, würde Sausan schon Schläge von ihrem Bruder einbringen: Frauen gehörten ins Haus. Ende der Debatte.

Im Suq fragte Sausan kurzerhand ein kleines Mädchen in blauer Schuluniform, ob sie das Haus der Al-Sayyidis kenne, in dem Ausländer wohnten.

»Aber sicher«, erwiderte die Kleine, »das kennt doch jeder! Kommt, ich führe euch hin.«

»Vielen Dank, Allah segne dich«, verabschiedeten sie sich wenig später von ihrer Führerin. Malika und Sausan standen nun in einer Nebenstraße vor einem großen dreistöckigen Gebäude. Es musste noch recht neu sein, denn es war außen ganz mit weißen Natursteinen verkleidet, nur um die Fenster und die Tür hatte man einen schwarzen Stein gewählt. Dieser Stil hatte sich erst in den letzten Jahren durchgesetzt. Bis vor Kurzem war es noch üblich gewesen, die Häuser aus dunkelgrauem Stein zu bauen und nur Fenster und Türen mit weißem Stein zu umrahmen. Die Eingangstür zum Treppenhaus stand offen und die beiden jungen Frauen traten ein. Sie hatten vergessen zu fragen, in welchem Stockwerk die Ausländer wohnten, gingen aber davon aus, dass es der oberste und neueste Stock sei, der traditionell auch der prestigereichste war. Als sie jedoch die Treppe hochgingen, stellten sie schnell fest, dass der mittlere Stock wohl der richtige sein musste, denn hier hingen schon im Treppenhaus bunte Drucke an der Wand, auf dem Fenstersims stand eine Kübelpflanze und an der Tür hing ein von Kinderhand gemaltes Schild: »Welcome!«

Plötzlich fühlte sich Sausan etwas unwohl. Sollten sie wirklich einfach so an diese fremde Tür klopfen? Sie hatte nicht einmal ihre Eltern oder ihre Schwester in das Vorhaben eingeweiht! Aber Malika schien sich ihrer Sache sicher zu sein und übernahm die Führung, indem sie einfach dreimal fest gegen die Tür pochte. Einen Augenblick später öffnete sich diese und Mr Williams selbst stand vor ihnen. Als er die zwei verschleierten Gestalten sah, rief er sofort nach seiner Frau und verschwand, ohne die Mädchen auch nur zu begrüßen. Sicher hat er uns gar nicht erkannt, dachte Sausan. Aber es war ja auch sehr anständig, dass er sich so zurückhielt. Da erschien auch schon eine junge Frau mit einem Baby auf dem Arm, dicht gefolgt von einem kleinen blonden Mädchen.

»Herzlich willkommen! Ich bin Sally. Kommt doch herein!«

Nachdem die beiden Mädchen sich vorgestellt hatten, folgten sie der Frau in das Wohnzimmer.

Sausan schaute sich aufmerksam um. Obwohl viele der Einrichtungsgegenstände typisch jemenitisch waren, war der Stil doch eindeutig fremd. Ich bin hier in einer anderen Welt, dachte sie, wie Alice im Wunderland! Im Wohnzimmer lagen, genau wie es bei etwas wohlhabenderen Jemeniten der Fall war, gepolsterte Sitzmatratzen an den Wänden, die Rückenlehne bestand aus unzähligen bunten Kissen aus dem gleichen Stoff. Am Kopfende des schmalen langen Zimmers stand jedoch eine große Regalwand voll mit Büchern und CDs, ein ungewohnter Anblick. Und in einer Ecke des Zimmers lag eine dicke Decke auf dem Boden, und ein Korb mit buntem Spielzeug verriet, dass diese Kinder hier nicht nur mit alten Dosen spielten.

Die beiden Mädchen hatten ihre Schuhe ausgezogen und sich gesetzt, während Sally in der Küche verschwunden war. Ihre kleine Tochter blieb im Türrahmen stehen und spähte ab und zu um die Ecke in das Zimmer hinein, um sich dann schnell wieder in den sicheren Flur zurückzuziehen. Die beiden Jemenitinnen hatten ihre Gesichtsschleier inzwischen gelüftet, und Sausan versuchte nun, mit dem zierlichen, etwa vierjährigen Mädchen zu schäkern.

»Komm her, meine Süße«, sagte sie und streckte ihre Arme aus. Aber das Mädchen drehte sich schnell um und wäre fast in seine Mutter hineingerannt, die gerade mit dem Baby auf dem Arm ein Tablett mit Tee und Keksen hereinbalancierte.

»Nochmals herzlich willkommen!«, sagte Sally, als sie alle saßen und an ihrem heißen, süßen Tee nippten. »Ich freue mich sehr, dass ihr mich besucht. Ihr seid also Studentinnen meines Mannes? Ich hoffe, ihr könnt mich verstehen.« Sally war eine kleine, etwas mollige Frau gegen Ende zwanzig. Sie hatte kastanienbraune, schulterlange Locken, braun-grüne, blitzende Augen und ein warmes Lächeln.

»Ja, doch«, antwortete Sausan, »wir sprechen zwar noch nicht so gut Englisch, aber wir möchten es gerne üben. Herzlich willkommen im Jemen! Wie lange wohnst du denn schon in unserer Stadt?«

»Nun, in dieser Stadt sind wir erst seit drei Monaten«, erklärte Sally. »Aber vorher haben wir schon ein Jahr in Sana'a gelebt. Mein Mann hat dort Arabisch gelernt. Und ich habe es eigentlich auch versucht, bin aber nicht sehr weit gekommen. Diese beiden hier«, sagte sie mit einem lächelnden Blick auf die Kinder, die nun beide auf ihrem Schoß saßen und die Mutter kaum in Ruhe den Tee trinken ließen, »halten mich ganz schön auf Trab!«

Nun ergriff Malika das Wort: »Wie gefällt dir denn der Jemen?«

»Sehr gut«, erwiderte Sally. »Alle Leute sind hier sehr nett zu mir. Aber es ist leider recht schwer, wirklich Freunde zu finden, wenn man kein Arabisch spricht. Deshalb möchte ich die Sprache auch unbedingt lernen!« Sie legte die Stirn in Falten und fügte dann zwinkernd hinzu: »Schweie, schweie – langsam, langsam, wie ihr so schön sagt!«

Sausan lachte. »Oder yalla, yalla – schnell, schnell!«

Nun lachte auch Sally. »Ja, wenn das nur so einfach wäre! Ich glaube, ich brauche dringend jemanden, mit dem ich mich regelmäßig treffe und der mir bei der Aussprache und dem Satzbau hilft. Ein Buch habe ich eigentlich, aber es liegt immer nur schön auf meinem Nachttisch und schaut mich vorwurfsvoll an. Schlimm ist das!«

»Ach, das würde ich wirklich gerne machen«, ergriff Sausan die Gelegenheit. »Ich könnte doch ein-, zweimal in der

Woche kommen und dir etwas beibringen. Dabei würde ich sogar noch besser Englisch lernen!«

Sally freute sich sichtlich über das Angebot und wollte gleich Telefonnummern austauschen. Als Sausan ihr Handy aus der Tasche zog, um die neue Nummer einzuspeichern, sah sie, dass sie eine SMS erhalten hatte. Von Walid, ihrem Kommilitonen!

Seit dem Tag, an dem er sie das erste Mal vor der Uni angesprochen hatte, standen die beiden regelmäßig miteinander in Kontakt, und während das Ganze für Sausan erst nur ein Spiel mit Nervenkitzel gewesen war, hatte sich nun längst mehr daraus entwickelt. In der Öffentlichkeit hatten sie zwar nur selten ein Wort gewechselt, aber trotzdem kannte Sausan Walid inzwischen besser als jeden anderen Mann, einschließlich ihres Bruders. So kam es ihr zumindest vor. Seinen ersten Anruf hatte sie erhalten, als sie gerade zu Hause mit ihrer Schwester in der Küche beschäftigt gewesen war. Sie war drangegangen, hatte jedoch sofort geantwortet, nein, einen Saleh gäbe es hier nicht, er müsse sich wohl verwählt haben, und hatte aufgelegt. Kurz darauf war sie in die Toilette verschwunden – den einzigen Ort, an dem man legitim einen Augenblick allein sein konnte – und hatte Walid eine Kurznachricht geschrieben, in der sie ihn bat, sie immer erst anzutexten und nur dann anzurufen, wenn sie ihm daraufhin grünes Licht erteile. Dann hatte sie sich die Nummer gut eingeprägt und sowohl seinen

Anruf als auch ihre Mitteilung sofort aus dem Verzeichnis gelöscht. Während sich die ersten Anrufe tatsächlich nur um unispezifische Fragen gedreht hatten, begannen beide doch bald, sich gegenseitig von ihren Familien und deren Problemen zu erzählen, und das wiederum führte dazu, dass sie sich über ihre eigenen Frustrationen und Hoffnungen austauschten. Für Sausan war das absolutes Neuland. Noch nie hatte sie mit jemandem so offen geredet, denn wenn man etwas von sich preisgab, war das Risiko groß, dass es irgendwann gegen einen verwendet werden würde. Aber mit Walid war ihr nun ein Mensch begegnet, der selbst eine ähnliche Verzweiflung wie sie im Herzen trug und hinter seinem zurückhaltenden Wesen eine Fülle von Gedanken und Träumen, aber auch Ängsten und Sorgen verbarg, die Sausan nur allzu vertraut waren.

Oft hatte Sausan abgewartet, bis ihre Schwester und ihre Eltern eingeschlafen waren, und war dann leise in die Küche geschlichen, um Walid zu schreiben, er könne jetzt anrufen. Und dann hatte sie in eine Decke gewickelt auf dem kalten Küchenfußboden gesessen, eine Schale Bohnenbrei vor sich, als Alibi, falls doch mal jemand aufwachen und sich über ihre Anwesenheit in der Küche wundern sollte. Leise flüsternd hatte sie mit Walid über Großes und Kleines geredet, gelacht, geseufzt und manchmal mit ihm geschwiegen. Wenn er sich einige Tage nicht meldete, wurde sie sofort unruhig, konnte sich kaum mehr konzentrieren und schaute ständig auf ihrem Handy nach, ob sie nicht doch eine SMS erhalten habe. Das war schließlich ihrem Bruder bei einem seiner Besuche am Wochenende aufgefallen. Er hatte ihr daraufhin das Handy weggenommen und sämtliche Funktionen und Verzeichnisse durchgeklickt, um zu sehen, ob er etwas Verdächtiges entdecken würde.

Faisal, Sausans großer Bruder, besuchte in Sana'a die Militärakademie, worauf seine Eltern sehr stolz waren. Seitdem er nicht mehr zu Hause wohnte, war er seinen Schwestern gegenüber aber noch misstrauischer geworden und versuchte sie durch Einschüchterungen zu kontrollieren. Außerdem erwartete er bei seinen Besuchen nicht nur, von Kopf bis Fuß bedient zu werden, sondern kritisierte auch ständig das Verhalten der Mädchen, ihre Kochkünste, ihre Kleidung, sogar ihre Art zu lachen. Und wann immer sich eine Gelegenheit bot, betonte er, dass er nichts vom Studieren seiner Schwester halte, denn dadurch käme sie nur unnötig in Kontakt mit Männern.

Auch Sausans Handy war ihm schon lange ein Dorn im Auge. Sausan hatte innerlich gezittert, als er ihr Handy untersuchte, sich äußerlich aber gelassen gegeben. Und tatsächlich hatte Faisal nichts Verdächtiges gefunden, denn im Löschen der Kontakte zu Walid war sie immer sehr konsequent gewesen. Wenn es ihr auch manchmal enorm schwergefallen war, vor allem wenn er ihr ein paar selbst gedichtete Zeilen geschickt hatte.

Als Sausan jetzt sah, dass sie eine Nachricht erhalten hatte, blieb sie noch einige Minuten sitzen, bat dann jedoch, die Toilette benutzen zu dürfen. Die kleine Tochter von Sally war inzwischen etwas aufgetaut und zeigte ihr bereitwillig den Weg. Sausan staunte, als sie das Badezimmer betrat. Hier gab es eine richtige Badewanne und einen seltsamen Stuhl aus Keramik, dafür aber kein Stehklo. Und in einem Regal standen bunte Flaschen und Dosen mit den verschiedensten Cremes und Lotionen. Überhaupt war die Toilette so eingerichtet, dass man es sich gerne hier gemütlich machen würde. Sogar ein Bild hing an der Wand! Wie komisch, dachte Sausan, denn sie war es gewohnt, beim Eintritt in das Bad immer eine religiöse Beschwörungsformel als Schutz gegen die dort hausenden Dämonen zu sprechen und darauf zu achten, stets mit dem richtigen Fuß zuerst hinein- und hinauszugehen. Nun, soziologische Überlegungen waren jetzt zweitrangig, Sausan wollte wissen, was in der SMS stand. Walid schrieb nur eine kurze Zeile, er habe ein großes Problem und müsse unbedingt so bald wie möglich mit ihr reden. Sausan löschte die Nachricht, klappte das Handy zu und ging zurück zu den anderen.

Eine halbe Stunde später befand sie sich mit Malika zusammen auf dem Heimweg. Als Sausan in den Diwan zurückgekehrt war, hatten Malika und Sally sich tatsächlich in einem Gespräch über religiöse Fragen befunden! Malika hatte Sally davon überzeugen wollen, dass die Bibel von den frühen Christen verfälscht worden sei und Allah seine Botschaft deshalb noch einmal in Form des Koran durch Muhammad auf die Welt gesandt habe. Sie hatte Sally zu erklären versucht, dass Muhammad als letzter großer Prophet der Menschheit die richtige gottgefällige Lebensform vorgelebt habe und dass seine Weisheitssprüche, die Hadithe, gemeinsam mit dem Koran als Richtschnur für alles Leben und Handeln der Menschen anzusehen seien. Nur in einer Gesellschaft, in der diese Gebote genau befolgt würden, könne man in Gerechtigkeit und Frieden leben. Sally schien diesem Dialog nicht abgeneigt zu sein, ganz im Gegenteil ging sie interessiert auf Malikas Aussagen ein, stellte jedoch auch Gegenfragen. Als Malika argumentierte, Sally solle doch Muhammad als dem zeitlich späteren Propheten mit der neueren und deshalb gültigeren Botschaft nachfolgen, wiegte Sally zweifelnd ihren Kopf. Dann forderte sie Malika heraus, sich vorzustellen, es erscheine jetzt plötzlich in China oder Indien ein Mann mit dem Anspruch, Allahs neueste Botschaft zu verkünden. Er errege in seinem Umkreis viel Aufmerksamkeit und versammele eine wachsende Anhängerschaft um sich. Seine Botschaft decke sich in etlichen Punkten mit der des Koran und er akzeptiere sogar Muhammad als früheren Propheten. Doch gleichzeitig behaupte dieser neue Prophet, fünf tägliche

Gebete seien nicht genug, man müsse zu jeder vollen Stunde ein Gebetsritual vollziehen. Außerdem erlaube er die Mehrehe auch für Frauen, sodass jede Frau bis zu vier Ehemänner gleichzeitig haben könne, solange sie bereit sei, mit allen vieren abwechselnd Brot und Bett zu teilen. Ja, und er verkünde, es sei eine Sünde, Tiere zu töten, um deren Fleisch zu essen. Das Fleisch verendeter Tiere oder Menschen zu verzehren, sei dagegen nicht nur zulässig, sondern empfehlenswert. Malika und Sausan mussten beide lachen und verzogen angeekelt die Gesichter.

»Das ist doch absurd«, rief Malika. »Natürlich würde ich einem solchen Propheten nie mein Vertrauen schenken, warum auch? Ich bin Muslimin und von der Wahrheit des Koran überzeugt!«

»Siehst du«, antwortete Sally und lächelte verschmitzt. »So einfach ist das nämlich nicht mit dem ›letzten Propheten‹, wie du es eben dargestellt hast. Als Muhammad vor 1400 Jahren auftauchte, da haben die Christen sich seine Botschaft angehört, sie geprüft und mit ihrer Bibel verglichen. Und viele sind zu dem Entschluss gekommen, dass sie keinen Grund sehen können, anstelle von Jesus nun an Muhammad zu glauben. Denn Jesus hat ein vorbildliches Leben geführt, indem er sich der Schwachen und Verachteten annahm. Und wir Christen glauben, dass er durch seinen unschuldigen Tod am Kreuz für unsere Schuld bezahlt hat.«

»Nein, Jesus ist nicht am Kreuz gestorben!«, erwiderte Malika sofort. »Im Koran steht das ganz anders und Allah hätte das auch nie zugelassen. Da haben wir wieder einen Beleg für die Verfälschung der Bibel!«

Oh weh, dachte Sausan, das kann ja noch lange so weitergehen! Unter anderen Umständen hätte auch sie Spaß an einer solchen Diskussion gehabt, aber nach der SMS von Walid hatte sie keine innere Ruhe mehr und drängte zum Aufbruch.

Nachdem Sausan Malika zu Hause abgeliefert hatte, ging sie nicht direkt nach Hause, sondern machte einen Abstecher in eine Seitengasse, in der ein Rohbau stand. Dort schaute sie sich kurz nach allen Seiten um und schlüpfte dann schnell durch die offene Mauer und um zwei Ecken, wo es einen Winkel gab, der weder von der Straße, noch von einem der Nachbarhäuser her einsichtig war. Hier roch es zwar nach Urin, aber das war Sausan jetzt egal. Sie konnte nicht bis in die Nacht warten, um mit Walid zu sprechen, und auf offener Straße zu telefonieren, war undenkbar. Schnell holte sie das Handy aus der Tasche und tippte eine kurze Nachricht. Dann wartete sie. Normalerweise rief Walid immer schnell zurück, denn für einen Mann war es kein Problem, sich jederzeit zum Telefonieren zurückzuziehen. Aber diesmal hatte Sausan nun schon zehn Minuten gewartet und dann zum dritten Mal bis hundert gezählt. Eigentlich hätte sie schon längst gehen wollen, gehen müssen! Endlich klingelte das Telefon.

»Hallo?«, fragte sie atemlos.

»Hallo, Sausan«, antwortete Walid. Seine Stimme klang fremd, gepresst. »Ich habe ein großes Problem: Mein Onkel ist gestorben, ein Unfall.«

»Oh.« Sausan spürte eine gewisse Erleichterung. »Allah sei ihm gnädig. Das tut mir leid. Dann musst du jetzt bestimmt ins Dorf raus, oder?«

»Da bin ich schon längst. Das ist nicht das Problem. Das Schlimme ist, dass die Kinder meines Onkels noch sehr klein sind und nun alle von mir verlangen, dass ich als ältester Neffe seinen Qathandel weiterführe. Stell dir das vor, Sausan! Sie erwarten, dass ich mein Studium abbreche und ab sofort jeden Tag die frischen Qatladungen zum nächsten Markt fahre und dort verkaufe!«

»Wie bitte?«, fragte Sausan. »Das kann doch wohl nicht wahr sein! Warum denn du? Das ist doch verrückt!«

»Ja, das finde ich auch. Aber glaube mir, Sausan, sie meinen es absolut ernst. Das ist kein Spaß! Als ich mich weigern wollte, ist mein Vater dermaßen wütend geworden, dass er mich tatsächlich mit seiner Kalaschnikow bedroht hat! Er ist total ausgerastet, hat auf mich eingeprügelt, mich einen faulen Hund genannt und mir seine Sandale ins Gesicht geschlagen. So habe ich ihn noch nie erlebt.« Walids Stimme zitterte. »Und niemand hat mich verteidigt, Sausan! Sie sind alle auf der Seite meines Vaters, alle. Sogar meine Mutter!« Sausan konnte ihn leise schluchzen hören.

»Allah«, flüsterte sie, »ich hasse diese verbohrten Erwachsenen. Wie ich sie alle hasse! Deine Eltern, meine Eltern, alle! Was sollen wir denn nur tun?«

»Ich weiß es nicht«, sagte Walid. »Ich kann jetzt auch nicht weiterreden, sie rufen schon wieder nach mir. Bitte bete für mich, Sausan. Das Schlimmste ist, wenn ich hierbleiben muss, werde ich dich nicht mehr sehen können! Und das halte ich nicht aus, eher bringe ich mich um. Ich liebe dich, Sausan! Ich kann nicht ohne dich leben!« Sausan hörte durch das Telefon, wie Walid aus dem Hintergrund gerufen wurde. Er flüsterte ihr nur noch zu, dass er Schluss machen müsse, und schon hatte er aufgelegt.

Sausans Hände zitterten. Sie meinte, keine Luft mehr zu bekommen. Am liebsten hätte sie einfach nur laut losgeschrien und auf irgendetwas eingeprügelt. Das kann doch nicht wahr sein!, dachte sie. Und was hat er eben gesagt? Er liebt mich! Doch wann werden wir uns wiedersehen? Werden wir uns überhaupt je wiedersehen? Und was, wenn er sich etwas antut in seiner Verzweiflung? Oder wenn er mit seinem Vater so in Streit gerät, dass es zu Mord und Totschlag kommt? Oh, wenn ich doch keine Frau wäre, dann könnte ich mich jetzt in ein Auto setzen und einfach zu ihm fahren! Immer nur abwarten zu müssen, passiv zu sein, das ist furchtbar! Sausan zwang sich, tief durchzuatmen. Sie musste unbedingt die Fassung bewahren. Gleich würde der Abendgebetsruf ertönen, dann musste sie zu Hause sein, sonst würde es dort auch Ärger geben. Es blieb ihr nichts anderes übrig, als sich zusammenzureißen und schnell nach Hause zu gehen. Dort würde sie Kopfschmerzen vortäuschen, vielleicht könnte sie dann schon bald ins Bett. Einfach nur alleine zu sein, in Ruhe nachdenken zu können, wenn ihr wenigstens das gegönnt würde!

Niemand schien Notiz von ihr genommen zu haben, als sie wieder auf die Straße zurückhuschte und sich schnell auf den Heimweg machte. Doch als Sausan wenige Minuten später zeitgleich mit dem Erschallen des Gebetsrufes den Hausflur betrat, spürte sie sofort, dass auch hier dicke Luft herrschte. Ihre Schwester Hanna rollte nur mit den Augen, ihre Mutter knetete wie eine Besessene im Brotteig herum und dann ertönte auch schon Faisals Stimme aus dem Nebenzimmer.

»Ist das Sausan? Sie soll sofort kommen!«

Sausan schlüpfte aus den Schuhen und nahm den Gesichtsschleier ab. Das hatte jetzt noch gefehlt.

»Faisal ist gekommen, ist etwas passiert?«, fragte sie ihre Schwester im Vorübergehen.

»Nein, er hat hier etwas zu erledigen. Pass auf, er ist sehr wütend«, flüsterte diese zurück und drückte Sausan kurz die Hand.

Nur ruhig bleiben, sprach sich Sausan selbst Mut zu und trat mit unschuldiger Miene in das Zimmer, in dem Faisal und der Vater saßen, beide mit dicken Backen, jede Menge entblätterte Qatstängel vor sich auf dem Boden verstreut. »Friede sei mit dir, Faisal, wie geht es dir?«, begrüßte Sausan betont gelassen erst Faisal und dann ihren Vater. »Herzlich willkommen, hast du Urlaub bekommen?«

Faisal ging jedoch auf die Begrüßung nicht ein. Er war für jemenitische Verhältnisse groß und kräftig, hatte kurz geschnittene schwarze Haare und, wie die meisten Jemeniten, einen schmalen Oberlippenbart. Seine Gesichtszüge waren ebenmäßig und angenehm, doch seine Augen zeigten keinerlei Emotionen, und wenn man ihn doch einmal lächeln sah, so war es meist Spott, der ihn dazu reizte. Jetzt blickte er Sausan streng, ja lauernd an.

»Wo bist du den ganzen Nachmittag gewesen? Was treibst du dich auf der Straße herum, du Hure?«, fragte er in herrischem Ton.

Sausan wandte sich empört an ihren Vater: »Papa, so darf er mich nicht nennen! Ich bin doch deine Tochter! Ich war mit Malika in der Stadt, wir haben Kopien für das College gemacht.«

Der Vater antwortete nicht, stattdessen fuhr Faisal mit kalter Stimme fort: »Bei Malika haben wir schon angerufen, Sausan, wir wissen Bescheid: Du warst bei Ausländern, bei Ungläubigen! Was hattest du dort zu suchen, was habt ihr getan? Alkohol getrunken? Oder hast du Männer getroffen?! Außerdem ist Malika schon seit einer Stunde zu Hause! Nun, was sagst du jetzt?«, herrschte Faisal sie an. Er war inzwischen aufgestanden und kam drohend auf sie zu.

Auch Hanna und die Mutter standen nun im Hintergrund. Einen Augenblick lang herrschte angespanntes Schweigen.

»Ich habe auf dem Rückweg noch eine Freundin auf der Straße getroffen, wir haben uns ein bisschen unterhalten. Dann bin ich gleich nach Hause gekommen«, antwortete Sausan dann vorsichtig und trat einen kleinen Schritt zurück.

Aber Faisal hatte sie schon hart am Oberarm gepackt und drückte fest zu. »Du Lügnerin. Ich glaube dir kein Wort. Eine Hündin bist du, eine Hure!« Sausan schrie auf und ging in die Knie, doch Faisal hatte sie schon wieder losgelassen, ihr jetzt allerdings die Tasche entrissen und den gesamten Inhalt mit einem Schwung auf den Boden geleert. Dann hob er ihr Handy hoch und schaltete es an.

Bei Allah, durchfuhr es Sausan wie ein Blitz, ich habe den letzten Anruf nicht gelöscht!

In dem Moment hatte Faisal auch schon die SMS entdeckt, die Sausan an Walid geschrieben hatte. »Ruf mich jetzt an«, las er vor. »Mal sehen, wer das ist, mit dem du da eben telefoniert hast«, sagte er, und seine Stimme klang nun wieder verdächtig ruhig. Aber es schien Sausan für einen

Moment, als ob sie einen Anflug von Angst in seinen Augen gesehen hätte.

Faisal wählte Walids Nummer und drückte auf die Lautsprechertaste. Es schien eine Ewigkeit zu vergehen, bis das Tuten ertönte. Innerlich flehte Sausan zu Allah, Walid möge nicht abnehmen. Doch da erklang auch schon seine vertraute Stimme: »Sausan? Hallo?« Sausan spürte, wie ihre Knie weich wurden. Sie hatte die Hände zu Fäusten geballt und blickte starr aus dem Fenster. Plötzlich hatte sie den Eindruck, sie sehe sich selbst und die anderen wie in einer Filmszene. Es kam ihr so unwirklich vor, als sie wie durch einen Nebel hindurch die Antwort ihres Bruders vernahm.

»Hallo, wer ist da? Ich bin der Bruder von Sausan. Wer auch immer du bist, du dreckiger Hundesohn, du wirst meine Schwester nie mehr sehen, nie mehr sprechen, hast du verstanden? Du wirst dieses Telefon nie mehr anrufen und nicht auf die Idee kommen, dich hier blicken zu lassen, sonst bringe ich dich um! Ich bringe dich um! Und was meine Schwester anbetrifft, diese Hure, die ist für dich jetzt schon tot!«

Sausan meinte, Walid stöhnen zu hören, aber da hatte Faisal das Telefon auch schon auf den Boden geschleudert und sie bei den Haaren gepackt.

»Du hast uns angelogen, schamlos angelogen, du läufige Hündin«, schrie er, und seine Stimme überschlug sich vor Erregung. Dann schleuderte er sie an den Haaren hin und her, bis Sausan plötzlich mit dem Kopf gegen die Wand donnerte. Weit entfernt hörte sie noch den erschreckten Aufschrei ihrer Schwester und Mutter, dann verlor sie das Bewusstsein.

3. Bei der Nacht, wenn sie dunkelt

Stromausfall! Hanna stand ärgerlich auf und zog die Gardine vor dem Fenster weg, damit etwas mehr von dem spärlichen Tageslicht in den dunklen Raum fiel. Schon wieder! Und immer dann, wenn ihre Lieblingsserie lief und es gerade richtig spannend wurde! Das Mädchen gähnte und blickte sich missmutig um. Die Wohnung war hässlich. Einfach hässlich. An den fleckigen Wänden blätterte Ölfarbe ab, der verschlissene Teppich hatte eine undefinierbare Farbe angenommen, die grün-braun gemusterten Matratzen und Kissen waren altmodisch und völlig durchgesessen. Falls die Vorhänge mal weiß gewesen waren, so hatten sie sich inzwischen der tristen grauen Wand angepasst, und das Präsidentenporträt in wulstigem Goldrahmen war vergilbt. Der einzige moderne Gegenstand in dieser Wohnung war der große Fernseher und der war Hannas liebstes Gegenüber. Doch in letzter Zeit fiel der Strom wieder viel zu häufig aus, und meistens gerade abends, wenn man so richtig darauf angewiesen war. Hanna hasste es, beim flackernden Licht der Notstromlampe in der schummrigen Küche das Essen zuzubereiten, und die Abende zogen sich endlos hin, wenn man mit der Familie um eine Kerze herumsaß. Dann musste sie sich von ihrer Mutter ewig denselben Klatsch anhören, während ihr Vater Qat kauend in der Ecke hockte und ihre Schwester Sausan versuchte, bei Kerzenlicht zu lesen, nur um hinterher über Kopfschmerzen zu klagen.

Was sollte sie jetzt tun? Es war schon zu spät, um noch mal zu den Nachbarsmädchen hinüberzugehen, in einer halben Stunde würde es Zeit für das Abendgebet sein. Also was dann? Zum Lernen verspürte Hanna wie immer nicht die geringste Lust. Deshalb war sie wohl auch im letzten Sommer bei der Abschlussprüfung nach der neunten Klasse durchgefallen. Diese Prüfungen, die der mittleren Reife entsprachen, wurden zentral gestellt und waren viel schwerer gewesen als alles, was zuvor von ihnen verlangt worden war. Deshalb blieb Hanna, ebenso wie etliche ihrer Mitschüler, dieses Schuljahr zu Hause, um zu lernen und die Prüfung am Jahresende zu wiederholen. Aber Hanna nahm nur sehr selten die Bücher hervor. Eigentlich nur dann, wenn sie sich vor anderen, noch unangenehmeren Aufgaben drücken wollte. Die Schule hatte nur deshalb

Spaß gemacht, weil man dort Freundinnen traf und weil es in ihrer Klasse einige Jungen gab, die man foppen konnte. Die meisten städtischen Schulen waren spätestens ab der siebten Klasse nach Geschlechtern getrennt, nicht aber ihre kleine Schule am Stadtrand. Das war allerdings der einzige Vorteil davon, am Stadtrand zu wohnen, fand Hanna. Und das war ja jetzt auch passé …

Plötzlich hatte Hanna eine Idee! Sie holte eine Plastiktüte von einem Haken an der Wand, wühlte darin herum und fand, was sie suchte: ein Stück zerbrochenes Spiegelglas, eine Bürste und ein Schminkset. Zufrieden setzte sie sich auf eine Matratze, lehnte das Spiegelglas vorsichtig ans Fenster und begann, großzügig mit den Farben auf ihrem Gesicht zu experimentieren.

»Na, Schwesterchen, wieder bei deiner Lieblingsbeschäftigung?«, fragte Sausan, die kurz darauf ins Zimmer trat. »Lass mal sehen!«

Hanna blickte sich lächelnd um. Sie war zufrieden mit sich selbst. Die Beschäftigung mit ihrem Spiegelbild hatte ihr noch immer über trübe Stunden hinweggeholfen. Hanna besaß ein rundes Gesicht mit ungewöhnlich heller, reiner Haut. Ihre schwarzen Augen waren leicht mandelförmig mit langen geschwungenen Wimpern. Eine zierliche Nase und anmutige Lippen gaben ihrem hübschen Gesicht einen kindlichen Ausdruck. Wenn sie dann noch einen Schmollmund machte und ihren Vater Hilfe suchend anblickte, konnte dieser ihr keine Bitte abschlagen. Bei ihrem Bruder Faisal wirkte das allerdings nicht, wie Hanna schon oft frustriert hatte feststellen müssen.

»Ach, Hanna, du bist wirklich hübsch!«, sagte Sausan anerkennend. »Darf ich mal?«

Obwohl Hanna diejenige war, die stundenlang mit Farben experimentierte, besaß ihre ältere Schwester Sausan doch die größere Geschicklichkeit im Schminken. Hanna nickte, aber sie ärgerte sich insgeheim. Alles konnte Sausan besser! Die Schule hatte sie spielend geschafft, am College war sie gut gewesen und schon oft hatte man sie gebeten, Bräute zu schminken und zu frisieren. Doch seit einigen Monaten war der Stern ihrer Schwester im Sinken begriffen. Nicht, dass Hanna ihr das gewünscht hätte, bestimmt nicht. Aber ein bisschen gut tat es ihr doch. Seitdem Faisal herausgefunden hatte, dass Sausan heimlich Kontakt mit einem Mann pflegte, hing der Haussegen schief. Sausan hatte ihr Studium abbrechen müssen, besaß kein Handy mehr und durfte das Haus nicht mehr alleine verlassen. Lediglich zu einer Nachbarsfamilie durfte sie noch unbeaufsichtigt gehen, da es dort nur fünf Töchter gab und der Vater nach einem Schlaganfall halbseitig gelähmt war.

Jetzt hatte Sausan mit wenigen Handgriffen Hannas Gesicht noch eine besondere Note verliehen und legte dann gedankenverloren die Farben beiseite. Sie seufzte leise.

»Hanna, was soll ich nur machen? Ich kann Walid einfach nicht vergessen. Ständig denke ich an ihn. Und ich weiß, ihm geht es genauso!« Traurig blickte sie ihre Schwester an und ließ sich neben ihr auf die Matratze gleiten.

»Hast du mal wieder mit ihm telefoniert?«, fragte Hanna leise. Obwohl sie ihre Schwester oft als Konkurrentin empfand, war doch in den letzten Monaten eine neue Solidarität zwischen ihnen gewachsen. Es tat Hanna gut zu wissen, dass sie die einzige Vertraute Sausans in dieser Liebestragödie war.

Sausan schüttelte bekümmert den Kopf. »Nein, du weißt doch, dass das nicht so leicht ist. Aber ich muss unbedingt bald eine Gelegenheit finden! Ich halte das nicht mehr aus. Es ist so schlimm, nicht zu wissen, wie es ihm geht!« Hanna nickte, obwohl sie ihre Kenntnis derartiger Probleme nur aus den türkischen und ägyptischen Seifenopern bezog, die täglich im Fernsehen liefen. Natürlich hatte auch sie schon spielerisch für Männer geschwärmt, aber eigentlich sah sie in dem anderen Geschlecht nur den Erfüllungsgehilfen für einen höheren Lebensstandard. Schönheit und Reichtum, das war es, wovon sie tagaus, tagein träumte. Und Reichtum würde sie nur durch einen entsprechenden Mann erlangen können.

Sausan seufzte noch einmal und lehnte ihren Kopf an die Schulter ihrer Schwester. Hanna wickelte eine Strähne von Sausans Haar um ihren Finger und seufzte ebenfalls. Sicherlich hatte sie Mitleid mit ihrer Schwester, aber trotzdem war Hanna der Meinung, dass Sausan sich zu sehr gehen ließ. Irgendwann musste sie diesen Walid doch mal hinter sich lassen können! Früher war Sausan immer so fröhlich, frech und voller Pläne gewesen – jetzt wirkte sie um Jahre gealtert, war ständig traurig und man konnte nichts mehr mit ihr anfangen. Und das alles wegen eines jungen Mannes vom Dorf! Was hätte dieser Kerl ihrer Schwester schon bieten können? Eigentlich sollte Sausan froh sein, dass Faisal den Kontakt verboten hatte, anstatt sie kurzerhand mit diesem Typen zu verheiraten! Darauf hätte er ja auch bestehen können. Und dann hätte Sausan mit so einem armen Dorftölpel ihr Leben fristen müssen und wahrscheinlich fünfzehn Kinder zur Welt gebracht! Nicht auszudenken! Nein, auf so eine sinnlose Liebschaft würde sie, Hanna, sich sicher nicht einlassen, so viel war klar. Sie würde sich nur für einen Mann entscheiden, durch den sie sozial aufsteigen konnte. Und ihr Herz und ihren Verstand wollte sie sowieso lieber für sich behalten, als sie an einen Mann zu verlieren. In diesem Punkt war sie wohl einfach schlauer als ihre angeblich so intelligente Schwester. So, wie sie die Dinge sah, musste man als Frau die Kunst beherrschen, den Mann, mit dem man verheiratet wurde, zu manipulieren, damit er einem alle Wünsche erfüllte, ohne es zu merken. Im Fernsehen hatte sie schon einige recht überzeugende Tricks dazu kennengelernt.

Inzwischen war es im Zimmer immer dunkler geworden und Sausan hatte eine Kerze angezündet. Da ertönte auch schon der Gebetsruf, um daran zu erinnern, dass die Sonne untergegangen und es Zeit für das vierte Gebet des Tages war.

Hanna stupste ihre Schwester an: »Wer zuerst im Bad ist!«

Früher wäre dies das Signal für ein wildes Gerangel gewesen, jetzt nicht mehr.

Sausan lächelte müde. »Geh du nur vor, ich komme gleich nach. Ich schaue gern noch ein wenig allein aus dem Fenster.«

Der Himmel im Westen hatte sich tatsächlich wunderschön violett-rosa verfärbt. Einzelne tiefdunkelblaue Wolken bildeten einen stimmungsvollen Kontrast zu dem glühenden Himmel und den schwarzen Bergen. Hanna zuckte mit den Schultern und verließ den Raum.

Kurze Zeit später hörte man die Haustür gehen und schwere Schritte kündigten die Heimkehr der Mutter an. Schon kam sie schwitzend und schnaufend ins Zimmer herein und wickelte sich aus ihren Tüchern. Anstelle eines Baltos und der Luthma, des schwarzen Mantels und des Gesichtsschleiers, trug die Mutter lieber das Vorgängermodell: einen langen schwarzen Wickelrock, den man über dem eigentlichen Kleid trug, sowie ein großes schwarzes Baumwolltuch, das so geschickt geschlungen wurde, dass es Kopf und Oberkörper komplett bedeckte und nur die Augen frei ließ. Jetzt wischte sie sich ächzend den Schweiß von der Stirn und ließ sich schwerfällig auf eine Matratze fallen.

»Du kommst spät«, sagte Sausan verwundert. »Wo warst du denn so lange?«

»Ach, weißt du, ich war bei den Al-Fallahis. Muna liegt doch im Wochenbett, sie hat ihr siebtes Kind bekommen. Und, oh, der Rückweg war so anstrengend! Die ganze Zeit bergauf. Ich habe kaum noch Luft gekriegt! Kannst du mir etwas zu trinken bringen?«

»Aber sicher«, erwiderte Sausan und ging in die Küche. Als sie mit dem Wasser zurückkam, war Hanna wieder im Diwan und hatte ihren Gebetsteppich ausgerollt.

»Und du?«, fragte die Mutter.

»Ich gehe ja schon«, antwortete Sausan und ging ins Bad, um sich mit der rituellen Waschung auf das Gebet vorzubereiten.

Die Mutter selbst war heute von dieser Pflicht befreit, denn eine menstruierende Frau galt im Islam als spirituell unrein.

Als Sausan mit ihrer Gebetsübung begann, war Hanna schon wieder fertig und erfuhr gerade von ihrer Mutter die neusten Nachrichten des Stadtteils. Da eine jemenitische Frau nach der Geburt traditionell bis zu fünfundvierzig Tage das Wochenbett hütet und das Haus nicht verlässt, wird ihr Diwan in dieser Zeit zum Treffpunkt ihrer Freundinnen und Nachbarinnen. Der Besuch bei Kranken gilt als religiöse Pflicht, doch da Araber die Gemeinschaft lieben, wird die Pflicht zur Kür.

»Heute gab es nur ein Thema«, begann die Mutter angeregt, »es ist wieder ein Saudi in die Stadt gekommen und sucht sich eine Braut! Er war wohl schon bei verschiedenen Familien, aber bisher ist noch nichts beschlossen.«

»Ach ja?« Hanna sah interessiert auf.

Seit kurzer Zeit schien sich ihre Stadt als Geheimtipp bei den saudischen Männern herumgesprochen zu haben. Die Mädchen aus dieser nördlichen Provinz galten allgemein als besonders hübsch. Und da die Brautpreise im Jemen wesentlich geringer waren als die in Saudi-Arabien und jemenitische Frauen anspruchsloser als ihre saudischen Schwestern, kamen immer mehr saudische Männer auf die Idee, sich im Jemen eine Zweitfrau zuzulegen. Diese Praktik war im Jemen selbst allerdings umstritten. Die meisten Familien lehnten es ab, ihre Tochter mit einem Ausländer zu verheiraten, dessen familiären Hintergrund man nicht erforschen konnte, und es kursierten schlimme Geschichten von Mädchen, die verheiratet, sexuell ausgebeutet und dann wieder fallen gelassen worden waren. Trotzdem hatte das ganze Thema einen exotischen Reiz, und inzwischen kannte jede Frau irgendeine andere Frau, die wiederum eine Frau kannte, die durch die Ehe mit einem Saudi reich und unabhängig geworden war.

»Dieser Mann soll ein Lehrer aus Jedda sein. Natürlich verheiratet, mehrere Kinder hat er auch schon. Er sucht ein junges Mädchen, dem er hier eine Wohnung einrichten will. Er käme dann immer in den Sommerferien und auch im Ramadan für ein paar Wochen. Bei den Al-Fallahis hat er schon nachgefragt. Muna wäre ja nicht abgeneigt, ihre Älteste mit dem Saudi zu verheiraten, aber ihr Mann war strikt dagegen«, erzählte die Mutter weiter.

»Aus Jedda?«, fragte Hanna. »Das ist doch die große Hafenstadt am Roten Meer, oder? Dort soll unheimlich was los sein, habe ich gehört.«

»Was meinst du denn damit?«, fragte Sausan, die sich nach ihrem Gebet zu den beiden gesetzt hatte. »Da ist es einfach nur super heiß, so wie in Hodeidah. Aber die Saudis haben natürlich alle schicke Villen mit Klimaanlage, riesige Shoppingmalls und unendlich viel Geld. Wenn es das ist, was du meinst …«

Hanna grinste. Dann fragte sie weiter: »Was bietet er denn als Brautpreis?«

»Ja, so ganz genau weiß ich das auch nicht. Aber eine Million ist es auf jeden Fall. Und das Gold kommt aus den Emiraten! Außerdem erhalten die Brauteltern auch mindestens 50 000 Rial. Großzügig sind sie schon, die Saudis, wenn sie sich auch immer für etwas Besseres halten.«

Zwei Tage später hatte Hanna ihre Eltern so weit. Ihren Vater hatte sie überredet, den Saudi in einer Qatrunde kennenzulernen, und inzwischen dachte er, es sei seine eigene Idee gewesen, den Mann aus Jedda zum Mittagessen nach Hause einzuladen. In der Küche lief alles auf Hochtouren: Mehrere Nachbarinnen waren gekommen, um bei der Vorbereitung eines Mahles zu helfen, das eines ausländischen Gastes würdig war. Bald füllte sich der Diwan. Neben dem Vater und dem Saudi, der sich als Ali al-Najrani vorstellte, waren auch die Nachbarn zugegen. Sausan hielt sich im Hintergrund, wunderte sich aber nicht, dass Hanna, wenn auch tief verschleiert, das Essen bis zur Tür des Diwans brachte, wo der Vater es dann entgegennahm.

»Wie sieht er denn aus?«, fragte sie ihre jüngere Schwester später beim Abwasch.

»Viel habe ich auch nicht gesehen. Aber er ist nicht besonders groß, eher rundlich und hat einen langen Bart, so wie die Fundis ihn gerne tragen. Wahrscheinlich so um die Mitte dreißig, denke ich.«

Sausan schüttelte den Kopf. »Ich verstehe das nicht. Was hat so jemand denn davon, eine Zweitfrau im Jemen zu haben? Das ist doch keine Ehe, wenn man sich nur alle paar Monate mal für einige Wochen sieht.«

»Aber gerade das ist doch das Gute daran«, widersprach Hanna eifrig. »Du bist die ganze Zeit über dein eigener Herr. Nur wenn er auf Besuch kommt, liest du ihm halt für eine Weile jeden Wunsch von den Augen ab. Dann geht er wieder und beide sind zufrieden.«

»Meinst du das wirklich ernst?«, fragte Sausan verblüfft.

»Natürlich. Ich bin nicht so eine Romantikerin wie du, das wäre mir viel zu gefährlich. Denk doch nur, wenn der mich heiraten würde, bekäme ich meine eigene Wohnung! Als verheiratete Frau hätte mir keiner mehr etwas vorzuschreiben, außer meinem Ehemann – und der wäre meistens tausend Kilometer entfernt. Das ist doch eine sehr angenehme Vorstellung!«

Die Männer blieben noch den Nachmittag über zum Qatkauen und gingen dann gemeinsam zum Abendgebet in die Moschee. Der Vater war ganz aufgedreht, als er anschließend nach Hause kam.

»Ein anständiger Mann«, erzählte er während des gemeinsamen Abendessens. »Und so höflich! Er unterrichtet Islam an einer Jungenschule. Ein guter Muslim, wie mir scheint. Und sehr belesen. Auch mit dem Qat hat er sich schon angefreundet, obwohl das in Saudi-Arabien ja verboten ist. Er fühlt sich bei uns im Jemen sichtlich wohl.«

»Nun sind wir den anderen endlich mal einen Schritt voraus«, sagte die Mutter stolz. »Außer uns hat noch keiner hier im Viertel einen Saudi zu Besuch gehabt!«

»Nun, dieser Vorsprung ist kurzlebig«, sagte der Vater lachend. »Unsere Nachbarn haben ihn für morgen eingeladen. Ich glaube, der arme Suleymann wäre froh, wenn der Saudi eine seiner vielen Töchter heiraten würde, dann hätte er einen Mund weniger zu stopfen. Sie können ja sowieso kaum überleben, seitdem er nicht mehr auf dem Bau arbeiten kann.«

»Ach was. Denkst du? Hat er denn nicht nach unseren Töchtern gefragt?«, wunderte sich die Mutter. »Sausan und Hanna sind doch wesentlich hübscher als Suleymanns Töchter und wir kommen auch aus einem viel besseren Clan als sie. Es würde mich doch sehr wundern, wenn der Saudi sich für diese Mädchen interessiert und nach unseren nicht einmal fragt!« Sie schüttelte ärgerlich den Kopf. »Ob ihm unser Essen vielleicht nicht geschmeckt hat?«

Ihr Mann wischte sich den Bart mit einem Zipfel seines lose um den Kopf geschlungenen Tuches ab. »Natürlich hat er mich nach unseren Töchtern gefragt, aber ich wusste nicht so recht, was ich sagen sollte. Zwei Töchter halt. Ich konnte ihm ja nicht gut sagen, dass die eine nicht mehr zum College geht, weil sie einen Liebsten hatte, und die andere ihre Schulprüfungen nicht geschafft hat.«

»Papa, manchmal bist du aber wirklich gemein!«, schrie Hanna auf.

Auch die Mutter schaute ihren Mann gekränkt an. Dann kam ihr ein Gedanke. »Aber vielleicht wäre das doch eine gute Lösung für Sausan! Sie heiratet diesen Saudi und dann kann sie wieder studieren. Er würde sicherlich auch die

Studiengebühren übernehmen, das war sowieso immer so teuer.«

Diesmal war es Sausan, die sich abrupt umdrehte und ihre Mutter böse anfauchte. »Hört mir gut zu. Wenn es euch einfallen sollte, mich mit diesem Saudi zu verheiraten, dann stürze ich mich von dem nächstbesten Felsen. Und das meine ich ernst!« Damit stand sie auf, verließ den Raum und knallte die Tür hinter sich zu.

Der Vater lachte. Ihm schien das Ganze Spaß zu machen, der Besuch des Ausländers hatte eindeutig sein Selbstwertgefühl gestärkt.

»Warum ist sie denn so böse?«, fragte Hanna beiläufig. »Ali ist doch ein netter Mann, hast du gesagt, nicht wahr, Papa?«

»Ja, sehr höflich und gebildet. Man kann viel von ihm lernen. Er hat uns interessante Geschichten aus dem Leben des Propheten erzählt.«

»Islam war immer mein Lieblingsfach in der Schule. Aber wir hatten nie besonders gute Lehrer«, beeilte sich Hanna zu sagen. »Das ist wirklich schade. Wenn ich mit der Schule fertig bin, studiere ich Islam, da lernt man den ganzen Koran auswendig. Ich glaube, das ist das Beste, was man in seinem Leben tun kann.«

Diesmal war es ihre Mutter, die die Brauen runzelte. »Das sind ja ganz neue Töne! Ich kann mich gar nicht daran erinnern, dass du gute Noten im Islamunterricht hattest. Geschweige denn, dass du im Ramadan je den Koran durchgelesen hättest.«

»Ach, Mama, das lag doch nur an unseren schlechten Lehrern. Mit einem guten Lehrer wäre das alles ganz anders gewesen!«

»Nun, dann sollten wir vielleicht dich mit dem Saudi verheiraten, dann wirst du noch zur Islamspezialistin«, warf der Vater lachend ein.

Hanna blickte ihn an und sagte nichts.

Der Vater stutzte: »Sag bloß, du denkst tatsächlich darüber nach?«

»Warum denn nicht?«, mischte sich da die Mutter ein. »Das wäre doch eine gute Partie! So einen gebildeten, anständigen Mann trifft man nicht oft, hast du selbst gesagt. Und um Geld braucht sich Hanna dann auch keine Sorgen mehr zu machen. Es haben schon bessere Leute als wir solche Angebote angenommen. Wieso hast du ihn nur so schnell abgewimmelt! Du solltest solche Angelegenheiten vorher mit mir besprechen! Was, wenn er nun eine der Töchter von Suleymann nimmt? Das wäre eine Schande! Die arme Hanna«, ereiferte sich die Mutter. Sie nahm ihre Tochter in den Arm, die nun tatsächlich so niedergeschlagen aussah, dass der Vater ein schlechtes Gewissen bekam.

»Aber Hanna, ich konnte doch nicht ahnen, dass du schon ans Heiraten denkst. Du bist doch erst fünfzehn Jahre alt!«

»Erst fünfzehn!«, rief Hanna aufgebracht. »Ich bin doch

kein Kind mehr! Mama hast du schon geheiratet, da war sie erst dreizehn. Immer denkst du, ich wäre noch ein Baby. Hast du denn keine Augen im Kopf?«

Der Vater wurde etwas verlegen. »Aber denk doch einmal nach, Hanna. Der Mann hat zwar Geld und macht auch sonst keinen schlechten Eindruck, aber darüber hinaus wissen wir doch gar nichts von ihm! Außerdem wärst du seine Zweitfrau, würde dir das wirklich gefallen?«

Hanna spürte, wie der Widerstand ihres Vaters schwächer wurde, und änderte ihre Taktik. Sie rutschte zu ihm hinüber und kuschelte sich an ihn: »Papa, ich weiß doch auch nicht. Ich habe nur so den Eindruck, das könnte mein Schicksal sein! Ich spüre das in meinem Herzen. Aber die ganzen Details müsstest du natürlich herausfinden und aushandeln. Darin bist du doch so geschickt! Dich kann niemand über den Tisch ziehen! Ich vertraue dir voll und ganz, ich weiß, dass du für mich die besten Konditionen aushandeln würdest. Zum Beispiel eine eigene Wohnung in eurer Nähe, mindestens 30 000 Rial monatlichen Unterhalt und die Erlaubnis, die Schule abzuschließen. Nach dem Schulabschluss könnte er mich ja auch nach Saudi-Arabien holen, aber vorher nicht.«

Ihre Mutter nickte anerkennend. »Hanna hat recht. Merkst du nicht, wie vernünftig sie sich mit der Sache beschäftigt? Du gehst am besten jetzt gleich noch mal in das Hotel zu dem Saudi und sprichst mit ihm, damit ihn uns morgen nicht jemand anderes noch vor der Nase wegschnappt. Suleymann zum Beispiel! Ich werde mich mit Amat Al-Rahman besprechen, ihre Schwägerin ist auch mit einem Saudi verheiratet. Und dann sehen wir weiter. Allah ist gnädig!«

Und Allah war gnädig. Zumindest erschien es Hanna so. Letzte Woche noch war sie ein frustrierter Teenager gewesen, der nicht wusste, wie er seine Zeit am besten totschlagen sollte, und jetzt war sie die zukünftige Frau eines reichen Saudis aus Jedda. Sie merkte förmlich, wie ihre Eltern und die allgegenwärtigen Nachbarinnen sie plötzlich mit einem neuen Respekt, ja einer gewissen Ehrfurcht behandelten. Nur Sausan hatte ihr gleich deutlich ins Gesicht gesagt, was sie von diesen Heiratsplänen hielt: gar nichts. Doch ihre Argumente waren an Hanna abgeperlt und nun hielt sie den Mund.

Die Hochzeitsvorbereitungen waren wie am Schnürchen gelaufen. Die Männer hatten sich schnell geeinigt, den Vertrag schriftlich fixiert und die Einkäufe erledigt. Hanna durfte den Goldschmuck selbst aussuchen, und dann war sie tagelang nur damit beschäftigt, immer wieder zu der Näherin zu gehen, um sich verschiedene prächtige Hochzeitskleider anfertigen zu lassen. Im Jemen dauerte die Hochzeitsfeier für die Frauen etwa eine Woche, wobei an jedem Tag ein anderes Kleid zur Schau getragen wurde.

Erst ganz zum Schluss wurde das weiße Hochzeitskleid angelegt, welches man für diesen Zweck mieten konnte.

Nur ein Problem hatte sich plötzlich noch ergeben, und das hätte beinah alles wieder zunichtegemacht: Faisal. Der Bruder fühlte sich von der Nachricht über die bevorstehende Hochzeit überrumpelt und stellte sich zunächst völlig quer. Er drohte sogar, seine Kontakte an der Militärakademie zu nutzen, um den Saudi erst einmal verhaften zu lassen, bis alle offenen Fragen zu seinem Hintergrund geklärt seien. Diesmal jedoch gab Hannas Vater nicht klein bei, wie sonst so oft in den Auseinandersetzungen mit seinem Sohn. Und schließlich beruhigte sich Faisal wieder. Ja, letztendlich schien ihm die Vorstellung, mit einem Saudi verschwägert zu sein, sogar zu gefallen.

Hanna fühlte sich wie in Trance. Die letzten Tage waren in ihrem Kopf ein wirres Durcheinander von bunten Farben, laut dröhnender Musik und dem Geruch von Weihrauch, Wasserpfeife und Henna. Der Kopf tat ihr weh und übel war ihr auch. Vier Tage lang waren jeden Morgen und jeden Nachmittag ungezählte Scharen von Frauen in das kleine Haus geströmt, hatten jeden Quadratmeter eingenommen und auf den Auftritt der Braut gewartet. Jeden Tag hatte Hanna ein neues Kleid getragen, sich ausgiebig schminken und frisieren und dann feiern lassen. Die letzte Nacht hatte sie nun so gut wie nicht geschlafen.

Erst war sie stundenlang an Armen, Beinen und Dekolleté mit feinen schwarzen Ranken und Blütenmustern bemalt worden, und dann hatte sie den Rest der Nacht sitzend verbringen müssen, um die kunstvollen Ornamente beim Trocknen nicht zu verwischen. Hanna fühlte leichte Panik in sich aufsteigen, es war, als ob ihr die Fäden zu entgleiten drohten. Alles lief wie vorprogrammiert, doch fühlte sie sich in dem System nur noch als Statist. Zwar spielte sie die wichtigste Rolle, aber ohne eigenen Charakter, ohne Handlungsspielraum. Die Hochzeitsmaschinerie hatte die Leitung übernommen. Die Tradition diktierte, wann was stattzufinden hatte. Hannas Hochzeit unterschied sich in nichts von allen anderen Hochzeiten in diesem Viertel.

Heute nun war der letzte Tag. Ihr letzter Tag hier zu Hause als Mädchen. Heute war keine Feier mehr für die Frauen, aber die Männer feierten im Hotel. Das würde bis spät in die Nacht gehen, so lange, bis man sie zu ihrem Mann bringen würde. Allmählich wurde Hanna nervös. Und die Naqsch-Bemalungen begannen nun auch noch fürchterlich zu jucken.

»Sausan!«, rief sie in den Flur hinaus. Sie fühlte sich plötzlich so elend. »Sausan!« Irgendwo musste Sausan doch stecken! Sie hatten in den letzten Tagen kaum mal eine Minute zu zweit verbringen können.

Sausan streckte den Kopf zur Tür herein. »Ja? Brauchst du irgendetwas?«

»Ach, komm doch einfach mal kurz rein. Und mach die Tür zu. Ich habe so Kopfschmerzen von diesem Lärm die ganze Zeit.«

Auch Sausan sah erschöpft aus. »Bald haben wir es geschafft. Dann ist die Feier vorbei.«

»Ja, für dich ist es vorbei. Und für mich? Ich habe Angst, Sausan!«

Sausan blickte erstaunt auf. Leben kam in ihre Augen. »Wirklich? Ich dachte, du willst das unbedingt so. Es war doch alles deine Idee!«

»Ich weiß doch. Du hast ja recht. Aber … jetzt ist es mir nicht mehr wirklich geheuer. Ich meine, ich weiß doch gar nicht, was auf mich zukommt!«

»Oh Hanna!« Sausan nahm ihre Schwester in die Arme. »Was machst du bloß für Sachen!« Sie drückte Hanna fest und seufzte tief. »Ich hoffe, dieser Ali ist gut zu dir. Er hat ja keinen Grund, dich schlecht zu behandeln. Er wollte eine junge hübsche Jemenitin und die bekommt er. Du wirst ihm so gefallen, dass er dich auf Händen trägt, du wirst schon sehen. Hab keine Angst, es wird sicher alles gut.« Sausan verachtete sich selbst für diese Worte. Aber was sollte sie anderes tun? Festhalten an dem bisschen Hoffnung, das es gab, mehr blieb ihnen doch nicht, oder?

Hanna kuschelte sich an ihre Schwester. »Wird es je wieder zwischen uns so sein, wie es immer war?«

»Aber natürlich!«, protestierte Sausan. »Zwischen uns ändert sich doch nichts.« Traurig strich sie ihrer Schwester über die langen glänzenden Haare.

Stunden später war es dann so weit. Hanna sah in ihrem reich verzierten weißen Hochzeitskleid wie eine Märchenprinzessin aus. Die schwarze Naqsch-Bemalung unterstrich ihre weiße Haut, sodass sie einer zarten barocken Porzellanfigur glich. Sausan drückte ihrer Schwester noch einmal die kalten Hände, bevor Hanna mit schwarzen Tüchern überhängt und unter lautem Jubel und Feuerwerk zu einem aufgeputzten, grell dekorierten Landcruiser geleitet wurde, in dem ihr Vater und ihr Bruder sie zum Hotel brachten. Der Wagen fuhr in einer hupenden Kolonne durch die Nacht. Es wurde nicht der kürzeste Weg gewählt, da die Männer an diesem Spektakel ihre Freude hatten. Hanna versuchte, sich abzulenken, indem sie sich ihre neue Wohnung ausmalte, in die sie in einer Woche einziehen würde. Denn zunächst war die Honeymoon-Suite des Hotels gebucht, ein Luxus, um den sie all ihre Freundinnen beneideten.

Schließlich waren sie da. Am liebsten hätte Hanna sich nun in Luft aufgelöst. Das Hotel war hell erleuchtet, eine große Anzahl von Männern stand auf der Straße, es wurde getrommelt und Raketen wurden abgeschossen. Trotz ihrer schwarzen Tücher, die außer einem kleinen weißen Rand auf Fußhöhe nicht einmal ihr Hochzeitskleid erahnen ließen, fühlte Hanna sich nackt und spürte, wie sie am ganzen Leib zitterte, als sie das Hotel betrat. Normalerweise wäre sie nun in das Elternhaus des Bräutigams gebracht und dort von der ganzen Familie empfangen worden. Man hätte sie in einen mit Familienangehörigen gefüllten Raum geleitet, sie dort auf einen Stuhl gesetzt und der Bräutigam wäre gekommen. Er hätte die Sure Al-Fatiha über ihr gebetet, ihr ein Geldgeschenk überreicht und den Schleier gelüftet, um sie das erste Mal zu sehen. Dann hätten sie sich gegenseitig Kuchen und Saft gereicht, um kurz darauf zu zweit in ihrem privaten Zimmer zu verschwinden. Stattdessen begleitete ihr Vater sie alleine zu der Suite, wo sie sich auf einen Stuhl setzte, nahm ihr die schwarzen Tücher ab und wartete kurz, bis der Saudi eintrat. Hanna wagte kaum den Blick zu heben. So neugierig sie vorher gewesen war, so sehr ängstigte sie sich jetzt vor dem, was auf sie zukam. Der Vater und Ali wechselten ein paar Worte, ihr Vater klopfte ihr noch einmal aufmunternd auf die Schulter und ging. Hanna saß da und hörte, wie die Tür ins Schloss fiel. Sie versuchte, sich an das kecke, selbstbewusste Auftreten der Frauen im Fernsehen zu erinnern, konnte aber ihr Zittern nicht unterdrücken.

Da fühlte sie die Hand des Mannes auf ihrem Kopf. Er rezitierte mit lauter Stimme die Al-Fatiha: »Bismi Allah ar-Rahman ar-Rahim …«

Hanna schloss die Augen und spürte, wie die vertrauten

Worte ihr innerlich Mut machten. Nun lüftete der Saudi auch schon ihren Gesichtsschleier und legte seinen Finger sacht unter Hannas Kinn, sodass sie scheu die Augen öffnete.

»Bei Allah, wie bist du schön«, sagte er und blickte sie stolz an.

Hanna wagte ein kleines Lächeln und schaute dann gleich wieder auf ihre Hände hinunter, in die der Bräutigam jetzt ein Bündel saudischer Geldnoten drückte.

»Für meine kleine Frau«, sagte er lächelnd und strich ihr vorsichtig über den Arm, spielerisch die Bemalungen nachfahrend.

Hanna hielt die Luft an. Auch das noch! Ihre Haut hatte allergisch auf das Naqsch reagiert und an manchen Stellen hatten sich unter der schwarzen Farbe kleine schmerzende Brandblasen gebildet.

Nun nahm Ali Hannas Hand und forderte sie auf: »Komm mit mir an den kleinen Tisch. Auch du sollst deine Hochzeitstorte bekommen.« Er führte sie zu dem Erker des Zimmers, wo eine mächtige Torte stand.

Wo hat er diese Torte wohl her?, schoss es Hanna durch den Kopf. Etwa aus der Hauptstadt? So etwas bekommt man hier doch gar nicht.

Sie standen beide vor dem Tisch und Ali schnitt ein Stück von der Torte ab. Hanna betrachtete ihn aus dem Augenwinkel. Er trug heute über seinem langen weißen Gewand eine breite bunte Schärpe und die jemenitischen Männer hatten ihm den traditionellen jemenitischen Hochzeitsschmuck aufgesetzt: einen bunten geschlungenen Turban, mit würzig riechenden Kräutern gespickt. Trotzdem sah Ali nicht wie ein Jemenit aus. Er war zwar auch klein, aber nicht drahtig, sondern rundlich. Sein breites, weichliches Gesicht war von heller Hautfarbe. Der lange schwarze Bart war sauber geschnitten, aber seine Nase und sein Mund hatten keine klaren Formen.

Ali sah auf und ihre Blicke trafen sich. Seine Augen waren von einem hellen Braun und blickten sie weich an. Die Augen einer Frau, dachte Hanna, als er ihr einen Löffel Kuchen in den Mund schob. Wortlos reichte er ihr den Löffel und lächelte ihr aufmunternd zu. Hanna beugte sich leicht vor, um nun ihrerseits einen Bissen Kuchen auf den Löffel zu schieben und ihrem Bräutigam zu reichen, als Ali plötzlich hinter sie trat und ihr von hinten den Nacken küsste. Hanna erstarrte und hielt die Luft an. Da begann er auch schon, die Linie ihrer Schulter entlang zu küssen und den Träger ihres Kleides wegzuschieben. Zitternd ließ Hanna den Löffel sinken und verkrampfte ihre Hände ineinander. Alis Küsse wurden heftiger und sein Atem lauter. Die Berührungen und der Geruch des fremden Mannes lösten in Hanna eine merkwürdige Mischung aus heftiger Abscheu und seltsamem Verlangen aus. Als ob sie wegrennen und sich gleichzeitig ergeben wollte. Hanna spürte, wie ihre Glieder erschlafften, und sie wehrte sich nicht, als Ali den

Reißverschluss ihres Kleides öffnete und sie dann zu sich herumdrehte.

Es war noch immer Nacht. Hannas Mutter kam aufgeregt zur Tür herein und lief zu ihrer Tochter hinüber, die betreten auf dem großen Bett saß und beim Anblick ihrer Mutter die Decke bis zum Kinn hochzog.

»Mein Kind, was ist denn passiert? Ist alles in Ordnung?«

Hanna zog die Nase kraus und kaute, statt zu antworten, nervös auf einer Locke herum. Ihr aufwendiges Make-up war völlig verschmiert und verlieh dem Gesicht ein groteskes Aussehen. Die Haare, ganz steif vom Haarspray, standen wirr um ihren Kopf herum.

Die Mutter stampfte ärgerlich mit dem Fuß auf. »Was ist denn hier los? Zeig mal!« Unsanft schob sie ihre teilnahmslose Tochter beiseite und inspizierte das Bettlaken. »Kein Blut! Oh, Allah! Welche Schande!« Aufgeregt eilte sie in das angrenzende Badezimmer und kam einen Augenblick später mit einem nassen Handtuch wieder. Leise vor sich hin schimpfend, wusch sie ihrer Tochter das Gesicht, zog ihr die Haarnadeln aus dem Haar und versuchte, es mit den Fingern zu glätten.

Hanna saß währenddessen in ihre Decke gehüllt auf dem Bett und zuckte mit keiner Miene. Doch schließlich holte sie tief Luft und sagte leise: »Das war peinlich, Mama. Einfach nur peinlich.«

Die Mutter unterbrach ihre Bemühungen und ließ sich auf der Bettkante nieder. »Es ist also tatsächlich wahr! Er hat es nicht geschafft, dieser Saudi? So eine Schande! Faisal hat mich geholt und gesagt, der Vater sei mit deinem Saudi zu einer Apotheke gefahren. So ein Schwächling! Da haben sie Geld und wollen noch eine zweite Frau, und dann schafft dieser Mann es nicht einmal, seine Pflicht zu tun. Mein armes Kind!« Sie schüttelte den Kopf und zupfte weiter an Hannas Haaren herum. »Wenn er nicht bis zum Morgen das blutige Laken produziert, nehmen wir dich gleich wieder mit. Sonst denken die Leute ja alle, du hättest schon vor der Ehe deine Unschuld verloren! So eine Schande!« Ohne auf Hannas Reaktion zu warten, erhob sich die Mutter nun und fuhr aufgeregt fort: »Du musst dich doch einfach nur hinlegen und die Beine breit machen, Hanna! Das hast du doch verstanden, oder? Du hast dich ihm doch nicht etwa widersetzt? Das hat keinen Zweck, Kind, das weißt du doch. Was denkst du, weshalb die Männer sonst heiraten? Aber dass er es dann nicht einmal schafft! Schlimm ist das. Vielleicht liegt es ja an dem Qat. Das passiert manchmal. Nun, hör mir mal zu«, damit setzte sie sich wieder, nahm Hannas Gesicht zwischen ihre Hände und schaute ihr energisch in die Augen, »sie kommen jetzt bestimmt gleich wieder zurück. Und dann wird alles gut, du wirst schon sehen. In der Apotheke bekommt er ein Stärkungsmittel und Pillen. Das war bei dem Mann von Sumaya auch so. Danach wollte er gar nicht mehr aufhören! Also mach dir keine Sorgen. Und sei nett zu ihm, sonst klappt es erst recht nicht. Du kannst dir auch ein paar Kissen unterlegen, damit er besser drankommt. Oder die Beine anziehen. Das hilft.«

Hanna sagte kein Wort. Sie zählte nur leise die aufgedruckten Rosen auf der Bettdecke: fünfunddreißig, sechsunddreißig, siebenunddreißig. Da klopfte es.

Die Mutter stand auf. »Ich muss jetzt gehen. Aber ich warte mit deinem Vater draußen im Flur auf das Laken. Allah sei mit dir.«

Die Mutter verließ den Raum und Ali trat ein. Er wich dem Blick der Mutter aus, schloss die Tür und knipste das Licht aus. Hanna hörte, wie er sich die Kleider auszog, es roch nach Schweiß. Als er schwerfällig zu ihr auf das knarrende Bett stieg, machte sie die Augen zu. Ihre Hand schloss sich fest um einen zerknitterten saudischen Geldschein.

4. Der Sturm

Aischa stand auf dem flachen Dach des Hauses und streckte sich. Ein neuer Tag! In der letzten Nacht hatten die Moskitos ihr und den beiden Kleinen das Leben schwer gemacht und Aischa fühlte sich noch wie gerädert. Doch nach dem Regenguss am Vortag leuchtete der Morgen jetzt frisch und klar, die Luft roch würzig nach feuchter Erde und der Himmel schien einen schönen Sommertag zu versprechen. Aischa löste ihren schwarzen Schleier und versuchte, mit einem halb zerbrochenen Kamm ihre langen Locken zu bändigen. Schließlich goss sie sich etwas Olivenöl in die Hände und verteilte es im Haar. Nun erst fügten sich die Locken ihrem Willen. Während Aischa sich einen Zopf flocht und diesen dann wieder unter dem Schleier verbarg, sah sie zu, wie in der Ferne eine lange Schnur von weißen Schafen hinter dem Bergrücken verschwand. Samira, Aischas vierzehnjährige Schwägerin, brach mit den Tieren immer schon früh auf, um sie noch in der Morgenfrische an den steilen Hängen die frischen zarten Halme abweiden zu lassen. Das zierliche Mädchen hütete die Herde täglich. Dabei musste sie darauf achten, dass die Tiere nicht in Hirsefelder eindrangen oder an Hängen weideten, die einer anderen Familie gehörten. Dürre, schmutzig weiße Fettschwanzschafe, der ohrlose Kopf seltsam groß im Verhältnis zu dem schmalen Körper, folgten ihr gehorsam auf kaum erkennbaren Pfaden kreuz und quer über die steilen Hänge und fanden auch dort noch etwas zu knabbern, wo es für einen ungeschulten Blick nur Felsen und Staub gab. Außer ein paar herumstreunenden Hunden oder Greifvögeln gab es keine natürlichen Feinde mehr in diesem Teil der jemenitischen Berge. Außerdem war Samira, wie die meisten Hirten, eine geschickte Steinwerferin, sie brauchte niemanden zu fürchten. Auch wenn ein Schaf sich einmal zu weit von der Herde entfernte oder zu nah an einen gefährlichen Abgrund geriet, konnte sie es mit einem gezielten Steinwurf zu der gewünschten Richtungsänderung bewegen.

Aischa lächelte wehmütig, als sie Samira am Horizont verschwinden sah, und dachte an ihre eigenen Tage als Schafhirtin zurück. Eintönig, aber friedlich waren diese Tage gewesen. Geprägt von dem leisen Klicken der Schafhufe auf dem felsigen Boden, dem zupfenden Geräusch ihres Weidens und dem stetigen Lauf der gleißenden Sonne vom östlichen Felsenkamm zu seinem westlichen Gegenüber. Doch ganz besonders hatte sie die erhabene Melodie der Stille geliebt, dieser Stille, die sich ausbreitete, wenn die Schafe während der Mittagshitze im Schatten eines Felsen rasteten. Eine Symphonie der Natur, die in ihr eine Ahnung von Unendlichkeit weckte und ihr ein Gefühl von Frieden und Geborgenheit schenkte, das sie sonst nirgends je so empfand.

Aischa gähnte. Sie war schon wieder müde. Die Kinder hatte sie versorgt, Wasser geholt, den Brotteig geknetet, das Frühstücksgeschirr gespült. Nun sollte sie noch Wäsche waschen, bevor sie sich an die Vorbereitung des Mittagessens begab. Ali, ihr zweijähriger Sohn, und Fairuz, seine einjährige Schwester, waren leider beide noch nicht trocken, und da man im Dorf keine Windeln kaufen konnte, fiel täglich viel Wäsche an. Immerhin waren die Zisternen aufgrund des starken Regens der letzten Wochen gut gefüllt, sodass Aischa nicht bis zum Flusstal laufen musste, um Waschwasser zu holen. Fairuz war noch einmal eingeschlafen. Sie lag in Aischas Kammer in dem rot-weiß gemusterten Palästinensertuch, das sie wie eine kleine Hängematte unter dem Metallgestell ihres Bettes befestigt hatte. Jetzt nahm Aischa Ali auf den Arm und stieg die Treppe hinunter zu einer anderen Kammer, wo eine füllige ältere Frau auf Polstern am niedrigen Fenster saß und Wasserpfeife rauchte.

»Mutter«, sprach Aischa ihre Schwiegermutter an, »Fairuz schläft, und ich möchte zur Zisterne, um die Wäsche zu waschen. Kann ich Ali bitte solange bei dir lassen? Vielleicht hast du auch noch etwas zum Waschen, ich nehme es gerne mit.«

Fatima blickte mürrisch auf, brummte eine religiöse Formel und strich sich dann stöhnend über den Rücken: »Meine Tochter, du weißt doch, dass ich starke Schmerzen habe und mich kaum bewegen kann. Da kann ich nun wirklich nicht auf kleine Kinder aufpassen! Nimm deinen Sohn nur mit, du bist jung und stark. Ich habe meine Kinder auch immer mit mir herumtragen müssen! Und die Kleider da vorne in der Tüte müssen unbedingt gewaschen werden. Aber achte darauf, dass das Gewand deines Schwiegervaters auch schön weiß wird! Übermorgen ist Freitag, da braucht er es.« Einen weiteren tiefen Zug aus ihrer Wasserpfeife nehmend, wollte sie sich gerade wieder dem Fenster zuwenden, als ihr noch etwas einfiel: »Und, Aischa, denk daran, du musst dich beeilen, damit das Mittagessen rechtzeitig fertig wird. Hast du den Brotteig auch gut durchgeknetet? Nicht, dass das Brot wieder so zäh wird wie gestern. Du weißt doch, dass ich nur ganz lockeres Brot vertrage, das andere liegt mir immer so schwer im Magen!« Aischa nickte nur kurz, nahm die Tüte mit und verließ enttäuscht den Raum. Wieso versuchte sie es eigentlich immer wieder? Sie wusste doch, dass sie von ihrer

Schwiegermutter keine Unterstützung erwarten konnte! Sicher, sie war nicht mehr die Jüngste und aufgrund ihres Übergewichts auch nicht mehr so beweglich, aber wenn es irgendwo eine Hochzeit oder einen anderen interessanten Anlass gab, so war sie stets bereit, die steilen Pfade am Hang entlang und über die Bergkuppe zu den benachbarten Dörfern zu bewältigen. Trotzdem stellte sie sich selbst gern als Invalide dar und überließ ihrer jungen Schwiegertochter sämtliche Hausarbeiten. Und das war eine Menge, auch wenn der Haushalt meistens nur aus den Schwiegereltern, Samira, Aischa und den beiden Kindern bestand. Die Söhne der Familie, Muhammad Abdu, Aischas Mann, und sein jüngerer Bruder Hussein, waren bei der Armee und kamen nur etwa alle drei Monate für ein paar Wochen nach Hause. Diesmal war es sogar schon vier Monate her, seit Aischa Muhammad Abdu das letzte Mal gesehen hatte. Er war im Norden in der Bürgerkriegsregion um Sa'da stationiert und dort herrschte gerade mal wieder Ausnahmezustand.

Im schmalen Wohnturm war es kühl gewesen, aber als Aischa nun mit einer Plastikwanne voller Wäsche auf dem einen und Ali auf dem anderen Arm das Haus verließ, schlug ihr plötzlich eine unerwartet drückende Hitze entgegen. Vorhin auf dem Dach war noch eine kleine Brise gegangen, jetzt aber schien die Luft stillzustehen. Aischa seufzte, als sie daran dachte, dass sie später den Weg von der Zisterne zurück hinauf zum Dorf mit Ali und der schweren nassen Wäsche würde bewältigen müssen. Wenn doch die Schwiegermutter nicht immer so stur wäre!, dachte sie bitter. Sie könnte sich doch wenigstens hin und wieder um ihre Enkel kümmern! Und Aischa überlegte wohl zum hundertsten Mal, wie viel schöner es doch wäre, wenn sie ihre Nachbarin Amina zur Schwiegermutter hätte. Bei Amina konnte Aischa immer ihr Herz ausschütten, dort fühlte sie sich zu Hause. Und seitdem Aminas Tochter Latifa, Aischas beste Freundin, vor einigen Monaten in die Stadt verheiratet worden war, behandelte Amina sie noch mehr wie ihre eigene Tochter. Die beiden halfen sich gegenseitig, wo immer sie nur konnten, und deshalb überlegte Aischa jetzt, ob sie Ali nicht einfach kurz im Nachbarhaus abgeben sollte.

Doch sie war kaum ein paar Schritte gegangen, als ihr Abdallah, ihr Schwiegervater, entgegenkam. Ein zierlicher kleiner Mann, der unter seinem großen Strohhut fast zu verschwinden drohte. In einer Hand trug er eine Hacke, seine Kleidung war staubig. Er hatte wohl nach der Hirse geschaut, die dieses Jahr schon prächtig gewachsen war. Abdallah freute sich über die Begegnung und nahm Aischa sofort den kleinen Jungen ab, der jauchzend seine Ärmchen um den faltigen Hals des alten Mannes schlang.

»Na, Ali, wo willst du denn hin in dieser Hitze? Du kommst lieber mit dem Opa. Ich werde dir die kleinen Küken zeigen, die heute Nacht geschlüpft sind.«

»Oh, danke, Vater!«, sagte Aischa erleichtert, als sie die Last des Jungen losgeworden war. »Allah hat dich geschickt. Ich werde mich auch beeilen, ich will nur schnell die Wäsche waschen. Fairuz schläft in meinem Zimmer, vielleicht kannst du zwischendurch mal nachsehen, ob sie aufgewacht ist?«

»Ich weiß nicht, mein Kind«, erwiderte Abdallah und sah besorgt zum Horizont hinüber, wo sich inzwischen dunkle Wolkenberge übereinanderzutürmen begannen. »Willst du wirklich noch los? Ich fürchte, heute gibt es ein Gewitter. Sieh zu, dass du dich beeilst!«

»Das tue ich!«, versicherte Aischa lachend und sprang leichtfüßig wie eine junge Ziege den steilen schmalen Pfad zu der Zisterne hinunter.

Doch tatsächlich war sie mit dem Waschen noch nicht ganz fertig geworden, als schon der erste Donnerschlag mit ungeheurer Wucht die drückende Stille durchbrach. Im gleichen Augenblick begann peitschender Regen von allen Seiten gleichzeitig auf sie herabzustürzen. Aischa versuchte, schnell die Wäsche zusammenzuraffen und in der Plastikwanne mitzunehmen, aber die Wanne war innerhalb von Sekunden mit Wasser gefüllt. Von allen Seiten schossen nun Sturzbäche in Richtung der Zisterne den Hang hinunter, und Aischa musste die Hände zu Hilfe nehmen, um auf den nassen glatten Steinen irgendwie Halt zu finden. Die Wanne mit den Kleidern ließ sie stehen, jetzt ging es um mehr! Ringsherum zuckten die Blitze um die Bergspitzen, der Donner krachte ohrenbetäubend, und inzwischen mischten sich auch harte kleine Hagelkörner in den Wolkenbruch. Aischas Herz sank. Schon oft hatte sie von Frauen gehört, die in den Bergen vom Blitz getroffen, von herabpolternden Steinen erschlagen oder von herabstürzenden Wassermassen in die Tiefe gerissen worden waren. Meter für Meter kroch sie voran, auf allen vieren. Ihre Hände und Knie waren längst von den spitzen Felsen und dem harten Gestrüpp, an das sie sich zu klammern versuchte, aufgerissen. Und Aischa war nicht einmal sicher, ob sie sich überhaupt in die richtige Richtung bewegte! Mehrmals lockerten sich die Steine unter ihren Füßen und sie verlor den Halt, doch zum Glück war der Pfad hier nicht mehr so steil, sodass sie nur wenige Meter hinabrutschte. Endlich ließ der Regen ein wenig nach, und Aischa erkannte, dass sie sich direkt unterhalb der ersten Häuser des Dorfes befand. In deren Windschatten gelang es ihr, sich wieder aufzurichten, und nun waren es nur noch wenige Schritte bis zu dem Wohnturm der Familie.

Aischa öffnete die alte Holztür, bückte sich und trat ein.

Erst jetzt, in der Sicherheit des Hauses, begann sie so heftig zu zittern, dass sie kaum die wenigen Treppenstufen zu ihrem Zimmer hinaufzusteigen vermochte. Mit klammen Fingern versuchte sie, den Riegel an ihrer Kammertür zurückzuschieben, doch es wollte ihr nicht gelingen.

»Aischa?«, ertönte da die sorgenvolle Stimme ihres Schwiegervaters, und schon kam er, den kleinen Ali auf dem Arm, die steile Treppe hinuntergeeilt. »Aischa, Allah sei gelobt für deine Rückkehr! Komm schnell, zieh dich um!« Er setzte den Kleinen ab, der beim Anblick seiner völlig durchnässten Mutter zu schreien begann, öffnete die Tür der Kammer und half Aischa, das triefende Kleid auszuziehen. »Du musst schnell alles ablegen und dich dann warm einwickeln. Ich komme gleich wieder und bringe dir etwas zur Stärkung. Allah sei Dank, du bist in Sicherheit! Ich wollte schon losgehen und dich suchen. Doch bei diesem Unwetter … Allah sei uns gnädig!«

Aischa war wie benommen. Nur mühsam gelang es ihr, auch das an ihrem Körper klebende nasse T-Shirt und die lange Unterhose auszuziehen und in andere Kleider zu schlüpfen. Die kleine Fairuz war durch das Geschrei ihres Bruders aufgewacht und begann nun auch zu weinen. Aischa nahm die Kleine auf den Schoß, wickelte sich mitsamt ihrer Tochter in eine Decke und setzte sich auf den Boden, den Rücken gegen die raue Lehmwand gelehnt.

Draußen hatte das Gewitter wieder an Stärke zugenommen. Auf grelle Blitze folgten unmittelbar Donnerschläge, die das Haus erzittern ließen. Der Regen peitschte mit einer solchen Wucht gegen die Fensterscheiben und drückte sich durch die Ritzen und Spalten, dass man den Eindruck gewinnen konnte, das Fenster stehe offen. Eine große Pfütze auf dem Fensterbrett begann sich schnell als Rinnsal quer durch den Raum zu verbreiten. Endlich ging die Tür auf und Abdallah trat wieder ein. Hinter ihm schob sich der massige Körper seiner Frau durch die kleine schmale Tür, gefolgt von Ali, der stolz einen Teller mit Brot in den kleinen Händen balancierte. Aischa schaute ihre Schwiegereltern an und ihre Augen wurden groß.

»Wo ist Samira?«, hauchte sie dann erschrocken. Erst in diesem Augenblick wurde ihr bewusst, dass ihre Schwägerin sich ja auch irgendwo da draußen befand! Abdallah schüttelte müde den Kopf und die Schwiegermutter begann laut zu klagen. Sie schlug sich mit der Faust auf die mächtige Brust: »Oh Allah, meine Tochter! Meine einzige Tochter! Allah möge uns verzeihen.«

Aischa fühlte, wie die Angst mit langen kalten Fingern nach ihrem Herzen griff. Zu keinem klaren Gedanken fähig, nahm sie nur wahr, wie Samiras Name durch ihr Gehirn hämmerte. Wo mochte sie sein? Was konnte man tun?

Abdallah hatte inzwischen eine Schale mit heißer Fleischbrühe vor ihr abgestellt und ein Stück Brot hineingetunkt, das er Aischa nun reichte. Fatima unterbrach ihre Klage und tunkte nun auch gemeinsam mit Ali und Fairuz ihr Brot in die Brühe. Aischa versuchte gehorsam, das ihr gereichte Brot zu kauen und zu schlucken, doch dabei überkam sie eine solch bleierne Müdigkeit, dass es ihr nicht mehr gelang, die Augen offen zu halten. Angestrengt bemühte sie sich, wach zu bleiben, aber die anderen schienen immer weiter von ihr wegzugleiten, sie vernahm die Stimmen nur noch aus weiter Ferne. Dann war sie eingeschlafen.

Als Aischa erwachte, war es stockdunkel. Noch immer hörte man draußen den Regen, aber nun fiel er ruhig und gleichmäßig, der Sturm hatte aufgehört. Neben sich vernahm Aischa das leise Atmen der Kinder. Ob Samira zurückgekommen ist?, fragte sie sich beklommen und stand vorsichtig auf. Behutsam einen Fuß vor den anderen setzend, schlich sie aus dem Zimmer. Ihr erstes Ziel war die Küche, wo sie Streichhölzer aus einer kleinen Vertiefung oberhalb des Türrahmens hervorholte. Im flackernden Licht einer Kerze schlich sie dann weiter zum Zimmer der Schwiegermutter, in dem auch Samira gewöhnlich schlief. Doch dort erkannte sie nur die Umrisse Fatimas auf dem Boden. Und oben im Diwan lag der Schwiegervater, von Samira keine Spur. Hoffentlich hat sie mit den Tieren in einer der kleinen Steinhütten in den Bergen oder unter einem Felsvorsprung Zuflucht finden können, dachte Aischa besorgt. Doch dann erinnerte sie sich wieder daran, wie plötzlich und heftig das Gewitter ausgebrochen war, und ihre vorsichtige Hoffnung kam ins Wanken. Bedrückt ging sie zurück in ihr Zimmer, wo sie sich die nächsten Stunden unruhig hin und her wälzte und ungeduldig den Anbruch des Tages erwartete.

Schließlich musste Aischa wohl doch noch einmal eingeschlafen sein, denn es war schon hell, als sie von ihren Kindern geweckt wurde. Fairuz wollte gestillt werden, sie zog ungeduldig am Kleid der Mutter und versuchte, mit ihrer kleinen Hand in Aischas Ausschnitt zu greifen, um sich zu der Nahrungsquelle vorzuarbeiten. Ein scharfer, leicht süßlicher Geruch lag im Raum. Natürlich, beide Kleinen hatten in ihre Höschen gepinkelt. Aischa öffnete das Fenster und holte tief Luft. Die Sonne schien herrlich auf die frisch gewaschenen Hänge, überall funkelten noch Regentropfen auf Bäumen und Felsen und der Himmel lag so freundlich und klar über den Bergen, als ob heute ein Festtag sei. Aischa zog den protestierenden Kindern ihre nassen Hosen aus, dann nahm sie die beiden auf den Arm und stieg mit ihnen aufs Dach. Als sie am Diwan vorbeikam, sah sie dort eine Menge Nachbarinnen bei der Schwiegermutter sitzen und laut miteinander reden, doch sie huschte an der offenen Tür schnell vorbei, um erst ihre Kinder zu versorgen.

Auf dem Flachdach standen stets einige Wasserkanister, hier wusch Aischa nun die Kinder. Ihre Höschen legte sie einfach über die Mauer zum Trocknen. Gerade wollte sich Aischa auf der Suche nach etwas Essbarem wieder nach unten begeben, als Amina, Latifas Mutter, auf das Dach heraufkam, auf sie zueilte und Aischa wortlos in den Arm nahm.

Einen Augenblick hielt Amina sie einfach nur fest, dann sagte sie leise: »Allah sei Dank, dass es dir gut geht! Aber die arme Samira, man weiß immer noch nicht, was aus ihr geworden ist! Die Männer sind schon vor zwei Stunden aufgebrochen, um nach ihr zu suchen. Und stell dir vor, Faris, der Sohn von den Al-Waladis, fehlt auch!« Sie seufzte und schüttelte besorgt den Kopf. »So ein Gewitter habe ich noch nie erlebt! Obwohl wir ja schon oft schlimme Stürme hatten. Es sind ganze Hänge abgerutscht, die Straße ist komplett unpassierbar, sagt man. Überall sind Löcher in den Mauern der Terrassenfelder! Es wird lange dauern, bis dieser Schaden behoben ist. Aber entschuldige«, unterbrach sie sich dann selbst, »ihr habt sicher noch nichts gegessen. Ich mach euch schnell etwas Rührei. Bleibt nur solange hier oben sitzen, im Diwan wimmelt es von Frauen.«

Nachdem Aischa Fairuz gestillt und selbst etwas gegessen hatte, ging sie dann doch in den Diwan hinunter, wo sich inzwischen die Frauen des halben Dorfes versammelt zu haben schienen. Die andere Hälfte war wahrscheinlich bei den Al-Waladis, die auch um ein Kind bangten. Die Schwiegermutter saß am Kopfende des Raumes und klagte mit lauter Stimme um ihre Tochter. Zwischendurch sog sie an ihrer Wasserpfeife. Viele der Frauen, die sich gegenseitig immer wieder ihre Vermutungen und Befürchtungen darlegten und gleichzeitig darauf hinwiesen, wie knapp sie selbst und ihre Familien der Gefahr entronnen seien und wie hart das Schicksal sie zu anderen Zeiten auch schon getroffen habe, kauten Qat. Aischa begrüßte die am Boden sitzenden Nachbarinnen und erzählte, wie sie den Sturm erlebt hatte. Plötzlich übertönte die Stimme der Schwiegermutter die Fragen der Frauen: »Wo ist eigentlich die Wäsche geblieben, Aischa? Meine Kleider, das Gewand meines Mannes?«

»Ich konnte die Wanne nicht mitbringen, Mutter, das tut mir leid. Ich habe sie dort bei der Zisterne zurücklassen müssen.«

»Allah, auch noch die Kleider! Meine Tochter verschwunden, die Kleider ruiniert, Allah, Allah!«, jammerte die Hausherrin und schlug sich mit den flachen Händen klagend auf den Kopf.

Eine kleine runzelige Frau neben ihr versuchte sie zu beruhigen, nahm ihre Hand und sagte mit dünner Stimme: »Bitte Allah um Vergebung, Schwester! Er ist der Erhabene und der Höchste, preise ihn! Beuge dich deinem Schicksal und murre nicht, wie es die Ungläubigen tun. Geduld ist eine schöne Tugend. Sei geduldig und vertraue Allah!«

Nach dieser Ermahnung trat eine kurze Stille ein, die von verschiedenen Seiten nur von leisem Seufzen oder geflüstertem »Vergib, oh Allah« unterbrochen wurde. Aischas Blick glitt aus dem Fenster und tastete suchend die umliegenden Berghänge ab. Da schien es ihr, als ob sie in der Ferne eine Bewegung, das kurze Aufleuchten von etwas Weißem gesehen hätte. Und einen Augenblick später erschollen von draußen tatsächlich laute Kinderrufe: »Sie kommen, wir sehen sie, sie kommen!«

In Windeseile waren alle Frauen aufgesprungen und drängten sich an die Fenster. Tatsächlich! Über einem der Bergrücken sah man jetzt kleine weiße Punkte hervorkommen, eine ganze Schnur davon. Die Schafe! Und dann folgten langsam zwei Gestalten, das mussten wohl Samira und Faris sein. Erleichtert fielen sich die Frauen in die Arme und liefen nach draußen, etliche Kinder waren schon längst auf dem Weg, den Vermissten entgegen. Am liebsten wäre auch Aischa Samira entgegengelaufen. Sie warf Amina einen bittenden Blick zu und diese lächelte aufmunternd zurück. »Lauf schon los, ich passe solang auf die beiden auf!«

Wie glücklich war Aischa, ihre Schwägerin kurz darauf in die Arme schließen zu dürfen! Das zarte Mädchen sah zwar blass und übernächtigt aus und ihre Kleider waren noch immer nass, aber sonst schien sie unversehrt zu sein.

»Allah sei gelobt! Samira, Faris, wie froh bin ich, euch zu sehen!« Im Überschwang ihrer Gefühle hätte Aischa auch Faris gerne in die Arme genommen, begnügte sich aber mit einem festen Händedruck.

Die kleineren Kinder hopsten an den beiden Verlorengeglaubten hoch und runter, jeder wollte eine Hand halten, jeder dicht am Zentrum des Geschehens sein. So zogen sich die letzten hundert Meter hin, bevor der Weg von Samira und Faris sich trennte. Ein kurzer Blickwechsel und Faris ging mit seiner Herde und einem Teil der Kinder weiter, während Samira mit lautem Jubel in ihrem Elternhaus empfangen wurde. Auch hier wollte jeder sie umarmen, jeder sie befragen, bis Amina ihre Stimme erhob und energisch darauf hinwies, dass das nasse, frierende Mädchen sich doch erst einmal umziehen müsse. Nachdem dies getan war, wurde Samira jedoch gleich wieder in den Diwan geführt, wo alle Frauen schon begierig darauf warteten, ihre Geschichte zu hören. Schüchtern setzte sich Samira. Sie schien unter der geballten Aufmerksamkeit sichtlich in sich zusammenzusacken. Durch die schwarzen Ringe unter ihren hellbraunen Augen wirkte Samira noch zerbrechlicher als sonst, als sie Hilfe suchend zu Aischa blickte. Diese drängte sich daraufhin an den anderen Frauen vorbei, setzte sich neben Samira und legte einen Arm um sie.

»Komm, erzähl uns doch, wie es dir ergangen ist!«

Samira senkte den Blick und begann mit leiser Stimme zu berichten: »Ich war mit den Schafen gerade auf einem ungeschützten Hang etwa zwei Stunden von hier, Richtung Bayt Amir, als das Gewitter ganz plötzlich begann. Die Wolken hatten sich wohl jenseits des Berges zusammengebraut, denn als ich sie wahrnahm und mich schnell auf den Rückweg machen wollte, war es schon zu spät. Als das Gewitter losbrach, blieb mir zunächst nichts anderes übrig, als mich mit den Tieren in einem großen Haufen zusammenzukauern. Es war schrecklich! Ich rechnete damit, dass jeden Augenblick ein Steinschlag niedergehen würde. Der Regen kam von allen Seiten, ich wusste bald nicht mal mehr, wo oben und unten war! Und dann dieser Hagel! Schließlich ließ das Gewitter etwas nach, und ich wollte versuchen, ein Stück weiter den Berg hinauf zu einem Felsüberhang zu gelangen. Es war fast unmöglich, die Tiere zusammenzuhalten, sie waren völlig verstört! Zwei junge Schafe sind verloren gegangen. Sie müssen wohl den Berg hinabgestürzt sein. Irgendwie haben wir es aber tatsächlich bis zu dem Felsvorsprung geschafft, obwohl es weiter war, als ich dachte, und das Gewitter wieder stärker wurde. Von überall strömte das Wasser, und man wusste gar nicht, wo man mit seinen Füßen Halt finden sollte. Ständig lösten sich kleine Steine, jeder Schritt war gefährlich!« Samira hielt kurz inne, und Aischa spürte, wie das Mädchen steif wurde. Stockend sprach sie dann weiter: »Als ich den Felsvorsprung erreichte, befand sich schon Faris mit seiner Herde dort. Erst wollte ich versuchen, weiterzugehen, um einen anderen Platz zu finden, aber die Herden drängten sich sofort aneinander und ließen sich nicht mehr trennen. Außerdem war ich so erschöpft, dass ich kaum noch einen Schritt laufen konnte.« Samira schossen die Tränen in die Augen. »Es war einfach schrecklich!« Dann barg sie ihr Gesicht in den Händen und begann zu schluchzen.

Es war still im Raum. Eine unheimliche Stille, als ob alle die Luft anhalten und auf etwas warten würden. Aischa sah, wie sich die Frauen untereinander Blicke zuwarfen, und spürte, wie jede verstrichene Sekunde dem lauernden Misstrauen Vorschub leistete.

Deshalb stand sie auf, zog Samira mit sich hoch und sagte laut: »Du musst dich jetzt unbedingt hinlegen, Samira. Ich bring dich in dein Zimmer und hole dir etwas Warmes zu essen. Komm, mein Liebes.« Ohne nach rechts oder links zu schauen, führte sie das Mädchen durch die Menge hindurch.

»Bring dann gleich auch uns etwas zu essen in den Diwan!«, rief ihr die Schwiegermutter noch nach, doch die anderen Frauen widersprachen.

»Nein, nein, wir gehen, wir haben alle unsere Arbeit zu Hause liegen lassen. Allah sei gelobt, dass Samira wieder da ist!« Sie erhoben sich, nahmen ihre Kinder und Qatbündel mit und verließen miteinander das Haus.

Aischa begleitete Samira in ihr Zimmer, wo sie ihr die Matratze und eine Decke ausbreitete, und ging dann schnell in die Küche. Während sie dort eine Portion Bohnenbrei aufwärmte, sah sie durch das kleine Fenster die Frauen draußen noch in Gruppen zusammenstehen und miteinander diskutieren und gestikulieren. Aischa runzelte die Brauen und stellte die Gasflamme etwas höher, damit der Brei schneller warm wurde. In ein Tuch eingeschlagen fand sie noch etwas Brot vom Vortag. Als Aischa wenig später mit der dampfenden Schüssel Fuul in das Zimmer der Schwiegermutter trat, fand sie Samira laut weinend unter der Decke in einem Winkel des Raumes, während ihre Mutter mit unbeteiligtem Gesichtsausdruck auf ihrem Polster saß und Wasserpfeife rauchte.

»Samira, was ist denn?«, fragte Aischa erschrocken und legte ihre Hand sanft auf Samiras zusammengerollte schmächtige Gestalt. »Komm, mein Liebes, setz dich hin und iss etwas. Es ist ja alles noch einmal gut gegangen. Allah sei gelobt.«

Doch Samira zuckte unter Aischas Berührung nur zusammen und drehte sich noch weiter weg. Sie zitterte unter der Decke, und ihr Weinen hörte sich so verzweifelt an, dass es Aischa Angst machte. Sie strich Samira über den bebenden Rücken und blickte ihre Schwiegermutter ratlos an.

Doch diese hob nur leicht ihr Kinn und sagte dann kalt: »Du hast recht, es ist alles noch einmal gut gegangen. Ich habe selbst nachgesehen, Samira ist noch unberührt. Aber«, fügte sie dann mit harter Stimme hinzu, »wie konnte sie die Nacht nur da draußen mit einem jungen Mann verbringen? Nun ist ihr Name auf alle Zeiten befleckt, diese Schande wird sie nie mehr los! Welch ein Unglück für unsere Familie! Du hast die Frauen doch gesehen, das wird ein Gerede geben! Und was werden ihre Brüder erst dazu sagen? Wo sollen wir für Samira je noch einen anständigen Bräutigam finden? Jedes Mädchen mit ein bisschen Verstand wäre lieber in dem Gewitter umgekommen, als den Namen seiner Familie so in den Dreck zu ziehen!«

Aischa blieb vor Erstaunen die Luft weg. »Was sagst du da? Wie kannst du nur! Du kennst Samira doch, sie würde nie …!« Dann stockte sie, denn erst jetzt wurde ihr bewusst, was ihre Schwiegermutter eben angedeutet hatte. »Was hast du gemacht? Du hast überprüft, ob Samira noch unberührt ist? Mutter, das hättest du nicht tun dürfen!« Ihre Stimme überschlug sich fast.

»Ach, was hast denn du hier zu sagen?«, fuhr die Ältere sie an. »Ihr jungen Dinger seid doch alle gleich! Kennt keinen Respekt mehr! Als ob ich Samira etwas getan hätte! Dankbar sollte sie mir sein, dass ich mir überhaupt die

Mühe mache, mich von ihrer Unschuld zu überzeugen! Sie ist meine Tochter und hat auf mich zu hören. Wenn sie sich nicht so widersetzt hätte, dann hätte ich sie auch nicht schlagen müssen. Denkst du denn, ich wüsste nicht, was in euch jungen Mädchen vor sich geht? Ihr wartet doch alle nur darauf, einen Mann verführen zu können!«

Wütend knallte Aischa die Schüssel auf den Boden, dass der Brei überschwappte. Sie konnte nicht glauben, was sie da hörte. »Geschlagen hast du sie auch noch? Oh, Mutter! Du hättest Samira nicht so erniedrigen dürfen, sie ist doch noch ein halbes Kind! Siehst du denn nicht, was du ihr angetan hast?«

»Ein halbes Kind, dass ich nicht lache! Verschließe doch deine Augen nicht vor den Tatsachen, Aischa! Wenn mein Wort nicht ausreicht, um dem Getratsche der Frauen den Wind aus den Segeln zu nehmen, werde ich die alte Geburtshelferin noch als Zeugin hinzuziehen. Aber auch das wird nicht viel helfen. Unser Ruf ist ruiniert. Sie hätte nicht mit Faris in dem gleichen Unterschlupf bleiben dürfen, und das wusste sie auch. Aber wir waren ihr wohl egal. Oh, Allah, hätte ich doch nie eine Tochter bekommen! Nichts als Ärger hat man mit euch Mädchen!«

Aischa zitterte vor Wut. Jedes Wort war hier vergeudet. Am liebsten hätte sie sich auf ihre Schwiegermutter gestürzt und auf sie eingeschlagen. Doch stattdessen erhob sie sich und verließ mit einem hilflosen Blick auf die vermummte Gestalt am Boden den Raum. Raus hier, nur raus. Das konnte doch alles einfach nicht wahr sein!

Wie benommen lief Aischa die Treppe hinauf. Sie wusste nicht, was sie tun sollte. Eigentlich wollte sie bei Samira sein, um sie zu trösten. Doch dort saß die Mutter und deren Anblick konnte sie im Augenblick wirklich nicht ertragen. Außerdem musste sie unbedingt nach ihren Kindern sehen. Gott sei Dank, die saßen noch im Diwan und spielten mit den umherliegenden Qatstängeln. Aischa nahm den kleinen Handbesen aus Reisig und fegte wie eine Besessene die Stängel und Blätter zusammen, klopfte die Kissen aus und wollte gerade noch die Treppe fegen, als ihr Schwiegervater nach Hause kam. Er war von der Rückkehr Samiras schon unterrichtet worden, hatte sie jetzt aber nur schlafend angetroffen. Anscheinend hatte seine Frau ihm nichts über Samiras Nacht mit Faris in den Bergen gesagt, zumindest erwähnte es Abdallah nicht. Er schien einfach nur erleichtert zu sein, dass seine Tochter wieder zu Hause war. Aischa brachte ihm auf seine Bitte hin schweigend etwas Brot und Fuul, und er aß, ohne zu bemerken, wie bedrückt und unruhig sie war. Dabei berichtete Abdallah ihr traurig von dem Ausmaß der Schäden, welche die Männer gesehen hatten. In einem der Nachbardörfer hatte es tatsächlich Tote gegeben. Durch herabstürzende Felsblöcke waren zwei Jungen erschlagen worden, die das Gewitter auf dem Schulweg erwischt hatte. Er wollte deshalb auch unverzüglich wieder umkehren und zu dem Dorf zurückgehen, um an der Beerdigung teilzunehmen und zu helfen, die Straße wieder freizuräumen.

Schwermütig blickte Aischa ihrem Schwiegervater nach, als er sich mit seiner Hacke bewaffnet kurze Zeit später wieder auf den Weg machte. Wie anders gestaltete sich das Leben doch für die Männer! Nie mussten sie jemanden um Erlaubnis bitten, wenn sie etwas vorhatten. Sie konnten sich frei überallhin bewegen, ohne böses Gerede fürchten zu müssen, und waren niemandem Rechenschaft schuldig. Wenn ein junger Mann sich zu viele Freiheiten herausnahm, gab es zwar auch Streit, und im schlimmsten Fall wurde er des Hauses verwiesen, aber meistens schob man die Schuld für sein Fehlverhalten auf andere, die ihn angeblich verführt hatten. Und im Allgemeinen wurde als sicherstes Schutz- und Heilmittel für einen rebellischen Sohn die Heirat mit einem frommen anständigen Mädchen angesehen. Wenn ein Mädchen jedoch auch nur den Verdacht aufkommen ließ, dass sie die ihr gesteckten Grenzen überschritten hatte, so traf sie die volle Härte der gesellschaftlichen Verachtung. Hier galt selten »Im Zweifel für den Angeklagten«. Falls einer Frau etwas zustieß, so war sie in den Augen der anderen immer selbst daran schuld, da sie sich in Gefahr begeben hatte. Und die mit dem Gerede der Leute verbundene Schande wurde von der Familie manchmal als so unerträglich empfunden, dass es vorkommen konnte, dass Frauen sogar von ihren eigenen Vätern oder Brüdern getötet wurden, um den Namen der Familie wieder reinzuwaschen.

Aischa stützte trübsinnig den Kopf in die Hände. Sie musste an einen Fall denken, der erst wenige Wochen zurücklag und die Gemüter Wadi auf und Wadi ab erhitzt hatte. Die Tochter eines sehr reichen jemenitischen Händlers studierte in Sana'a Medizin und hatte sich dort heimlich in einen Kommilitonen verliebt. Als ihr Vater sie gegen ihren Willen mit einem wohlhabenden Cousin in den Emiraten verheiraten wollte, nahm das Mädchen ein Auto des Vaters und floh gemeinsam mit ihrem Freund zu der Sippe der Familie in die Berge, wo sie sich in den Schutz des dortigen Familienoberhauptes begab. Sofortige Untersuchungen bestätigten, dass die Tochter des Geschäftsmannes noch Jungfrau war, und der Scheich des Stammes nahm sie auf. Wochenlange Verhandlungen folgten. Von überall kamen die Männer dieser Sippe zusammen, um den Fall zu besprechen. Schließlich einigte sich der Scheich mit dem Geschäftsmann darauf, dass dieser mehrere Millionen Rial hinterlege, um die Sicherheit seiner Tochter zu garantieren, wenn sie zur Familie zurückkehre. Doch was geschah? Aischa presste ihre Lippen aufeinander, als sie daran dachte. Als die junge Frau schließlich zu ihrer Familie zurückkehren sollte, wurde sie von dem sie abholenden Auto eiskalt mehrfach überfahren! Und dann? Passierte nichts mehr. Statt dass ein Aufschrei durch die Bevölkerung gegangen wäre, schienen die Männer beeindruckt zu sein von diesem Vater, dem sein Ruf mehr wert war als das Geld und der sich von seiner Tochter nicht auf der Nase herumtanzen ließ! Und die Frauen schüttelten nur stumm den Kopf und sahen sich in ihrem Glauben bestätigt, dass es das Los eines Mädchens ist, sich seinem Schicksal widerstandslos zu beugen.

Doch wie hat sich die Frau dieses Geschäftsmannes wohl gefühlt?, fragte sich Aischa zum wiederholten Male. Wie kann sie es nur ertragen, weiterhin mit dem Mörder ihrer Tochter zusammenzuleben?

Aischa seufzte leise. Sie fühlte sich so müde, so kraftlos. Traurig blickte sie auf Fairuz und Ali, die gerade um einen alten Badeschlappen stritten. Was hatte sie nur getan, noch mehr Menschen in diese unfreundliche Welt hineinzugebären? Auch sie selbst war nichts weiter als ein Rädchen in einem großen Getriebe und spielte die ihr zugewiesene Rolle. Sie musste an Latifa denken. Wie hilflos hatte sie sich gefühlt, als man ihre Freundin urplötzlich mit einem Fremden verlobte und sie nur untätig danebenstehen konnte. Aber was hätte sie auch tun sollen? Sie hatte ja selbst nie eine Wahl gehabt. Ihre Eltern hatten sie schon als Kind mit Muhammad Abdu verlobt. Damals wusste sie noch gar nicht, was eine Verlobung überhaupt zu bedeuten hatte. Sicher, mit ihrem Mann hatte sie nicht das schlechteste Los gezogen. Er hatte sie bisher immer anständig behandelt und noch nie geschlagen. Auch im Bett stellte er keine abwegigen Forderungen. Aber sie kannte ihn eigentlich kaum, denn wann sprach er schon mit ihr? Wenn er zu Besuch war, verbrachte er die meiste Zeit mit den Männern im Dorf. Ob das immer so weitergehen würde? Sie hier im Dorf bei den Schwiegereltern, mit einer wachsenden Kinderschar, und er irgendwo in der Armee, zwei komplett verschiedene Welten?

Aber das war vielleicht normal so. Wohin sie auch schaute, die meisten Familien im Dorf funktionierten so oder ähnlich. Auch bei ihren eigenen Eltern war es lange Zeit nicht anders gewesen. Doch dann hatte ihr Vater eine Arbeit als Wächter eines Bürogebäudes in der Stadt bekommen und hatte ihre Mutter und die jüngeren Geschwister zu sich ins Wächterhäuschen geholt. Seitdem sah Aischa ihre Familie nur noch selten, aber ihrer Mutter schien es in der Stadt besser zu gefallen.

»Ach«, murmelte Aischa und erhob sich steif von ihrem Platz am Fenster, »die Grübelei führt zu nichts. Ich schaue jetzt lieber mal nach Samira, Schwiegermutter hin, Schwiegermutter her. Kommt mit, ihr zwei.«

Doch als Aischa mit ihren Kindern das Zimmer betrat, staunte sie. »Wo ist denn Samira?«, fragte sie ihre Schwiegermutter, die so aussah, als wache sie eben von einem Schläfchen auf.

»Samira? Ist sie denn nicht mehr hier?«

»Nein! Wo mag sie bloß sein?«, wunderte sich Aischa. Eine seltsam drängende Unruhe beschlich sie. »Ich suche nach ihr«, stieß sie hervor, »und ich lasse die Kinder solange bei dir!«

Ohne die Reaktion ihrer Schwiegermutter abzuwarten, verließ Aischa eilig den Raum, zog die Tür hinter sich zu und lief schnell die Treppe hinunter. Im Erdgeschoss fiel ihr auf, dass der Schafstall offen stand. Auch die Haustür war nur angelehnt. War sie etwa wieder mit den Tieren rausgegangen? Das hätte sie doch nicht tun müssen! Sie, Aischa, hätte heute doch das Hüten übernehmen können. Manchmal war ihre Schwägerin wirklich ein Dickkopf! Aischa schüttelte den Kopf. Sie machte sich Sorgen um Samira. Sie hätte das Mädchen in diesem Zustand nicht allein lassen dürfen!

Draußen war alles wie immer. Hühner stoben gackernd auseinander, als Aischa aus dem Haus trat, Kinder spielten im Dreck, und in der Ferne sah Aischa verschiedene Gestalten zwischen den Hirsefeldern. Da begann man wohl schon, die Schäden an den Terrassen auszubessern. Unschlüssig blickte sie sich um. In welche Richtung Samira wohl gegangen war? Sie konnte nirgends eine Spur von ihr oder den Schafen erkennen. Weiter unten am Hang sah Aischa eine Frau mit rotem Kopftuch und einer Waschwanne den Pfad in Richtung der Zisterne hinuntergehen. Vielleicht sollte ich auch lieber unsere Wäsche suchen, als mir um Samira Sorgen zu machen, dachte Aischa. Vielleicht tut es ihr ja sogar gut, mit den Schafen draußen zu sein. Da hat sie wenigstens ihre Ruhe.

Gedankenversunken ging sie den Pfad zur Zisterne hinunter, als sie plötzlich einen gellenden Schrei hörte. Sofort wusste sie instinktiv, was geschehen war. Ohne auf die Unebenheiten des Bodens zu achten, rannte und sprang sie den Pfad hinunter, bog um die letzte Ecke und sah, was zu sehen sie befürchtet hatte: Die Frau mit dem roten Kopftuch stand schreiend am Rand der Zisterne, am Hang verstreut grasten friedlich weiße Schafe und im gelb-braunen Wasser der runden Zisterne erkannte man einen großen schwarzen Flecken: Stoff.

»Samira!«, schrie Aischa, rannte die letzten Schritte zur Zisterne und blickte sich dabei nach einem Stock, einer Stange, nach irgendetwas um, was sie hätte benutzen können, um den leblosen Körper aus dem Wasser zu ziehen. Denn schwimmen konnte sie nicht und das Wasser war tief. Doch der felsige Hang bot nichts, was Aischa als Hilfsmittel hätte dienen können, nur ihre eigene Waschwanne sah sie etwas weiter unten trostlos zwischen zwei Felsblöcken klemmen. Schreiend drehte sich Aischa auf den Fersen um und lief, so schnell sie konnte, den Hang wieder hoch, auf der Suche nach Hilfe. Tatsächlich war man im Dorf auf das Geschrei aufmerksam geworden, und wer jetzt mit langen Sätzen die Felsen hinunterkam, war niemand anders als Faris, der Hirte. Ohne zu zögern, sprang der Junge ins Wasser und bekam Samira zu fassen. Mit wenigen Zügen war er wieder am Rand des Beckens und kletterte hinaus, um dann gemeinsam mit Aischa den Körper des Mädchens aus dem Wasser zu ziehen. Fassungslos kauerte Aischa nun auf dem Boden und hielt den leblosen nassen Körper in ihren Armen. Auch Faris liefen die Tränen die Wangen hinunter, während er Samiras Hand schüttelte, als wolle er sie aufwecken.

Inzwischen trafen immer mehr Frauen und Kinder ein und schrien und klagten wild durcheinander, doch niemand wusste, was zu tun sei. War Samira tot oder nur ohnmächtig? Bleich und leblos lag sie halb auf Aischas Schoß, halb auf dem Felsboden, ihr kleines spitzes Gesicht wirkte fremd und ernst. Aischa versuchte, ihr Ohr auf Samiras Brust zu legen, um den Herzschlag zu hören, aber ringsum war es viel zu laut.

»Sie atmet nicht mehr, sie ist tot! Ich habe es gewusst, irgendwie habe ich es gewusst«, stieß Aischa weinend hervor. »Das kann doch nicht wahr sein! Bitte nicht, Allah, bitte nicht!« Der Anblick des reglosen Mädchens und die Schwere des nassen Körpers lösten in ihr hoffnungslose Verzweiflung und abgrundtiefes Entsetzen aus. Doch gleichzeitig spürte sie, wie eine wilde Wut heiß in ihr zu brennen begann und sich aufbäumte, dass es sie fast zerriss. »Nein, nein, nein!«, schrie sie noch mal laut auf, ließ Samira dann vorsichtig zu Boden gleiten und trat ein paar Schritte zurück. Sofort schloss sich die Lücke um den leblosen Körper. Plötzlich konnte Aischa den Anblick und das Geschrei der anderen Frauen nicht mehr ertragen. Eben noch hatten sie auf Samiras Kosten skandalöse Gedanken gesponnen und nun beklagten sie ihren Tod! Und die Schwiegermutter erst! Das war nun die Folge ihrer Kälte und Bosheit: Die eigene Tochter hatte sie in den Tod getrieben! Im Haus einer solchen Frau würde Aischa nicht einen Tag länger bleiben! Entschlossen drehte sie sich um und stieg den Hang zum Dorf hinauf.

Der Weg erschien ihr heute fast ebenso lang und beschwerlich wie am Tag zuvor im Gewitter. Hinter sich hörte sie das hysterische Schreien der Frauen, doch sie drehte sich nicht mehr um. Zu Hause angelangt ging sie direkt in das Zimmer, wo ihre Schwiegermutter beunruhigt am Fenster saß und sich fragte, was der Tumult da draußen zu bedeuten habe.

»Samira ist tot!«, schleuderte Aischa ihr entgegen. »Und das ist deine Schuld!« Sie bebte vor Wut und Schmerz. »Hörst du, deine Schuld! Mir reicht es, ich kann dich nicht mehr ertragen! Ich gehe weg von hier! Für immer!« Damit nahm sie Ali und Fairuz auf den Arm und verließ das Haus, ohne der erstarrten Frau auch nur Zeit für eine Antwort zu geben.

5. Leite uns den rechten Pfad

»Kommst du mit zur Hochzeitsfeier?«, fragte die Mutter und schaute in die kleine Kammer hinein. Dort saß Malika auf einer schmalen Matratze mit dem Koran auf dem Schoß und las.

Das Mädchen blickte kurz auf. »Nein, Mutter. Ich war gestern schon dort, das muss reichen. Ich möchte noch ein bisschen lesen. Und danach gehe ich zu Sally, Arabisch unterrichten. Aber beim Abendgebet werde ich zurück sein.«

Die Mutter schüttelte den Kopf und sagte im Gehen: »Du wirst dir noch die Augen verderben, wenn du so viel liest, Kind. Es ist nicht gut für ein Mädchen, immerzu über den Büchern zu sitzen, selbst wenn es der Koran ist. Aber deine faulen Brüder könnten sich ruhig mal ein Vorbild an dir nehmen, dann ginge es uns vielleicht etwas besser.«

Malika war das jüngste von fünf Kindern. Ihre beiden älteren Schwestern waren schon lange verheiratet, doch die beiden Brüder lebten noch zu Hause. Zumindest meistens. Manchmal sah man sie tagelang nicht, und dann wusste niemand, wo sie sich gerade herumtrieben. Beide hatten zwar die Schule abgeschlossen, aber keine Berufsausbildung und auch keine Arbeit. Malikas Vater war ein pensionierter Soldat und die kleine Rente reichte der Familie vorne und hinten nicht. Deshalb hatte der Vater auch nichts dagegen, dass seine Tochter einer Amerikanerin zweimal pro Woche Arabischunterricht gab. Dabei konnte sie sich zumindest ein Taschengeld verdienen, über das sie dann auch selbst verfügen durfte.

Jetzt packte Malika den Koran ordentlich weg und zog sich ihren schmucklosen schwarzen Balto über das schlichte grau-blaue Hauskleid. Die langen dunklen Haare trug sie auch zu Hause stets aufgesteckt und unter einem Kopftuch verborgen. Nun band sie sich noch die Luthma um, die nur ihre ruhigen braunen Augen frei ließ. Malika blickte nicht in den Spiegel, bevor sie das Haus verließ. Äußerlichkeiten interessierten sie nicht.

Der Weg in das Stadtzentrum, wo Sally wohnte, war nicht weit. In der kleinen Provinzhauptstadt befand sich alles in Laufentfernung. Malika begrüßte im Vorbeigehen eine alte Nachbarin, die vor ihrem Haus im Schatten auf dem Boden saß und der spielenden Kinderschar zuschaute, und nickte einem Nachbarn in seinem kleinen Geschäftskabuff zu. Um diese Uhrzeit herrschte buntes Treiben auf den Straßen. Der allgegenwärtige Kinderlärm mischte sich mit dem Hupen vorbeiknatternder Motorradtaxis und dem Blöken eines Schafes aus einem Hinterhof. Malika lächelte. Obwohl die Stadt ständig wuchs, blieb sie doch ein großes Dorf. Immer traf man bekannte Gesichter und Freud und Weh des Einzelnen war im Handumdrehen Gesprächsthema der Allgemeinheit. Wie eine große Familie, dachte Malika. Hier bin ich zu Hause. Und hier möchte ich immer bleiben.

Stolz ließ sie ihren Blick über das eindrucksvolle Hochgebirgspanorama gleiten, das die Stadt ringsum einschloss. Die kargen Bergspitzen waren mit kleinen festungsartigen Dörfern gespickt, überall gab es Spuren des zähen Überlebenswillens der Jemeniten. In jahrhundertelanger Arbeit waren die meisten Hänge in schmale Terrassen umgewandelt worden, welche sich während der sommerlichen Regenzeit in wogende grüne Hirsefelder verwandelten. Nun war bald Erntezeit. Der pure Gedanke daran ließ Malika schon das Wasser im Mund zusammenlaufen. Hmm, geröstete Hirsekolben!

Das letzte Wegstück führte durch den Suq, wo es wie immer laut und geschäftig zuging. Fliegende Händler boten ihre Ware auf Schubkarren oder auf großen blauen Plastikplanen an, aus kleinen Lautsprechern dröhnte blechern der ewig gleiche Verkaufsslogan: »Alles für 100, für 100, für 100! Alles für 100!« Hier wurde billiger Kleinkram aus China vertrieben. Einem Impuls folgend blieb Malika stehen und erstand ein Sortiment goldglänzender Armreife aus Blech für Laura, Sallys kleine Tochter. Das wird ihr gefallen und sie ein Weilchen beschäftigen, sodass wir in Ruhe arbeiten können, dachte Malika lächelnd. Ein paar Schritte noch, dann stand sie vor der wohlbekannten Tür im zweiten Stockwerk des großen Hauses und klingelte.

»Malika!«, ertönte von innen eine freudige Kinderstimme. »Malika ist da!«

Schon wurde die Tür geöffnet und drei fröhliche Gesichter begrüßten sie.

Im Diwan hatte Sally wie üblich Tee und Kekse bereitgestellt. Dort ließen sich die beiden Frauen jetzt gemütlich auf den Matratzen am Fenster nieder, während die fünfjährige Laura und ihr kleiner Bruder Tom sich unverzüglich um die Armreife stritten.

»Oh nein«, sagte Malika lachend, »ich hätte Tom auch etwas mitbringen sollen! Wie konnte ich nur?!«

»Ach was«, erwiderte Sally, »es sind ja genug Reife da. Hörst du, Laura? Für jeden die Hälfte! Lass Tom auch mitspielen. Er verliert sowieso gleich wieder das Interesse!«

Malika unterrichtete jetzt schon seit einem Jahr die junge braun gelockte Amerikanerin, deren Mann am Lehrercollege englische Konversation lehrte. Dort hatte Malika vor wenigen Wochen ihren Abschluss gemacht. Zunächst hatte Malikas Freundin Sausan Sally unterrichten wollen, doch nachdem man ihr das Englischstudium untersagt hatte, durfte sie auch zu den Amerikanern nicht mehr gehen. Infolgedessen hatte sich auch für Malika einiges geändert.

Anfangs war sie an dem Kontakt zu Sally nur interessiert gewesen, um diese für den Islam zu gewinnen. Was für eine Gelegenheit! Eine einzelne Amerikanerin hier im tiefsten Jemen und sie, Malika, würde ihr den Islam erklären! Von Kindheit an hatte Malika die religiösen Zeremonien geliebt und eine große Ehrfurcht für Allah und seine Propheten gehabt. Es gab nichts Schöneres für sie, als alleine in ihrer Kammer am Fenster zu sitzen und einer Kassette mit guten Koranrezitationen zu lauschen. Die fünf täglichen Waschungen und Gebete erfüllten sie mit großer Befriedigung, sie gaben ihrem Leben einen Rahmen und Tiefe. Und schon monatelang vorher fieberte Malika dem Ramadan entgegen, wo alle religiösen Aktivitäten ihren Höhepunkt erreichten, indem man sich durch tägliches Fasten sammelte und reinigte, dann zusammen ein schönes Abendessen zu sich nahm und abends noch stundenlang in der Moschee gemeinsame Gebete sprach.

Malika war fest davon überzeugt, dass der wahre Islam die Antwort auf alle zwischenmenschlichen und politischen Probleme war. Wenn doch nur mehr Menschen den Geboten des Propheten Muhammad von ganzem Herzen folgen würden! Mit diesem Missionseifer hatte sie die Beziehung zu Sally begonnen, und die gemeinsamen Gespräche über Allah und seine Offenbarungen bedeuteten ihr viel mehr als das Geld, das sie durch das Unterrichten verdienen konnte. Inzwischen jedoch waren die beiden Frauen Freundinnen geworden und genossen einfach die Zeit miteinander. Auch Sally war davon überzeugt, dass nur der Glaube Antwort auf die großen drängenden Lebensfragen geben konnte, und obwohl sie Christin war und Malikas Bekehrungsversuchen bisher lachend und mit klugen Gegenfragen widerstanden hatte, merkten beide doch, dass sie mehr verband als trennte.

Nachdem Malika nun mit Sally eine neue Lektion durchgegangen war und sie auch die Vokabeln der letzten Stunde abgefragt hatte, schwenkte Sally auf Englisch um.

»Warst du diese Woche schon bei Sausan?«, fragte sie.

Malika nickte. »Ja. Sie lässt dich herzlich grüßen und wünscht sich, dass du sie mal besuchst. Sie hat das Buch, das du ihr geliehen hast, schon fast fertig gelesen und bittet dich, ihr die Fortsetzung mitzubringen.«

»Aber sicher.« Sally nickte. »Die Arme sitzt ja nur noch zu Hause, seitdem sie ihr Studium abbrechen musste.«

»Ja, das ist wirklich schade«, pflichtete Malika bei. »Sie wäre sonst auch schon fertig. Aber ich verstehe trotzdem nicht, dass sie sich wegen einem Mann so aufgibt. Sie hat überhaupt keinen Schwung mehr, kein Ziel.« Malika zog missmutig die Augenbrauen zusammen. »Und nun ihre

Schwester genauso! Die hat jetzt diesen Saudi geheiratet und wird wohl nicht einmal mehr ihren Schulabschluss schaffen. So etwas kann ich überhaupt nicht verstehen. Ich werde bestimmt niemals heiraten.«

»Tatsächlich?«, fragte Sally interessiert. »Und warum nicht?«

»Ich habe schon genug gesehen, um zu wissen, wohin das führt. So viele junge Mädchen sind voller Ideen, Träume und Pläne und haben Energie, wollen etwas erreichen. Doch dann ist es immer dasselbe: Sie heiraten und alles verpufft. Sie bekommen ein Kind nach dem anderen, müssen sich nach den Wünschen ihres Mannes richten, sind ständig überfordert und schließlich rückt alles, was sie eigentlich mal wollten, in unerreichbare Ferne.«

»Nun«, sagte Sally nachdenklich, »da hast du bestimmt nicht unrecht. In gewisser Weise ist das bei mir ja auch nicht anders. Momentan komme ich neben der Familie wirklich zu fast nichts anderem mehr. Aber hier in der Stadt arbeiten doch viele Frauen als Lehrerinnen und ihre Schwiegermütter, Mütter oder Schwestern hüten für sie die Kinder. Ich staune immer wieder, wie sehr sich die Frauen gegenseitig helfen. Oder stimmt das nicht?«

»Doch, das gibt es schon«, gab Malika zu, »aber man ist dann immer auf die Gunst anderer angewiesen: dass dein Mann dir erlaubt, zu arbeiten; dass deine Schwiegermutter die Kinder hütet ... Und das bekommt man auch deutlich zu spüren. Dafür muss man Glück haben und ein dickes Fell.«

»Aber du bist doch auch nicht unabhängig«, warf Sally ein. »Du musst dich nach dem richten, was dein Vater sagt.«

»Ja, das stimmt. Aber auf meinen Vater kann ich mich verlassen. Und weil ich einen so guten Vater habe, möchte ich ihn auch nicht gegen ein unkalkulierbares Risiko namens Ehemann eintauschen.«

Sally lachte laut auf. »Das hast du gut gesagt! Ja, ich kann deinen Standpunkt verstehen. Aber sehnst du dich denn nicht nach jemandem, der ganz zu dir gehört? Für den du der wichtigste Mensch bist und umgekehrt?«

»Oh, Sally! Auf welchem Stern lebst du denn? Ist das bei euch wirklich so? Also ich habe den Eindruck, Frauen sind für die meisten Männer reine Gebrauchsgegenstände. Wenn sie nicht so funktionieren wie erwartet, tauscht man sie einfach aus, sofern man es sich leisten kann. Oder kauft sich noch eine zweite dazu. Nein danke, darauf kann ich verzichten. Abgesehen davon habe ich außer meinem Vater auch noch keinen Mann getroffen, den ich achten und respektieren könnte. Meine Brüder sind faul und denken nur bis zur nächsten Qatrunde. Und die meisten Studenten, die ich so beobachtet habe, sind entweder eitle, aufgeblasene Schwätzer oder schwächliche, depressive Träumer.«

»Wow, das war ja eine Rede! Ich sehe, die jemenitische Emanzipation kommt nicht erst, sie ist schon da!« Lächelnd schüttelte Sally den Kopf und schenkte Malika noch eine weitere Tasse Tee ein.

»Apropos Beruf, hast du inzwischen etwas über deine Anstellung gehört?«

Malika schüttelte den Kopf. Sie hatte ihr Englischstudium als Beste ihres Jahrgangs abgeschlossen und versprach sich gute Aussichten darauf, schon im neuen Schuljahr in einer der städtischen Schulen unterrichten zu können, denn momentan wurden qualifizierte Englischlehrer gesucht. »Nein, aber ich werde in den nächsten Tagen noch mal zu der Behörde gehen, um nachzufragen. Meine Papiere und Unterlagen habe ich ja schon lange abgegeben.«

Eine Woche später war Malika wieder bei Sally – zwischendurch hatten sie den Unterricht einmal ausfallen lassen, weil der kleine Tom krank gewesen war. Sally fiel sofort Malikas bedrücktes Gesicht auf.

»Malika, geht es dir nicht gut? Du siehst so traurig aus.«

Malika ließ sich auf die Matratze fallen und seufzte. »Ich weiß nicht, ob ich eher traurig oder eher wütend bin. So wie es aussieht, wird das in nächster Zeit nichts mit meiner Anstellung.«

»Was, aber warum denn?«, fragte Sally erstaunt. »Gibt es in diesem Jahr keine Stellen zu besetzen? Hattest du nicht gesagt …«

»Doch, die gibt es schon«, unterbrach sie Malika heftig.

»Und genau das ist ja der Grund, weshalb ich mich so aufrege. Wenn es einfach keine Stellen gäbe, okay, dann müsste ich eben warten, bis wieder welche frei werden. Das könnte ich akzeptieren. Aber Tatsache ist, dass Stellen vergeben werden, und ich werde dabei einfach nicht berücksichtigt!«

»Aber warum denn nicht?«, wunderte sich Sally. »Wo du doch so einen guten Abschluss hast. Oder werden erst die Absolventen vom Vorjahr eingestellt?«

»Ach was, das wäre ja schön, wenn es irgendein nachvollziehbares System gäbe, das im besten Fall auch noch gerecht ist! Aber nein. Das Einzige, was zählt, ist das hier«, und sie machte eine unmissverständliche Bewegung mit den Fingern, die Sally sofort zu deuten wusste.

»Geld? Ehrlich? Haben sie das gesagt?«, rief sie entrüstet.

»Nein, gesagt haben sie das natürlich nicht. Aber es trotzdem sehr klar gemacht. Und weißt du, was mich am meisten ärgert? Haifa, die Tochter des Polizeipräsidenten, war bei mir im Semester, und sie war wirklich nicht besonders gut. Aber sie hat jetzt schon eine Stelle an der modernsten Mädchenschule der Stadt. Das ist doch eine Unverschämtheit, oder nicht?!«

»Ja«, sagte Sally traurig. »Diese fürchterliche Korruption wird dem Jemen noch das Rückgrat brechen. Mein Mann hat gesagt, man kann hier alles kaufen, selbst Schulabschlusszeugnisse.«

»Ja, leider, so ist es. Die Korruption öffnet den Reichen

alle Türen und die Armen haben keine Chance. Selbst dann nicht, wenn sie sich so sehr anstrengen, wie sie nur können.« Malika war den Tränen nahe.

Sally rückte etwas näher und legte einen Arm um ihre Freundin. »Das tut mir so leid für dich. Wenn ich dir doch nur helfen könnte«, sagte sie leise.

»Das könntest du«, antwortete Malika sarkastisch. »Gib mir 500 000 Rial und ich bin morgen schon Lehrerin.« Sie schnaubte verächtlich. »Aber das würde ich nicht mal dann tun, wenn ich es könnte. Damit würde ich das System ja nur noch unterstützen.«

Sally schwieg nachdenklich. Schließlich sagte sie: »Dann können wir wohl nur für ein Wunder beten. Oder was hast du sonst noch für eine Chance?«

»Ich weiß es nicht. Eigentlich hätte ich das alles voraussehen müssen. Es gibt so viele Lehrer, die seit Jahren auf ihre Einstellung warten. Aber irgendwie habe ich doch gehofft, dass ich mit meinen guten Noten überzeugen kann.« Malika atmete tief aus und sagte dann traurig: »Das war wohl ein Trugschluss.« Nun kamen ihr doch die Tränen.

Sally strich ihr sacht über den Rücken. Auch die beiden Kinder, die vorher noch in einer anderen Ecke des Zimmers gesessen und gespielt hatten, kamen nun herüber und setzten sich still zu den beiden Frauen. Laura strich Malika vorsichtig über die Hand, und Tom versuchte, auf ihren

Schoß zu krabbeln, um sich ihre Tränen von Nahem anzusehen.

»Nicht doch, Tom«, sagte Sally und wollte den Kleinen wegziehen.

Malika wehrte jedoch ab und lächelte unter Tränen. »Deine Kinder sind so lieb. Lass sie nur, ich freue mich ja an ihnen«, sagte sie und zog Tom zu sich auf den Schoß, um mit ihm zu kuscheln.

»Oh Vater«, betete Sally jetzt leise, »du weißt, was Malika so sehr bedrückt. Und du bist ein Gott, der Gerechtigkeit liebt. Ich bitte dich, dass Malikas Mühe nicht vergeblich war und du sie einen guten Weg führst. Wir haben keine Ahnung, wie das geschehen wird, aber wir möchten dir vertrauen. Und ich bitte dich auch um Erbarmen für dieses Land. Du siehst, wie viel Ungerechtigkeit und Bedrückung, Armut und Hoffnungslosigkeit es gibt. Bitte erbarme dich und verändere die Herzen der Herrschenden. Und zeige auch uns, was wir dazu beitragen können. Amen.«

»Danke, Sally«, sagte Malika und drückte der Amerikanerin einen Kuss auf die Wange. »Du bist eine echte Freundin. Und ich habe mal gedacht, alle Amerikaner seien oberflächlich und unmoralisch.«

»Wirklich?« Sally lachte. Dann wurde sie wieder ernst. »Das haben wir den Medien zu verdanken. Euer Bild von uns wird durch Rockstars, Hollywood und die politischen Schlagzeilen bestimmt. Und uns geht es nicht anders. Meine Freunde und Verwandten in Amerika sind alle in Angst und Sorge um uns, weil sie denken, jeder Jemenit wäre ein kleiner Bin Laden. Das ist schade, aber wahr.« Beide Frauen schwiegen.

Schließlich gab sich Malika einen Ruck und sagte: »Nun lass uns noch ein wenig lernen, damit du bald fließend Arabisch sprichst! Hast du denn auch deine Hausaufgaben gemacht?«, fügte sie neckend hinzu.

»Warte mal kurz«, erwiderte Sally, »ich habe da noch eine Idee, die ich mit dir besprechen wollte. Wir haben uns doch letztes Mal darüber unterhalten, wie das ist, wenn Frauen heiraten und ihre Träume aufgeben, erinnerst du dich?«

»Ja, klar«, antwortete Malika. »Warum?«

»Ich habe viel darüber nachgedacht. Weißt du, hier im Jemen zu leben und den Menschen zu helfen, das war ein Traum von uns beiden, von meinem Mann und mir. Aber letztendlich bin ich ja fast nur mit den Kindern im Haus, und das entspricht doch nicht so ganz dem, was ich mir eigentlich wünsche. Ich habe deshalb mit Chris geredet, und er hat mir versprochen, an zwei Nachmittagen auf die Kinder aufzupassen. Er bildet sich ein, er könnte währenddessen am Computer arbeiten.« Sally kicherte. »Das wird ein bitteres Erwachen für den Guten.«

»Schön, das freut mich für dich«, sagte Malika. »Dann kannst du ja jetzt auf jeder Hochzeit tanzen.«

»Ich habe aber andere Pläne!« Sally machte ein geheimnisvolles Gesicht. »Und dabei brauche ich deine Unterstützung, ziemlich dringend sogar.«

Malikas Neugier war geweckt. Sie blickte Sally fragend an.

»Darauf kommst du nie«, steigerte Sally die Spannung.

»Nein, wirklich nicht. Ich habe keine Ahnung, wovon du redest«, gab Malika sich kampflos geschlagen. »Nun erzähl schon!«

»Ich würde gerne mit dir zweimal in der Woche die Frauen im städtischen Gefängnis besuchen. Einfach um sie zu ermutigen. Vielleicht, um ihnen etwas beizubringen, sie ein bisschen zu beschäftigen. Weißt du, eine Freundin von mir tut etwas Ähnliches in der Hauptstadt, sie hat mir schon oft davon erzählt. Und ich glaube, das wäre eine gute Sache, für die ich mich gerne einsetzen würde. Na, was sagst du?«

Malika schwieg einen Augenblick. »Darauf wäre ich wirklich nie gekommen. Also, dass man einfach so fremde Leute im Gefängnis besuchen will ... Ich meine, das sind doch alles Verbrecher, hast du denn keine Angst vor denen?«

Sally sah Malika ernst an. »Verbrecher? Die meisten Frauen sitzen im Gefängnis, weil sie ein uneheliches Kind bekommen haben. Das hat mir meine Freundin erzählt. Außerdem ist es vom Normalbürger bis zum Verbrecher oft nur ein winziger Schritt. Oder hast du nie verbrecherische Gedanken in deinem Herzen?«

Malika blickte erstaunt auf. »Was meinst du denn damit? Ich versuche, alle Gebote Allahs genau einzuhalten. Ich habe mir wirklich nichts vorzuwerfen.«

Sally nickte. »Ich weiß. Das will ich damit auch gar nicht sagen. Aber denk doch mal daran, was du kürzlich über die Männer gesagt hast. Darin lag schon ziemlich viel Verachtung. Und unter den entsprechenden Umständen kann aus Verachtung leicht Hass werden. Gottes Maßstäbe sind da anders. Bei ihm zählt nicht nur, was wir getan, sondern auch, was wir gedacht haben. Richte nicht, damit du nicht gerichtet wirst …«

»Hm.« Malika blickte aus dem Fenster. »Du willst also tatsächlich das Frauengefängnis besuchen? Interessieren würde mich das ja schon. Und Lehrerin werde ich wohl auch nicht so bald. Aber ich glaube kaum, dass mein Vater mir so etwas erlaubt. Er würde das auch gar nicht verstehen. Die Frauen sind schließlich im Gefängnis, um bestraft zu werden. Da belohnt man sie doch nicht, indem man sie besucht. Nein, ich fürchte, daraus wird nichts.«

»Da wäre ich mir nicht so sicher. Ich würde dich als meine Übersetzerin anstellen. Wir lassen die Arabisch-Trockenübungen im gemütlichen Wohnzimmer und tauschen sie gegen »Learning by doing« im Gefängnis. Alleine schaffe ich das auf keinen Fall, ich brauche dich dafür. Wenn dein Vater Bedenken hat, könnte doch auch mein Mann versuchen, mit ihm zu reden. Ich möchte deine Eltern sowieso mal zu uns einladen.«

Zwei Monate später liefen Malika und Sally gemeinsam die Auffahrt zum Gefängnis hoch. Es lag etwas abseits der Stadt und war von hohen, mit Stacheldraht gesicherten Mauern umgeben. Der wachhabende Soldat am Eingang erkannte die beiden Frauen sofort und öffnete ihnen freundlich nickend das Tor. Sally war immer wieder erstaunt, wie unkompliziert sich die Besuche im Gefängnis gestalteten. Der Direktor hatte sich über ihre Initiative gefreut und die alte Wärterin der Frauen angewiesen, Sally und Malika in allem zu unterstützen.

In dem großen Gefängnis gab es zu fünfundneunzig Prozent männliche Insassen, und wenn man zu dem abgelegenen Frauentrakt gelangen wollte, musste man erst ein Stück an dem Innenhof der Männer vorbei, der mit einer riesigen Gitterwand abgeschlossen war. Diese wenigen Meter empfand Sally immer wie einen Spießrutenlauf. Auch jetzt hielt sie den Blick gesenkt und versuchte, die Rufe der Gestalten hinter dem Gitter zu ignorieren. Es tat ihr weh, diese Männer dort wie Tiere im Zoo hinter den Gittern sitzen und stehen zu sehen, es war so entwürdigend! Und noch schlimmer war die Vorstellung, dass ein großer Teil von ihnen auf ihre Hinrichtung wartete.

Dagegen erschien der Frauentrakt wie eine kleine Oase. Allerdings nur auf den ersten Blick. In einem großen kahlen Raum, dessen wenige vergitterte Fenster in unerreichbarer Höhe unter der Decke klebten, befanden sich einige rostige alte Bettgestelle und an der Wand lehnten etliche zusätzliche Matratzen. Kein Bild, kein Teppich, kein anderes Möbelstück zierte den kargen Raum, den sich fünfzehn Frauen und vier Kleinkinder teilten. Doch es gab auch einen kleinen, von hohen Wänden umschlossenen Innenhof, wo sich die Toiletten befanden und unter einem Vordach gekocht werden konnte. Hier hing Wäsche auf kreuz und quer gespannten Leinen und brachte etwas Farbe in das triste Bild.

Die Frauen selbst jedoch waren für Sally und vor allem für Malika eine positive Überraschung. Nachdem sie anfänglich etwas scheu und zurückhaltend auf die Fremden reagiert hatten, waren sie schnell aufgetaut und freuten sich jedes Mal riesig über den Besuch. Die meisten der Insassinnen waren jung, die Jüngste gerade einmal vierzehn Jahre alt. Ein zartes hübsches Mädchen mit einer süßen Tochter. Sally wollte ihren Ohren nicht trauen, als Malika ihr erschüttert die Geschichte der kleinen Sarah übersetzte. Sarah stammte aus einem Bergdorf, wo sie mit ihrer Familie auf engstem Raum gelebt hatte. Eines Nachts hatte der Mann ihrer älteren Schwester, der gleichzeitig ihr Cousin war, sie vergewaltigt. Aus Scham und Angst hatte sie niemandem davon erzählt. Ein gutes halbes Jahr später wurde sie von ihrer Familie verheiratet, und der ebenfalls junge Bräutigam merkte nicht, dass Sarah keine Jungfrau mehr war. Als sie allerdings nur drei Monate nach der Hochzeit plötzlich ein Kind bekam, schellten überall die Alarmglocken. In der ersten Wut wollte Sarahs Bruder sie nach der Entbindung sofort erschießen, doch ein Onkel konnte das gerade noch verhindern. Stattdessen waren erst Sarah und dann auch der Schwager in das Gefängnis gebracht worden. Der Schwager wurde nach einem knappen Jahr wieder entlassen und lebte seither wieder mit Sarahs Schwester zusammen. Sarah jedoch hatte noch ein weiteres Jahr abzusitzen. Von ihrer Familie war sie noch kein einziges Mal besucht worden.

Sally und Malika hatten für die Besuche im Gefängnis ein kleines Programm zusammengestellt. Zunächst saßen sie ein wenig mit den Frauen zusammen, tranken Tee und unterhielten sich. Dafür brachte Sally immer etwas Süßes mit, einen kleinen Luxus, den die Gefangenen sonst nicht hatten. Anschließend versuchte Malika, einer Reihe von interessierten Frauen das Alphabet beizubringen, während Sally anderen Frauen Strickunterricht gab. Meistens nahm Sally ihre Tochter Laura jetzt sogar mit in das Gefängnis, denn die Frauen freuten sich an dem kleinen hellblonden Mädchen, und Laura spielte gerne mit den Babys auf einem großen Teppich, den Sally nach ihrem ersten Besuch im Gefängnis gekauft hatte. Eigentlich wollten die Frauen den Teppich aufgerollt in der Ecke stehen lassen und nur zum Gebet benutzen, aber dagegen sträubte sich die Amerikanerin. »Wenn das so ist, nehme ich ihn gleich wieder mit«, hatte sie gedroht. »Ihr könnt darauf beten, so viel ihr wollt, aber er soll vor allem für die Babys zur Verfügung stehen. Die können doch nicht nur auf den kalten Bodenplatten herumkrabbeln!«

Als Sally heute an die Tür des Frauentraktes klopfte, rührte sich erst gar nichts. Nachdem Malika energischer gegen die Metalltür geschlagen hatte, vernahmen sie drinnen Stimmen und hörten Schritte, aber es dauerte immer noch eine ganze Weile, bis die alte Wärterin die Tür öffnete, hinter ihnen abschloss und dann sofort wieder wortlos in dem Raum verschwand. Malika und Sally sahen sich verwundert an. Dann bemerkten sie, dass die meisten Frauen mit ihren Kindern in einer Ecke des Hofes auf dem Teppich saßen, den sie dort ausgebreitet hatten. Sally und Malika gingen auf die Frauen zu, um sie wie üblich zu begrüßen, doch Sarah empfing die beiden sofort mit der Nachricht: »Gestern Nacht ist eine neue Frau gebracht worden, sie war völlig grün und blau von den Schlägen ihrer Familie. Und jetzt bekommt sie gerade dort drinnen ihr Kind!«

»Oh Gott«, sagte Sally, »das ist ja furchtbar! Wer ist denn bei ihr?«

»Die Wärterin und noch zwei andere Frauen. Die kennen sich gut aus. Aber sie liegt schon seit Stunden in den Wehen und es geht nicht vorwärts. Wir können das Schreien und Stöhnen gar nicht mehr ertragen.«

»Gott sei Dank habe ich heute Laura nicht dabei«, sagte Sally zu Malika. »Ich werde mal hineingehen und sehen, ob ich helfen kann. Ich bin ja Krankenschwester.«

»Ja, tu das«, antwortete Malika, die selbst etwas bleich aussah. »Ich bleibe hier draußen bei den anderen Frauen. Ich glaube, an unser Programm brauchen wir heute nicht mehr zu denken.«

»Wohl kaum. Aber hier in der Tasche habe ich die Süßigkeiten, die werden sie trotzdem vertragen.« Mit diesen Worten überreichte Sally Malika ihre Tasche, zog sich noch rasch den Balto aus, wusch sich gründlich die Hände und begab sich mit mulmigem Gefühl in das Zimmer zu der Gebärenden.

Es dauerte einen kurzen Moment, bis sich Sallys Augen nach dem hellen Sonnenlicht an den dunklen Raum gewöhnt hatten. Dann sah sie eine junge Frau, die sich stöhnend auf einer Matratze auf dem Boden wand, während die Gefängniswärterin neben ihr kniete und ihr den Bauch massierte. Das Gesicht der etwa Siebzehnjährigen war dick verschwollen und blaugrün verfärbt, ihre Oberlippe aufgeplatzt und verkrustet. Sally musste sich bei diesem Anblick sehr zusammenreißen, um nicht fluchtartig den Raum wieder zu verlassen. Sie hatte als Krankenschwester auch mehrere Kurse über Geburtsheilkunde besucht und versuchte sich jetzt krampfhaft an das Gelernte zu erinnern. Zu ihrem Erstaunen schien die Gebärende vollständig bekleidet zu sein.

»Darf ich mal?«, fragte Sally die Wärterin und begann vorsichtig, den Bauch abzutasten. So, wie es aussah, waren die Wehen in vollem Gange. Aber der Bauch war noch sehr klein, auch für eine Erstgebärende. »Ist sie denn schon im neunten Monat?«, wollte Sally auf holprigem Arabisch wissen.

»Nein, höchstens im sechsten«, erwiderte die Wärterin.

Sally erschrak. Das sah gar nicht gut aus! Sie versuchte, das weite Kleid etwas hochzuschieben, aber die junge Frau hielt es fest, und auch die Wärterin schüttelte missbilligend den Kopf. Sally runzelte die Brauen. Wie sollte man den Geburtsfortschritt bewerten, geschweige denn ein Kind bekommen, wenn man nicht bereit war, die Kleidung auszuziehen? Fragend schaute sie die Wärterin an und versuchte ihr dann zu erklären, dass es wichtig wäre, zu überprüfen, wie weit der Muttermund schon geöffnet sei. In Gedanken spielte Sally dabei die Möglichkeit durch, dass sie ihren Mann mit dem Handy anrufen und er den Gefängnisdirektor dazu bewegen könnte, die Frau in ein Krankenhaus bringen zu lassen. Aber erst musste sie wissen, wie weit die Geburt schon fortgeschritten war. Schließlich schien die Wärterin zu verstehen und zog der jungen Frau trotz deren Protest die lange Unterhose aus. Das Kleid bedeckte jedoch weiterhin den Unterkörper der Gebärenden, die sich krampfhaft unter den Wehen aufbäumte. Sally konnte sich deshalb nur auf ihre Tastfähigkeit verlassen. Langsam schob sie ihre zitternde Hand an dem Oberschenkel der Frau hoch und stutzte. Das gab es doch nicht, sie konnte den Kopf des Babys schon fühlen! Tatsächlich dauerte es jetzt nur noch wenige Minuten und Sally hielt das Kind in den Händen. Doch der Anblick war erschütternd. Das winzige Baby war schon tot. Sein kleiner Körper war genauso wie das Gesicht seiner Mutter mit dicken blaugrünen und dunkelroten Blutergüssen übersät. Die arme Frau musste so getreten und geschlagen worden sein, dass das ungeborene Kind in ihrem Bauch daran gestorben war und die Wehen frühzeitig ausgelöst wurden.

Wie betäubt drückte Sally das winzige Baby der Wärterin in die Hände, drehte sich stumm um und wankte nach draußen. Die Frauen sahen ihre blutigen Hände und umringten sie, manche gingen auch gleich weiter in den Raum hinein. Doch Sally konnte nichts sagen. Sie schüttelte nur stumm den Kopf und ließ die Schultern hängen.

Malika versuchte, mit ihr zu sprechen, aber Sally antwortete nicht. Sie sah auf ihre blutigen Hände und hatte das Gefühl, den kleinen zerschundenen Körper noch immer in den Händen zu halten. Malika brachte eine Schüssel mit warmem Wasser und wusch Sally das Blut ab. Dann nahm sie deren Handy aus der Tasche und rief Sallys Mann an.

»Chris, hier spricht Malika. Sally geht es nicht gut, könntest du uns bitte so schnell wie möglich im Gefängnis abholen?«

Eine Stunde später war Malika zu Hause. Aufgewühlt von den Geschehnissen im Gefängnis sehnte sie sich nach ihrem kleinen Zimmer, wo sie das Erlebte noch mal in Ruhe durchdenken wollte. Doch kaum hatte sie die Wohnung betreten, als auch schon ihr Vater nach ihr rief: »Malika, bist du das?«

»Ja, Vater. Ist alles in Ordnung?« Malika betrat den Diwan.

»Nein, leider nicht. Dein Bruder Saddam war vorhin hier. Er war sehr aufgebracht. Die Polizei für politische Sicherheit hat ihn abgefangen, aufs Revier mitgenommen und stundenlang verhört. Es ging um dich.«

»Was, um mich?« Malika ließ den Gesichtsschleier, den sie sich eben abgenommen hatte, fallen. »Wieso denn das?«

»Wegen des Artikels, den du letzte Woche für die englische Zeitung in Sana'a geschrieben hast. Und wegen deiner Kontakte zu der amerikanischen Familie!«

»Ach?! Das ist ja verrückt. Und was wollten die dann von Saddam? Sie hätten doch mit mir selbst reden können«, erboste sich Malika. »Außerdem habe ich nichts geschrieben, was nicht neunzig Prozent der Bevölkerung unterschreiben würde.« Sie schüttelte den Kopf und setzte sich neben ihren Vater auf die zerschlissene Matratze.

»Ja, was stand denn eigentlich in diesem Artikel?«, fragte ihr Vater. »Er war ja auf Englisch. Irgendetwas muss doch die Aufmerksamkeit der Sicherheitspolizei erregt haben.«

Malika überlegte. »Der Titel lautet: *Der rechte Pfad?* Damit habe ich auf die Sure Al-Fatiha anspielen wollen, in der die Gläubigen aufgefordert werden, den geraden Weg zu gehen. Und dann habe ich in dem Artikel das Übel der Korruption hier im Jemen angeprangert. Ich habe versucht darzustellen, wie die Korruption der Verantwortlichen in den staatlichen Einrichtungen den Fleiß und die Arbeitskraft der Bevölkerung unterminiert, weil sie nicht etwa durch ihre eigenen Leistungen, sondern nur durch Beziehungen und Geld zum Ziel gelangen können. Ich habe aufgezeigt, wie dadurch der Lüge und der Ungerechtigkeit Vorschub geleistet wird, und habe mit Zitaten aus dem Koran und den Hadithen belegt, dass diese Praktik gegen Allahs Gebote und die Sunna des Propheten verstößt. Und schließlich habe ich die Frage gestellt, warum sich dieses Prinzip durch sämtliche Behörden im Jemen hindurchziehen kann, welche politischen und moralischen Instanzen versagt haben und ob der Präsident von diesem Missstand noch nicht unterrichtet wurde.«

Der Vater schwieg. Dann nickte er und sagte: »Das hast du gut gemacht. Die Wahrheit muss gesagt werden. Allerdings hättest du vielleicht den Hinweis auf den Präsidenten unterlassen sollen. Ich glaube, das war der Punkt, an dem sie sich vor allem gestört haben. Zumindest hat Saddam gesagt, die Polizisten hätten ihn sehr spezifisch über deine Einstellung zum Präsidenten befragt und hätten ihm deutlich gemacht, dass öffentliche Verunglimpfung des Präsidenten ein Vergehen ist, das mit Zuchthaus bestraft werden kann.«

»Hm.« Malika runzelte die Stirn. »Das wundert mich wirklich. Wenn dieser Artikel schon die Sicherheitskräfte auf den Plan ruft, was kann man dann überhaupt noch schreiben? Ich frage mich, ob die Verantwortlichen von der Zeitung auch Probleme bekommen haben? Ich werde die Redakteurin gleich mal anrufen.« Malika wollte sich erheben, aber ihr Vater hielt sie am Ärmel fest.

»Warte noch einen Augenblick, Kind. Ich möchte dir sagen, dass ich sehr stolz auf dich bin – du hast uns immer Freude gemacht, und ich weiß, dass du ein vernünftiges Mädchen bist. Aber jetzt mache ich mir doch Sorgen! Du solltest dich lieber nicht in solche Themen einmischen. Und dein Kontakt zu den Ausländern tut dir auch nicht gut. Das wird alles sehr genau beobachtet, und es werden Fragen gestellt, Schlechtes wird geredet, unser Name verunglimpft. Die Besuche im Gefängnis zum Beispiel. Kein Mensch kann verstehen, warum du dort hingehst und was du bei den Gefangenen zu schaffen hast. Und jetzt das! Saddam war wirklich sehr wütend. Ich bin froh, dass du nicht hier warst. Überlasse diese Themen lieber den Männern, das ist keine Frauensache! Und denk bitte noch mal über das Angebot von Iman Al-Kabiri nach. Er wäre sicher ein passender Ehemann für dich. Ein frommer und gebildeter Mann.«

Malika schaute ihren Vater eindringlich an. »Papa, ich habe dich lieb, das weißt du. Und ich danke dir, dass du dich um mich sorgst. Aber ich kann deinen Standpunkt nicht teilen. Welchen Männern soll ich denn diese Themen überlassen? Schau sie dir doch an! Etwa den Männern, die fett und faul auf ihren Posten kleben und die Hand aufhalten? Oder den Männern, die mit dicker Backe in den Qatrunden sitzen? Sicherlich gibt es auch noch andere, solche, die sich tagtäglich abschuften, um ihre Familien zu ernähren. Aber die werden wohl kaum Zeit und Kraft finden, Artikel für die Zeitung zu schreiben! Nein. Seitdem es mich selbst getroffen hat, ist mir klar geworden, dass ich nicht einfach nur herumsitzen und jammern kann. Ich möchte etwas tun! Dieses Land liegt mir am Herzen und so kann es doch nicht weitergehen. Und was die Amerikaner anbetrifft, hast du selbst gesagt, dass es sehr nette Leute sind. Seit wann ist es verboten, Gäste, die in unserem Land leben, zu unterstützen? Ach, Papa. Und versuch bitte nicht mehr, mich zu verheiraten. Ich heirate nicht, das habe ich dir schon so oft gesagt! Und nun werde ich in Sana'a anrufen.« Malika gab ihrem Vater einen Kuss auf die Wange, erhob sich und verließ das Zimmer.

»Mädchen, Mädchen«, murmelte der alte Mann in seinen kurz gestutzten weißen Bart. »Willst du dich wirklich mit der Regierung anlegen? Wenn das nur gut geht …«

6. Sternschnuppe

Genüsslich leckte sich Aischa den Honig von den Fingern. Hmm, war das lecker! Echter jemenitischer Landhonig auf lockerem Hefeschichtgebäck: »Bint as-Sahn«, Tochter der Schale, ihr Lieblingsgericht. Heute war Freitag, Wochenende. Gemeinsam mit ihrer Mutter und der jüngeren Schwester hatte Aischa ein gutes Essen gekocht und nun waren alle satt und saßen zufrieden um die fast geleerten Schalen. Über drei Monate war Aischa nun schon mit ihren Kindern bei den Eltern in der Stadt, weil sie es nach Samiras Selbstmord im Dorf bei ihrer herrischen Schwiegermutter nicht mehr ausgehalten hatte. Da Aischas Mann Muhammad Abdu sich noch immer als Soldat in der Bürgerkriegsregion um Sa'da befand, hatten ihre Schwiegereltern sie bisher gewähren lassen. Aischas Schwiegervater Abdallah kam allerdings regelmäßig zu Besuch, um nach seinen Enkeln und Aischa zu sehen. Da die junge Frau ein gutes

Verhältnis zu dem alten Mann hatte, freute sie sich auf seine Besuche. Für gewöhnlich brachte er Neuigkeiten aus dem Dorf mit, und Aischa ergriff gerne die Gelegenheit, ihrer Nachbarin und Freundin Amina durch Abdallah kleine Geschenke zukommen zu lassen. Auch für heute hatte sich Opa Abdallah, wie die Kinder ihn nannten, angemeldet.

Insgesamt war die Zeit bisher nur so verflogen. Das Leben in der Stadt erschien Aischa ungeheuer abwechslungsreich. Gerade im Sommer fanden ununterbrochen Hochzeitsfeiern statt und sie hatte ihre Mutter gerne und oft zu diesen Festen begleitet. Manchmal nahm sie ihre Kinder mit, oft ließ sie die beiden aber auch in der Obhut ihrer jüngeren Geschwister. Sie genoss es, endlich wieder viel Zeit mit ihrer Familie zu verbringen und auch ihre in der Stadt verheiratete Jugendfreundin Latifa häufiger sehen zu können. Aischa war dankbar, dass die Eltern sie widerspruchslos in ihrer kleinen Zweizimmerwohnung aufgenommen hatten und nun Platz und Nahrung mit ihr und den Kindern teilten. Immerhin versorgte ihr Vater mit seinem mageren Gehalt als Wächter ohnehin schon eine sechsköpfige Familie.

»Wo Abdallah wohl bleibt?«, fragte Aischas Vater nun zum wiederholten Mal. »Ich dachte, er wollte direkt nach dem Freitagsgebet kommen und bei uns mittagessen.«

»Ja, ich verstehe das auch nicht«, erwiderte Aischa. »Es wird wohl etwas dazwischengekommen sein. Wir werden es schon noch erfahren. Ich bleibe heute Nachmittag auf jeden Fall zu Hause, falls er doch noch auftaucht.« Sie streckte sich gähnend und stand auf. »Jetzt kümmere ich mich erst mal um die Küche, kommst du mit, Zainab?«

Die jüngere Schwester zog eine Flunsch. »Okay, aber nur, wenn ich die Kassette aussuchen darf!«

Aischa lachte. »Na klar, dann weiß ich ja schon, was mir blüht: Habibi, Habibi ...« Lautstark Zainabs Lieblingssänger parodierend zog Aischa Zainab hoch, warf ihrer Mutter lachend noch einen Kuss zu und verschwand in der Küche, gefolgt von der kleinen Fairuz, die auf ihren strammen Beinchen der Mutter überallhin nachwackelte.

Aischas Mutter lächelte. »Es ist einfach schön, Aischa hier zu haben. Sie bringt so viel Leben und Lachen in unser Haus. Dabei war sie ja zunächst furchtbar niedergeschlagen nach Samiras Tod.«

Der Vater nickte. »Ja, sie ist ein gutes Mädchen. Aber hier bei uns kann sie trotzdem nicht auf Dauer bleiben, das ist dir doch klar, oder? Aischa weiß das auch. Ich rechne bei jedem Besuch Abdallahs damit, dass er sie wieder mitnimmt. Spätestens wenn Muhammad Abdu zurückkommt, wird sich die Situation klären müssen. Wir sollten uns darauf vorbereiten.«

Die Mutter seufzte. »Ich weiß. Du hast ja recht, aber ich denke nicht gerne daran.«

Eine halbe Stunde später kam Aischa mit der kleinen Fairuz zurück in den Diwan, wo ihre Eltern entspannt beisammensaßen, fernsahen und Qat kauten. Diesen gemeinsamen Luxus leisteten sie sich nur freitags, aber dann umso ausgiebiger. Das Kauen vermittele ihm das Gefühl des inneren Einklangs mit der Welt, pflegte Aischas Vater zu sagen, und gesünder als Rauchen sei es allemal.

»Wo sind die anderen?«, fragte Aischa, ließ sich neben der Mutter nieder und legte ihre kleine Tochter an die Brust.

»Die Jungen sind draußen auf der Straße und spielen Fußball. Sie haben Ali mitgenommen.«

»Ach so, gut«, erwiderte Aischa beruhigt. Eine Weile betrachtete sie das Geschehen im Fernsehen, doch ihre Gedanken waren woanders. »Mama, hast du auch schon gehört, dass in der Schule jetzt nachmittags Alphabetisierungsklassen für Frauen angeboten werden sollen?«, fragte sie. »Zainab hat mir eben erzählt, dass die Mutter ihrer Freundin dort hingehen will. Und Latifa redet auch davon. Wäre das nicht was für uns? Stell dir vor, wir zwei lernen zusammen lesen!« Aischa blickte ihre Mutter erwartungsvoll an. »Ich würde wirklich gerne lesen lernen!«

Die Mutter lächelte. »Ehrlich gesagt, Aischa, ich habe das schon letztes Jahr probiert. Habe ich dir denn nicht davon erzählt? Nach drei Monaten habe ich wieder aufgegeben. Mir ging das alles zu schnell. Und es hat auch zu viel Zeit gekostet. Einem alten Esel bringt man so schnell nichts Neues mehr bei! Hauptsache, die Kinder lernen es.«

Aischa runzelte bedauernd die Stirn. »Schade! Willst du es nicht doch vielleicht mit mir noch einmal versuchen? Ich hatte mir das so schön ausgemalt!« Bittend legte sie ihrer Mutter die Hand auf den Arm, doch die Mutter schüttelte lächelnd den Kopf. Aischa seufzte. »Und wenn ich es versuche, was meinst du? Dort würde ich auch Latifa jeden Tag treffen! Zainab hat gesagt, sie könne auf Fairuz aufpassen, es sind ja nur zwei Stunden am Nachmittag.«

»Aischa«, unterbrach der Vater ihren Redefluss, »bevor du solche Pläne schmiedest, müssen wir mal miteinander über deine Zukunft sprechen. Dein Mann wird bestimmt bald Urlaub bekommen und dich zurück ins Dorf holen, das weißt du doch, oder?«

Aischas Gesicht verdüsterte sich schlagartig. »Papa, ich gehe nicht mehr zurück zu meiner Schwiegermutter. Sie ist schuld an Samiras Tod! Ich kann es nicht ertragen, weiter mit ihr zusammenzuleben und ihr böses Gerede anzuhören! Auf keinen Fall!« Tränen stiegen ihr in die Augen. »Das müsst ihr doch verstehen!«

Der Vater seufzte. »Wir könnten versuchen, Muhammad Abdu dazu zu bewegen, dass er dir eine kleine Wohnung hier in der Stadt mietet. Aber du weißt selbst, dass sein Geld dazu eigentlich nicht reicht. Ich denke, er ist immer noch dabei, die Schulden für die Hochzeit abzuzahlen. Selbst wenn wir eine günstige Einzimmerwohnung fänden, so bräuchtest du doch auch noch Geld für Nahrung, Kleidung, Wasser, Strom, Gas.«

»Ich weiß nur eines, ich gehe da nicht wieder hin! Oder wollt ihr noch ein Mädchen aus der Zisterne fischen?« Trotzig ballte Aischa ihre Hände zu Fäusten.

»Aischa, wir möchten doch nur gemeinsam nach einer Lösung suchen«, versuchte die Mutter sie zu beruhigen. »Je genauer wir wissen, was wir wollen, desto größer ist die Chance, dass wir es durchsetzen können. Aber wir müssen auch realistisch sein. Sag mal, mit Muhammad Abdu hast du doch keine Probleme, oder? Und mit Abdallah auch nicht?«

Aischa schniefte und wischte sich die Nase am Zipfel ihres Kopftuches ab. »Nein. Eigentlich nicht.«

»Deine Schwiegermutter ist also das Problem. Ich denke, das sollten die Männer eigentlich verstehen, sie kennen ihre grobe Art ja schließlich selbst zur Genüge. Hmm. Und wie wäre es, wenn du im Dorf in ein anderes Haus ziehen würdest? In unser altes Haus zum Beispiel?«

Aischa stutzte und schaute ihre Mutter zweifelnd an. »Im Dorf in ein anderes Haus? Daran habe ich noch nie gedacht.« Ihr Blick glitt nachdenklich aus dem Fenster. Amina wäre dort. Die Stille, keine Autos, abends das Licht der Petroleumlampe, morgens aufstehen mit dem ersten Hahnenschrei, wenn der Tau noch auf den spärlichen Grashalmen wippt … Aber keine Mama, keine großen bunten Hochzeitsfeiern, kein Schlendern durch den Suq mit ihrer Schwester, kein Scherzen mit Papa, kein Lesenlernen …

»Wäre das eine Alternative?«, fragte Aischas Vater.

»Ich weiß es nicht. Ich glaube, es wäre schwierig. Muhammads Mutter würde alle Frauen im Dorf gegen mich aufhetzen und behaupten, ich sei zu faul, ihr den Haushalt zu führen. Ich fürchte, das geht nicht. Nein, das geht sicher nicht …«

Aischa legte die kleine Fairuz, die beim Stillen eingeschlafen war, vorsichtig neben sich auf die Matratze und stand auf. »Ich muss mal kurz aufs Klo.«

Im Bad angekommen lehnte sie ihren Kopf gegen die kühle Wand. Meistens versuchte sie, den sich drehenden Gedanken zu entfliehen und einfach die Zeit mit ihrer Familie zu genießen. Aber jeden Abend, wenn sie mit ihrer Mutter, den Schwestern und ihren beiden Kindern in der kleinen Kammer auf ihrer Matratze lag, konnte sie nicht einschlafen, weil sie an Samira denken musste. Und jeden Abend machte sie sich Sorgen, wie es weitergehen sollte. »Allah sei mir gnädig«, murmelte sie leise. Verlangte Allah wirklich von ihr, zurückzugehen und unterwürfig ihren Platz im Haus der Schwiegermutter wieder einzunehmen? War das etwa ihr Schicksal? Eine gute Muslimin würde sich darin beweisen, dass sie ohne Murren mit festem Gottvertrauen inmitten der unterschiedlichsten Herausforderungen des Lebens geradlinig ihre Pflicht Allah und ihrer Familie gegenüber erfüllte, so hatte man es ihr immer beigebracht. Aber konnte es denn richtig sein, immer den Mund zu halten? Alles über sich ergehen zu lassen? Sie hatte es lange versucht, doch die schreckliche Erfahrung von Samiras Tod hatte ihr labiles Gleichgewicht zum Kippen gebracht. »Ach, ich weiß nicht. Was soll ich nur tun?«, seufzte Aischa und drehte sich zu dem kleinen angelaufenen Spiegel um. Sie schenkte sich selbst ein vages Lächeln und strich sich eine freche Locke aus der Stirn. »Es wird schon irgendwie werden, meine Hübsche!«, versuchte sie sich selbst aufzumuntern, streckte ihrem Spiegelbild noch rasch die Zunge raus und verließ wieder das Bad.

Kaum war Aischa zu ihren Eltern in den Diwan zurückgekehrt, als ihr jüngster Bruder Hassan auch schon in das Zimmer gestürmt kam.

»Ich habe Opa Abdallah gesehen, mit einem Soldaten!«, rief er stolz und sprang seinem Vater auf den Schoß.

Aischa erstarrte und warf ihrem Vater einen alarmierten Blick zu. Dieser richtete sich im Sitzen ein wenig auf und erwiderte Aischas Blick mit einem leichten Nicken.

»Keine Sorge, meine Tochter, keine Sorge.«

Als Abdallah jedoch wenig später umringt von der Schar der restlichen Jungen und mit seinem Enkel Ali auf dem Arm in das Zimmer trat, war es nicht Muhammad Abdu, der ihm folgte, sondern Hussein, dessen jüngerer Bruder. Beide Männer sahen ungewöhnlich ernst aus und begrüßten Aischa und ihre Eltern nur mit einem knappen »Friede sei mit euch«.

Als sie saßen, räusperte sich Opa Abdallah und sagte: »Ihr habt mich sicher früher erwartet, es tut mir leid, dass ich mich verspätet habe. Ich werde auch nicht lange bleiben können. Doch ich wollte persönlich bei euch vorbeikommen und es nicht über das Telefon ausrichten. Wir haben heute früh erfahren, dass Muhammad Abdu tot ist.«

»Was?!« Aischas Mutter sprang auf und ergriff die Hand des alten Mannes, dem die Tränen in die Augen traten. »Ist das sicher? Von wem habt ihr das gehört?«

Aischas Vater seufzte: »Allah sei seiner Seele gnädig«, und begann ein Gebet zu murmeln.

Die Kinder blickten betreten zu Boden oder zu Aischa hinüber, die wie gelähmt auf ihrem Platz saß und zu keinem Wort oder Gedanken fähig war. Der alte Mann, der nun noch zierlicher und zerbrechlicher wirkte als ehedem, berichtete stockend, wie Hussein am Morgen nach Hause gekommen sei und ihnen die Nachricht überbracht habe.

»Ich habe nicht selbst gesehen, wie es passiert ist, aber ein guter Kamerad von Muhammad hat es mir erzählt«, nahm Hussein den Faden auf. »Sie waren mit einem Militärfahrzeug unterwegs und sind in einen Hinterhalt geraten. Muhammad hat am Steuer gesessen und ist wohl gleich von den ersten Kugeln getroffen worden. Sein Kamerad war der Einzige von den fünf, der mit dem Leben davonkam. Das Fahrzeug ist hinterher komplett ausgebrannt, deshalb haben sie die Leichen auch noch nicht offiziell identifiziert und freigegeben.« Hussein senkte den Blick und schwieg einen Augenblick. »Als ich die Nachricht erhielt, habe ich mein Bündel genommen und bin weggelaufen. Vier Tage habe ich mich durchs Gebirge geschlagen, am fünften kam ich an eine große Straße und wurde bis hierher mitgenommen.«

»Du bist desertiert!«, stellte Aischas Vater fest. »Das war aber sehr gefährlich. Da hätten deine armen Eltern leicht beide Söhne zu beklagen haben können.«

»Ich weiß«, sagte Hussein und blickte Aischas Vater offen in die Augen. »Ich habe schon lange mit dem Gedanken gespielt, zu fliehen, doch Muhammad Abdu hat es mir immer wieder ausgeredet. Als er nun sein Leben lassen musste …« Husseins Stimme brach. Er räusperte sich und fuhr dann fort: »Die Situation dort oben in Sa'da ist schrecklich, ihr könnt euch das hier nicht vorstellen! Und das Furchtbare ist, dass Jemeniten gegen Jemeniten kämpfen. Man weiß nie, wer Freund und wer Feind ist. Und jede Seite behauptet von der anderen, sie sei vom wahren Islam abgefallen! Das ist doch verrückt! Einen solchen Krieg will ich nicht führen. Als ich dann vom Tod meines Bruders erfuhr, wusste ich, dass der Zeitpunkt gekommen ist.« Er warf einen traurigen Blick zu Aischa hinüber. »Es tut mir sehr leid, Aischa. Eigentlich sollte jetzt Muhammad Abdu hier bei dir sein. Er hätte gestern seinen Urlaub angetreten.«

Aischa blickte Hussein verständnislos an. Ihre Gefühle waren wie betäubt. Sollte das wirklich wahr sein? Muhammad tot? Erst als die Mutter zu ihr herüberkam und sie weinend in den Arm nahm, fingen auch bei Aischa die Tränen an zu fließen. Sie merkte nicht mehr, wie die Männer sich verabschiedeten, merkte nicht, wie sich das Zimmer allmählich mit klagenden Nachbarinnen füllte, merkte nicht, wie die sinkende Sonne dem Abendhimmel eine blutrote Wunde riss und dann endlich die sanfte Nacht mütterlich alles unter ihren schwarzen Schleier nahm.

Es dauerte noch zwei Wochen, bis der Tod Muhammad Abdus offiziell bestätigt war und seine Überreste überführt wurden. Aischa fuhr gemeinsam mit der ganzen Familie in das Dorf, wo die Männer an der Beerdigung teilnahmen, während die Frauen in der Küche standen und sich um die Bewirtung der vielen Gäste kümmerten. Ob Hochzeit oder Beerdigung, in diesem Punkt waren beide Anlässe gleich: Es gab unzählig viele Gäste und alle mussten versorgt werden.

Aischa war mit sehr beklommenen Gefühlen ins Dorf

hinausgefahren. Fast vier Monate hatte sie ihre Schwiegermutter nicht mehr gesehen. Wie würde sie empfangen werden? Was für Blicke würden die anderen Frauen ihr zuwerfen, was für Kommentare würden fallen?

»Du bist die Witwe«, hatte ihre Mutter versucht sie zu ermutigen, »man wird es nicht wagen, dich schlecht zu behandeln!«

Das Wiedersehen mit ihrer trauernden Schwiegermutter verlief tatsächlich besser als befürchtet. Die beiden Frauen lagen sich weinend in den Armen, und Aischa merkte, dass ihre Wut gegenüber dieser herrischen Frau dem Mitgefühl einer Mutter gegenüber wich, die innerhalb von wenigen Monaten zwei ihrer drei Kinder verloren hatte. Die arme Frau schien um Jahre gealtert. Ob das nun die Reaktion auf Muhammad Abdus Tod war oder ob nun doch auch die Geschichte mit Samira zu ihrem Herzen durchgedrungen war, konnte Aischa natürlich nicht wissen. Aber das tat auch nichts zur Sache.

Als Aischa später in der Küche stand und neuen Brotteig knetete, kam jedoch plötzlich eine der alten Frauen aus einem Nachbardorf zu ihr und sagte kopfschüttelnd: »Das muss ein Fluch sein, der auf dieser Familie liegt. Zwei Tote innerhalb so kurzer Zeit, Allah möge uns schützen! Der böse Blick, jemand hat hier den bösen Blick, ja, so muss es sein! Anders kann man das nicht erklären.« Sie murmelte einige unverständliche Sätze vor sich hin und zupfte Aischa dann am Ärmel. »Ich sage schon die ganze Zeit, man sollte einen Imam rufen lassen. Der kann herausfinden, wer hier die schwarze Kunst betreibt, hörst du? Ich flüchte mich zu Allah vor dem gesteinigten Teufel! Allah allein ist erhaben und mächtig. Er weiß alles, alles.« Kopfschüttelnd drehte sich die kleine gebückte Gestalt um und ging murmelnd wieder davon.

Aischa ließ die Hände sinken. Sie spürte, wie sie zu zittern begann. Ohne sich auch nur den Teig von den Händen zu streichen, lief sie hinaus in den Flur und suchte ihre Mutter.

»Mama, wo bist du? Mama!«

Glücklicherweise befand diese sich gleich im nächsten Raum und kam sofort heraus, als sie Aischas verstörtes Gesicht sah. »Was ist denn passiert? Gibt es ein Problem?«

Aischa erzählte, was die Alte gesagt hatte, und ihre Mutter schüttelte beschwichtigend den Kopf. »Kind, warum sollten die anderen denn denken, dass ausgerechnet du den bösen Blick hast? Das ist doch Unsinn!«

»Aber, Mama, wenn erst eine damit anfängt, mich zu beschuldigen, wird bald überall darüber geredet!«

»Ich weiß, ich weiß. Ich habe lange genug hier gelebt. Aber hör mir zu, du musst darüber lachen, du darfst dich nicht reizen lassen, auf keinen Fall!«, beschwor die Mutter ihre Tochter. »Wenn du weinst, wenn du dich grämst, dann wird dir diese Schwäche als schlechtes Gewissen ausgelegt, und das ist nicht gut. Wirklich, ich weiß, wovon ich rede! Je weniger du dich aufregst, desto mehr nimmst du ihnen den Wind aus den Segeln.«

»Aber ich kann das nicht«, jammerte Aischa. »Immer dieses böse Gerede. Das ist alles so unfair!«

Obwohl die Dörfler sie bedrängten, die ersten sieben Trauertage im Dorf zu bleiben, fuhren Aischa und ihre Familie nach drei Tagen wieder zurück in die Stadt. Aischas Vater schob seine Arbeit und die Schule der Kinder als Grund vor, doch eigentlich gingen sie vor allem, weil sie sich um Aischa sorgten. Die junge Frau hatte kaum gegessen, war immer nervöser und reizbarer geworden und wälzte sich nachts schlaflos von einer Seite auf die andere.

»Allmählich kommt es mir auch so vor, als hätte jemand sie mit einem Fluch belegt«, sagte die Mutter in einem unbeobachteten Moment zum Vater. »Vielleicht sollten wir ihr im Nacken mit einem heißen Eisen eine Brandwunde zufügen, damit die bösen Geister, die sie quälen, aus ihr ausgetrieben werden!«

»Jetzt fang du nicht auch noch an!«, erwiderte der Vater ärgerlich. »Aischa braucht Ruhe und Schlaf, das ist alles. Das Mädchen hat in den letzten Monaten einfach zu viel durchgemacht. Es ist doch klar, dass es ihr nicht gut geht. Ich glaube, Aischa braucht dringend Ablenkung. Deshalb werde ich ihr vorschlagen, dass sie sich doch noch zu dieser Leseklasse anmeldet. Der Unterricht hat zwar schon begonnen, aber Aischa ist schlau, sie wird das schon schaffen.«

Und Aischa schaffte es. Stolz zeigte sie ihrer Mutter jeden Tag, was sie gelernt hatte, beschrieb ganze Hefte mit schön geschwungenen Buchstaben und Zahlen und begann, mit ihrem Bruder Hassan, der die erste Klasse besuchte, zu wetteifern, wer schneller lesen lernen würde. Allmählich hörte man sie auch wieder lachen, wenn sie mit ihren Kindern spielte oder sich mit ihren Geschwistern balgte. Doch sobald Aischa allein war, saß sie sinnend am Fenster oder auf dem Dach, mit verlorenem Blick und hängenden Schultern.

Weiterhin kam Opa Abdallah regelmäßig zu Besuch und erzählte, wie es ihnen im Dorf erging. Aischa versetzte es jedes Mal einen Stich ins Herz, wenn sie sah, wie sehr ihre Kinder sich freuten, den alten Mann zu sehen, und wie traurig er aussah, wenn er wieder ging. Manchmal brachte er auch Hussein mit. Der jüngere Sohn hatte sich entschieden, seinen Beruf als Soldat endgültig an den Nagel zu hängen und bei den Eltern zu bleiben, auch wenn er damit sein sicheres Einkommen und seine gesamten Rentenansprüche verlor. Vorläufig arbeitete Hussein nun bei einem Bekannten in dessen kleiner Betonsteinfabrik. Doch das war eine anstrengende und schlecht bezahlte Arbeit, die man sich für den schmalen jungen Mann schwer langfristig vorstellen konnte.

Bisher hatten beide Familien es vermieden, darüber zu reden, wie es mit Aischa und den Kindern weitergehen solle. Aber die Frauen in der Nachbarschaft hatten weniger Taktgefühl. Ungeniert diskutierten sie bei jeder Gelegenheit über mögliche Ehemänner für Aischa. Mal war es ein stattlicher Witwer mit gutem Einkommen und fünf kleinen Kindern, mal der eigene Sohn, mal ein reicher Saudi, der eine Zweitfrau suchte. Aischa bemühte sich, den Rat ihrer Mutter zu beherzigen, und machte meist gute Miene zum bösen Spiel. Manchmal waren die Ideen der Frauen auch tatsächlich so abstrus, dass sie gar nicht anders konnte, als zu lachen. Doch insgeheim machte Aischa dieses Gerede Angst. Natürlich war sie noch jung, mit ihren neunzehn Jahren eigentlich viel zu jung, um dauerhaft Witwe zu bleiben. Aber sie kannte die grausame Realität nur zu gut: Sobald sie wieder heiraten würde, müsste sie ihre beiden Kinder der Familie ihres verstorbenen Mannes übergeben, denn diese gehörten von Rechts wegen zu seinem Clan. Sich von ihren Kindern trennen? Aischa liefen kalte Schauer den Rücken hinunter. Unmöglich! Sie strich der kleinen Fairuz, die gerade neben ihr saß und mit einem Löffel geräuschvoll auf eine leere Blechschüssel schlug, liebevoll über die braunen Locken. Nein, das war wirklich undenkbar! Doch was für ein Leben würde sie den Kindern bieten können? Die kleine Rente, die ihr als Soldatenwitwe zustand, würde nie ausreichen, um selbstständig die Familie zu versorgen. Und hier bei ihren Eltern konnte sie auch nicht mehr lange bleiben. Das hatten ihre Eltern zwar seit Muhammad Abdus Tod nicht mehr gesagt, aber es war Aischa trotzdem klar.

In jüngster Zeit schaute nun öfter ein Cousin Aischas bei der Familie vorbei. Er hatte sein Studium in Sana'a abgeschlossen und anschließend hier in der Kleinstadt eine Arbeit in einer Apotheke gefunden. Abdul Karim war der Erste aus der näheren Verwandtschaft, der erfolgreich studiert hatte, und jeder in der Familie war stolz auf den fröhlichen jungen Mann, der aufgrund seines Humors auch bei den Kindern ein gern gesehener Gast war. Aischa kannte ihn nur flüchtig aus frühen Kinderjahren, als er noch im Dorf gelebt hatte, doch er bemühte sich sehr darum, seine hübsche traurige Cousine aufzuheitern. Seine »heimliche Verlobte«, wie er sie gerne nannte, denn er behauptete steif und fest, Aischa sei ihm, dem damals Siebenjährigen, bei ihrer Geburt versprochen worden. Die Eltern lachten nur über diesen Scherz, denn das spielerische Verloben von Kleinkindern und Säuglingen war eine weitverbreitete Sitte, bei der sich niemand etwas dachte.

»Ich schon!«, behauptete Abdul Karim. »Ich habe die ganze Zeit auf sie gewartet. Und als ihr sie mit Muhammad Abdu verheiratet habt, wusste ich, dass dies nicht das Ende der Geschichte sein kann!« Die Kinder lachten und schubsten sich gegenseitig von Onkel Abduls Schoß, doch Aischa runzelte die Brauen und schaute weg. Warum muss er immer so übertreiben?, dachte sie ärgerlich. Aber man konnte Abdul Karim nicht lange böse sein. Nie kam er, ohne eine Kleinigkeit mitzubringen, und jedes Mal gelang es ihm, die gesamte Familie mit lustigen Anekdoten über seine Kunden zum Lachen zu bringen.

Eines Freitags kam er unverhofft am späten Nachmittag, als Aischas Eltern gerade beide außer Haus waren.

»Das macht nichts«, erwiderte Abdul Karim, als er hörte, dass sein Onkel nicht zu Hause sei. »Ich bin sowieso gekommen, um die Jungen für ihre Schulprüfungen abzuhören. Euer Vater hat mich darum gebeten.« Das Lernen war aber wohl schnell erledigt, denn es dauerte nicht lange, da gesellten sich die Jungen mit Abdul Karim zu den Mädchen, die gerade fernsahen.

»Abdul ist besser als jeder Fernseher!«, rief Hassan übermütig, als Zainab sich wegen eines Witzes von Abdul Karim derartig verschluckte, dass sie keuchend aus dem Zimmer rennen musste.

»Ich strenge mich nur so an, damit Aischa nicht immer so traurig aussieht«, erwiderte dieser und blickte seine Cousine dabei lächelnd an.

»Ich mach uns etwas Popcorn«, sagte sie verlegen, stand auf und verschwand schnell in die Küche.

Platzende Maiskörner sprangen mit lautem Knall gegen den Deckel des Topfes, als Abdul Karim die Küche betrat.

»Du bist doch nicht böse auf mich, Cousinchen?«, fragte er und legte seine Hand auf ihre Schulter.

Aischa trat einen Schritt zur Seite und blickte verwirrt zu Boden. »Nein, warum denn?«

»Nun, ich habe den Eindruck, du weichst mir aus. Weißt du denn immer noch nicht, dass du der Grund bist, warum ich so oft komme?« Er kam noch einen Schritt näher und nahm ihre Hand. »Aischa, ich meine das ernst. Du bist wunderschön und ich liebe dich. Ich habe dich immer geliebt.«

Erschrocken entzog Aischa ihm ihre Hand. »Das Popcorn verbrennt!«

Tatsächlich hatte das Prasseln aufgehört und es roch schon angebrannt. In ihrer Verwirrung griff Aischa ohne Lappen nach dem Topf und ließ ihn sofort mit einem Schmerzensschrei wieder fallen. Nun hatte sie sich auch noch an beiden Händen die Finger verbrannt! Eine Lawine weißen und schwarz verbrannten Popcorns ergoss sich auf den Boden und Aischa brach in Tränen aus.

»Schnell, halte deine Hände unter Wasser! Du musst sie lange unter kaltes Wasser halten!« Ohne weitere Umstände nahm Abdul Karim Aischas Hände in die seinen und hielt sie unter den Wasserhahn, ohne sie loszulassen. Als Zainab, durch den Lärm alarmiert, in die Küche kam, schickte Abdul sie mit der Anweisung, schnell eine bestimmte Verbrennungscreme in der Apotheke zu besorgen, wieder weg. »Geld findest du in meiner Jackentasche«, rief er ihr noch nach.

Aischa liefen noch immer die Tränen über die Wangen, aber die Nähe Abdul Karims und seine behutsame Fürsorge ließen ihr Herz schneller schlagen. Wie gut es tat, zu spüren, dass ein Mann sich so um sie bemühte! Sie standen Schulter an Schulter vor dem spritzenden Wasserhahn und er flüsterte ihr beruhigende Worte zu. Schließlich neigte er seinen Kopf und küsste sie sanft auf ihre Schulter. Aischa hielt die Luft an. Was geschah hier gerade? Durfte das sein? Als seine Lippen erneut ihren Hals berührten, entzog Aischa ihm ihre Hände, trat einen Schritt zurück und flüsterte heiser: »Das geht nicht, Abdul Karim! So nicht. Ich ...«

»Hey, warte«, unterbrach er sie, »ich rede mit deinem Vater! Wir werden heiraten, Aischa! Habibti – meine Liebste, bitte bleib hier.« Mit einem schnellen Schritt versperrte er ihr den Weg, zog sie an sich und lehnte sich gleichzeitig mit dem Rücken an die Tür, sodass niemand unverhofft hereinkommen konnte. Noch nie zuvor war Aischa so leidenschaftlich geküsst worden wie jetzt von Abdul Karim. Ihr Herz pochte so laut, dass sie glaubte, man müsse es bis ins Nebenzimmer hören. Ihr Innerstes erbebte und die Mauern ihres Widerstands brachen lautlos in sich zusammen. Eine ungekannte Sehnsucht spülte Lava durch Aischas Adern, sodass heißes Verlangen jeden ihrer Nerven vibrieren ließ. In all den Jahren, die sie verheiratet gewesen war, hatte sie so etwas nicht gekannt, nicht einmal geahnt. Plötzlich wusste Aischa, weshalb es Frauen gab, die sich auf Affären einließen! Wer konnte so einer Leidenschaft schon widerstehen? Da rumpelte es an der Tür. Abdul Karim ließ sie augenblicklich los und öffnete die Tür, während Aischa sich wie in Trance hinhockte und mechanisch begann, das Popcorn aufzuheben.

»Vorsicht, Zainab, hier ist alles voll Popcorn!«, sagte Abdul Karim zu Aischas Schwester. »Hast du die Creme bekommen? Gut, dann kannst du vielleicht deiner Schwester helfen. Ich schau mal nach den Jungen.« Und damit verschwand er.

»Alles in Ordnung, Aischa?«, fragte Zainab vorsichtig. »Tut es sehr weh? Wie ist das denn passiert?«

Aischa blickte ihre Schwester nicht an. In ihren Augen würde man doch sonst sofort lesen müssen, welche Veränderung in ihr vorgegangen war! Mühsam versuchte sie, des Zitterns in ihrer Stimme Herr zu werden.

»Ich weiß auch nicht, Zainab. Ich habe einen Augenblick nicht aufgepasst und schon war das Popcorn ruiniert. Und dann habe ich mich beeilt, es vom Herd zu nehmen, und mir dabei die Finger verbrannt. Bei Allah, es tut noch immer richtig weh! Hast du die Salbe?«

Nachdem die beiden Mädchen einen Teil des Popcorns gerettet und das Schlamassel in der Küche wieder beseitigt hatten, kehrte Aischa in den Diwan zurück, wo sie zu ihrer Erleichterung erfuhr, dass Abdul Karim schon gegangen war.

Zwei Wochen vergingen. Aischas Herz setzte jedes Mal kurz aus, wenn sich die Haustür öffnete, doch Abdul Karim kam nicht. Aischa besuchte die Schule, half im Haushalt und kümmerte sich um ihre Kinder, doch ihre Gedanken kreisten unablässig um das Geschehen in der Küche. Schließlich bat ihr Vater Aischa zu einer persönlichen Unterredung. Er sah bedrückt aus und Aischa ahnte nichts Gutes.

»Nun, Aischa, ich weiß nicht, wie ich anfangen soll«, eröffnete der Vater das Gespräch. »Die ganze Angelegenheit ist mir sehr unangenehm. Um es gleich vorwegzusagen: Abdul Karim hat heute um deine Hand angehalten. Aber sein Angebot ist lächerlich! Zutiefst beleidigend.«

Aischa spürte, wie ihr das Blut zu Kopf stieg. »Was? Ich meine, was hat er denn gesagt?«, stieß sie hervor.

»Nun, mein Kind, wir haben ja alle gemerkt, dass er ein Auge auf dich geworfen hat. Aber ich hatte so gehofft, dass er ein Ehrenmann ist und es ernst meint. Stattdessen hat er die Dreistigkeit besessen, nur 300 000 Rial als Brautgeld zu bieten! Für Schmuck, Kleidung und die Feier. Wo andere doch heute schon eine knappe Million für eine Hochzeit ausgeben! Als ich protestierte, hat er kühl darauf verwiesen, dass du eine Witwe bist und dir deshalb nicht so viel zustehe wie einer Jungfrau.« Der Vater schüttelte verärgert den Kopf. »Und das war noch nicht alles! Als ich ihn fragte, ob die Kinder bei dir bleiben könnten, bis sie größer sind, hat er schlichtweg abgelehnt. Für deine Kinder will er keinerlei Verantwortung übernehmen, und sei es nur für ein paar Jahre!« Er schwieg und wich Aischas entsetztem Blick aus.

Diese stand einen Augenblick wie erstarrt, dann stampfte sie mit dem Fuß auf und schrie: »Wie kann er mir das nur antun! Ich will diesen Menschen nie wieder sehen, hörst du, Vater, nie wieder! So ein Dreckskerl!«

Der Vater nickte. Er wirkte erleichtert. »Ich wusste, dass du so reagierst, Aischa. Ich habe ihm dasselbe gesagt. Dieses Angebot ist eine Schande, und so tief sind wir noch nicht gesunken, dass wir darauf eingehen würden. Mach dir keine Sorgen, Tochter. Abdul Karim ist bei uns nicht mehr willkommen.«

Die Kinder fragten noch öfter nach Abdul Karim, aber der Vater schüttelte dann immer nur abweisend den Kopf und sagte nichts. Nach außen war dieses Thema also erledigt, aber Aischas Gedanken waren deshalb noch lange nicht damit fertig. Was hatte das alles zu bedeuten? Hatte Abdul Karim wirklich nur mit ihr gespielt? In ihr eine leichte Beute gesehen? Dann konnte sie von Glück reden, dass nicht mehr passiert war. Oder hatte er plötzlich kalte Füße bekommen? Sie wusste es nicht. Aber noch mehr verwirrten sie die Gefühle, die er in ihr ausgelöst hatte. Warum war sie nur auf einmal so willenlos gewesen? Sicher, sie hatte seine Besuche und seine Scherze genossen, so wie alle hier. Aber sie hatte doch keine besonderen Empfindungen für ihn gehabt, bis zu dem Augenblick, als er sie geküsst hatte. Würde sie für einen anderen Mann auch so empfinden können oder vermochte nur er diese Gefühle in ihr auszulösen? So verstrichen Tage und Nächte und Aischas innere Unruhe wuchs.

Es war wieder einmal Freitag. Opa Abdallah war gekommen und hatte Hussein mitgebracht. Man hatte gegessen und die Frauen spülten in der Küche das Geschirr und kochten Tee, als Aischas Mutter den Schwamm plötzlich sinken ließ, ihre Tochter ansah und fragte: »Sag mal, Aischa, was denkst du eigentlich über Hussein?«

»Hussein? Warum?«, fragte Aischa überrascht. »Gibt es etwa ein Problem mit ihm?«

»Nein, ganz im Gegenteil«, sagte die Mutter und wandte sich wieder dem Schrubben der Töpfe zu. Aischa schüttelte verwundert den Kopf, nahm das Tablett mit den Teegläsern und ging zurück in den Diwan. Dort hatten die Kinder den Fernseher eingeschaltet und sahen Cartoons, während die Männer über Politik sprachen. Aischa verteilte die Teegläser und ließ sich selbst etwas abseits nieder. Sie tat so, als würde auch sie Fernsehen schauen, blickte jedoch verstohlen zu Hussein hinüber. Er war vielleicht vierundzwanzig Jahre alt und hatte viel Ähnlichkeit mit seinem Vater. Er war klein und drahtig und sein Gesicht hatte das klassisch nordjemenitische Profil mit der schmalen, geschwungenen Nase, großen dunklen Augen und einem kleinen Oberlippenbart. Er hielt sich gerne etwas im Hintergrund, und obwohl er regelmäßig während seines Urlaubs im Haus seiner Eltern gewesen war, hatte Aischa wenig konkrete Erinnerungen an ihn. Als sie ihn nun so heimlich betrachtete, merkte sie, wie er unruhig wurde und plötzlich auch zu ihr herübersah. Ihre Augen trafen sich nur für eine Zehntelsekunde, bevor beide ihre Blicke wieder abwandten, doch irgendetwas lag in seinen Augen. Wieso hatte sie das vorher nie bemerkt? Aischa versuchte für einige Minuten, ihre Blicke auf dem Fernseher zu halten, doch unwillkürlich wanderten sie wieder hinüber zu Hussein. Doch, eigentlich war er ein schöner Mann. Und er hatte eine so ruhige und reife Ausstrahlung. Da blickte auch er wieder auf und ihre Augen trafen sich zum zweiten Mal. Aischa erschrak, stand auf und verließ fluchtartig den Raum. Was war jetzt schon wieder los? War sie denn von Sinnen? Diese Augen schienen wie die Tür zu einem anderen Universum zu sein. Sie durfte sich nicht so gehen lassen, nicht schon wieder!

Die Wohnung war ihr auf einmal zu eng. Mit wackeligen Knien stieg sie die wenigen Stufen zum Flachdach hinauf, setzte sich dort in einer schattigen Ecke auf den Boden und schlang die Arme um die Beine. Wenig später kam ihre Mutter aufs Dach.

»Ich habe mir gedacht, dass ich dich hier finde«, sagte sie und setzte sich neben Aischa auf den Boden. Sie strich ihrer Tochter sanft über den Kopf und schwieg.

Schließlich hob Aischa ihren Kopf, blickte ihre Mutter verzweifelt an und begann langsam zu reden. Ihre Zukunftsängste erwähnte sie, die Episode mit Abdul Karim und nun ihre Verwirrung um Hussein.

Die Mutter lächelte wehmütig, nahm ihre Tochter in den Arm und sagte dann beschwichtigend: »Ich weiß doch Bescheid, mein Schatz. Einer Mutter kann man so leicht nichts verbergen. Was Abdul Karim anbetrifft: Versuch ihn zu vergessen! Er hat dich überrumpelt und deine Verletzlichkeit ausgenutzt. Damit hat er sich respektlos dir und uns gegenüber verhalten und so jemandem kann man nicht vertrauen! Aber mit Hussein ist das etwas anderes. Hast du vorher wirklich noch nie darüber nachgedacht? Es ist doch das Nächstliegende in deinem Fall.«

»Wieso?«, fragte Aischa erstaunt und auch etwas erschrocken.

Ihre Mutter nahm Aischas Hand zwischen die ihren. »Ich habe ihn schon die ganze Zeit genau beobachtet, wenn er bei uns war. Hast du nicht gesehen, wie lieb er mit den Kindern umgeht? Und wie anständig er sich dir gegenüber verhält? Er hat bisher nichts zu dem Thema gesagt, Abdallah auch nicht, aber ich bin sicher, es liegt ihnen auf dem Herzen. Sie haben dich und die Kinder sehr gern, das weißt du doch. Und wenn du Hussein heiraten würdest, könntest du die Kinder behalten und wärst trotzdem nicht allein.«

»Ya Allah!«, stöhnte Aischa auf. »Ich weiß nicht mehr, was ich denken soll! Wieso ist das alles nur so kompliziert? Woher soll ich denn wissen, was richtig ist und was falsch?«, fragte sie verzweifelt. »Am liebsten würde ich einfach nur hier bei euch bleiben!«

»Sicher?«, hakte die Mutter leise nach. »Du bist noch so jung. Willst du es wirklich nicht mehr wagen, noch einmal zu heiraten?«

»Ach, ich weiß doch nicht! Ich weiß gar nichts mehr!«, seufzte Aischa und verbarg ihr Gesicht in ihren Händen. Sie dachte an ihre Ehe mit Muhammad Abdu. Wie unwirklich kam ihr das alles inzwischen vor. Zwei Kinder hatten sie zusammen bekommen, doch wie wenig hatte sie ihn in den vier Jahren kennengelernt! Hatten sie sich überhaupt je geliebt? Oder hatte nur jeder seine Pflicht erfüllt?

Doch was war Liebe überhaupt? In Abdul Karims Armen hatte sie sich geborgen gefühlt, doch dieses Gefühl hatte sich als Illusion entpuppt. Vielleicht hatte er sie begehrt, aber nicht genug, um sich ernsthaft für ihre Bedürfnisse zu interessieren. Aischa seufzte. Durfte sie es sich überhaupt erlauben, Wünsche zu verspüren, Hoffnungen an ihre Zukunft zu knüpfen? Mit welchem Recht?

In diesem Augenblick kam Hassan die Treppe heraufgepoltert. »Ah, hier seid ihr also! Papa hat gesagt, ihr sollt schnell kommen, es gibt etwas zu besprechen.«

Aischa blickte ihre Mutter Hilfe suchend an, doch diese zuckte nur die Schultern und sagte: »Immer mit der Ruhe. Du musst jetzt gar nichts entscheiden. Wir haben Zeit.«

Als die beiden Frauen hinunterkamen, fiel Aischa gleich auf, dass die Kinder nicht mehr im Diwan waren. Also gab es tatsächlich etwas Wichtiges zu bereden. Sie setzte sich neben ihre Mutter und schaute ihren Vater an. Dieser nickte Abdallah zu und der alte Mann ergriff das Wort.

»Aischa, du weißt, dass ich dich wie eine Tochter liebe. Als du nach Samiras Tod gegangen bist, waren wir alle sehr traurig, auch meine Frau. Doch ich habe dich verstanden. Ich habe gehofft, dass wir eine Lösung finden, wenn Muhammad Abdu wiederkommt. Nun haben wir auch ihn verloren.« Er stockte. »Damit hat sich für dich und für uns alles wieder geändert.« Nun holte er tief Luft und sah Aischa nachdenklich an. »Aber wir haben noch Hussein. Er ist ein guter Junge. Ich bin froh, dass er nicht mehr beim Militär ist, auch wenn er jetzt weniger verdient.« Abdallah stockte wieder. Es schien ihm nicht leichtzufallen, auf den Punkt zu kommen. Doch dann gab er sich einen Ruck. »Wir haben viel nachgedacht, Aischa. Und wir wissen, dass wir dir kein großes Angebot machen können. Aber wir möchten dich dennoch bitten, darüber nachzudenken, ob du nicht Husseins Frau werden möchtest.« Abdallah schwieg und blickte Aischa erwartungsvoll an.

Diese schaute zu Hussein hinüber, der ihren Blick erwiderte und ihm standhielt.

»Aischa«, sagte er ruhig, »ich würde mich sehr freuen, für dich und die Kinder zu sorgen. Es wäre mir eine große Ehre.«

Aischas Augen füllten sich mit Tränen, sie wandte ihren Blick zum Fenster. Wie immer war der Himmel blau, wie immer bewegte eine leichte Brise die Äste der alten Akazie, wie immer drang der Lärm spielender Kinder zu ihnen herein.

»Du musst dich nicht jetzt gleich entscheiden«, sagte ihr Vater behutsam. »Du kannst in aller Ruhe darüber nachdenken.«

»Doch«, erwiderte Aischa und blickte wieder zu Hussein hinüber. Sie begann vorsichtig zu lächeln. »Doch. Ich will.«

7. Der Ring

Einzelne Sonnenstrahlen fielen durch einen Spalt zwischen den dunkelroten Gardinen und kitzelten Hanna aus dem Schlaf. Unwillig drehte sie sich um, knurrte und zog sich die leichte Decke über den Kopf. Aber nun konnte sie nicht mehr einschlafen. »Zehn Uhr? Na ja.« Die Sechzehnjährige gähnte, streckte sich und stand dann langsam auf. In ihrer kleinen Wohnung im dritten Stock war es für die Tageszeit schon sehr warm, es würde wohl wieder ein heißer Tag werden. Hanna ging ins Bad, wusch sich, kämmte ausgiebig ihr hüftlanges schwarzes Haar und steckte es hoch. Dann betrachtete sie wohlwollend ihr Spiegelbild. Seit ihrer Hochzeit war sie noch hübscher geworden! Kein Wunder, es ging ihr ja auch gut. Ihr Mann war weit weg in Saudi-Arabien, sie hatte ihre eigene kleine Wohnung, ein nettes Taschengeld und musste sich um nichts Gedanken machen als darum, welches Kleid ihre Figur auf der nächsten Feier am besten zur Geltung bringen würde. Hanna liebte es, die teils bewundernden, teils neidischen Blicke der anderen Frauen auf sich zu ziehen. Das Schicksal war gut zu ihr. Was würde es wohl als Nächstes bereithalten? Vielleicht ein Baby? Mit so einem kleinen Wesen könnte man spielen, es nach Geschmack kleiden und frisieren, es verwöhnen. Ach! Und endlich würde es dann jemanden geben, der nur ihr gehörte und der nur sie lieben würde – über alles auf der Welt!

Hanna schlenderte in die Küche und öffnete den Kühlschrank. Nein! Das hätte sie sich ja denken können. Nachdem gestern, wie so oft, ihr Bruder Faisal aufgetaucht war und sich in ihrem Wohnzimmer vor dem Fernseher breitgemacht hatte, war nun auch der Kühlschrank wieder so gut wie leer. Ärgerlich zog sie ihre kleine Nase kraus. Immer dieser Faisal! Da hatte sie sich so gefreut, durch ihre Ehe mit dem reichen Saudi eine eigene Wohnung zu bekommen und dem muffigen Elternhaus zu entfliehen, und nun kam fast jedes zweite Wochenende Faisal und bediente sich schamlos ihres Fernsehers und ihres Kühlschranks. Alles unter dem Vorwand, sich um seine kleine Schwester kümmern zu müssen … Einmal hatte Hanna versucht, sich beim Vater darüber zu beschweren, doch der hatte sie diesmal unerwartet kalt abblitzen lassen.

»Mach mal lieber kein Aufsehen darum, Hanna!«, hatte er sie gewarnt. »Wir müssen uns schon genug Gerede anhören, weil du alleine in dieser Wohnung lebst, während dein Mann bei seiner ersten Frau in Saudi-Arabien ist. Wenn es dir jetzt nicht einmal mehr passt, dass deine eigene Familie dich besuchen kommt, dann lösen wir die Wohnung einfach auf und du ziehst wieder bei uns ein! Wenn der Saudi dann wieder zu Besuch kommt, kann er genauso gut mit dir in ein Hotel gehen. Das käme ihn sogar viel billiger!«

Hanna hatte erschrocken den Mund gehalten und das Thema fortan lieber nicht mehr angeschnitten.

Ursprünglich hatte sie sich das Arrangement allerdings etwas anders vorgestellt: eine eigene Wohnung und 30 000 Rial Unterhalt monatlich, wie viele Wünsche man sich damit erfüllen könnte! Doch von dem Geld zahlte ihr Vater jeden Monat sofort die Hälfte in eine Spargemeinschaft ein und die andere Hälfte gab er ihr nur kleckerweise und widerwillig. Noch dazu hatte Hanna den sehr beunruhigenden Verdacht, dass ihr Geld nur angespart wurde, um damit die Heiratspläne von Faisal zu verwirklichen.

Nichts zu essen im Haus? Na, dann würde sie den Spieß eben umdrehen und ihren Eltern einen Besuch abstatten. Dort wurde täglich frisches Fladenbrot gebacken, eine Mühe, die Hanna sich gerne ersparte. Von diesem Gedanken beflügelt öffnete Hanna die Tür ihres Kleiderschrankes und begann, in den unordentlich in die Fächer gestopften Kleiderbergen zu wühlen. Das silberne Top und die schwarze Jeans mit den Strasssteinen? Warum nicht? Die

Hose würde in der Hitze vielleicht etwas unbequem werden, sah aber umwerfend aus.

Kurze Zeit später verließ die junge Frau in Balto und Luthma gehüllt die Wohnung und schlug den kurzen Weg zu ihrem Elternhaus ein. Da saß ja heute wieder Samir in dem kleinen Laden seines Vaters! Hanna überlegte kurz. Ja, sie hatte etwas Kleingeld in der Tasche. Spontan nahm sie Kurs auf den Verschlag, wo der junge Mann gelangweilt vor halb leeren Regalen saß und in einem Buch las.

»Hallo, Samir«, begrüßte Hanna den ehemaligen Schulkameraden und jetzigen Nachbarn, der genau wie sie im letzten Jahr durch die Abschlussprüfung gefallen war. »Sag bloß, du lernst für die Schule?«

Samir sah erfreut auf. »Hallo, Hanna! Wie geht's? Ja, ich lerne Physik. Furchtbar. Und du? Lernst du auch noch?«

Hanna legte den Kopf leicht schief und zog die Augenbrauen hoch. »Ach, ich glaube, das hat keinen Sinn. Und ich habe auch gar keine Zeit mehr zum Lernen, seitdem ich verheiratet bin.«

»Ach so«, erwiderte Samir und zuckte bedauernd die Schultern. »Willst du etwas kaufen?«

»Hm«, Hanna ließ ihre Blicke suchend über die halb leeren Regale gleiten. »Hast du inzwischen wieder diese türkischen Kekse, wie heißen sie noch gleich?«

»Meinst du Biskrem? Nein, wir haben leider noch keine neuen bekommen, die letzten hast du ja vorgestern gekauft«, antwortete Samir lächelnd. »Aber wenn wir wieder welche dahaben, schicke ich Muhammad gleich zu dir hoch, damit er Bescheid sagt.« Dabei nickte er in Richtung seines kleinen Bruders, der vor dem Geschäft im Staub saß und in ein Murmelspiel vertieft war.

Hanna erwiderte sein Lächeln, was Samir daran erkennen konnte, dass sich ihre mandelförmigen Augen zu kleinen, an den Seiten leicht nach oben gebogenen Schlitzen verengten. »Okay, danke«, antwortete sie. »Und viel Glück bei der Prüfung!«

Als Hanna wenig später bei ihrem Elternhaus ankam, war die Tür verschlossen. Sie klopfte mehrfach laut, ging an der Straßenseite des Hauses entlang und pochte an das Küchenfenster, doch keine Reaktion. Was hatte denn das zu bedeuten? Vater, Mutter und Sausan gleichzeitig außer Haus, das gab es doch eigentlich gar nicht! Noch dazu am späten Vormittag, wo die Mutter sich meistens schon in der Küche zu schaffen machte! Hanna spürte ein leichtes Unbehagen in sich aufsteigen. Was sollte sie jetzt tun? Wieder nach Hause gehen? Warten? Da sie nun schon einmal hier war, beschloss sie, einfach die Nachbarn zu besuchen und dort auf die Rückkehr ihrer Eltern zu warten. Außerdem knurrte Hannas Magen inzwischen schon recht heftig, und wie sie ihre Nachbarin kannte, gab es dort sicherlich frisch gebackene Hirsepfannkuchen. In kühlen Joghurt und Bisbas, ein Chiligewürz, getunkt, konnte Hanna davon nicht genug bekommen!

Die Nachbarin begrüßte Hanna erfreut.

»Wie schön, dass du uns endlich mal wieder besuchst!«, rief auch Sufiye, das älteste der fünf Mädchen und die Einzige, die nicht mehr in die Schule ging. »Wir sehen dich nur noch so selten, seitdem du mir den Saudi vor der Nase weggeschnappt hast!« Dabei lachte sie schelmisch und gab Hanna einen freundschaftlichen Knuff in die Seite.

Hanna antwortete schlagfertig: »Falls er noch eine dritte Frau sucht, werde ich dich empfehlen, Sufiye. Doch erst mal muss ich testen, ob du ordentlich kochen kannst. Ihr habt nicht zufällig noch ein paar Hirsepfannkuchen?«

»Aha, das ist doch die Hanna, wie wir sie kennen!« Sufiye lachte. »Die Ehe hat dich also doch noch nicht komplett verdorben. Ich hatte schon befürchtet, du verkehrst mit unsereins nicht mehr, seitdem bei dir der Wohlstand ausgebrochen ist.« Grinsend wies Sufiye ihrer Freundin einen Platz im Diwan zu, während sie selbst in der Küche verschwand, um etwas zu essen zu holen.

Hannas Lächeln verschwand, sobald Sufiye das Zimmer verlassen hatte. Seit ihrer Hochzeit mit dem Saudi hatte sich so viel geändert! Plötzlich wurde überall, wo sie auftauchte, über Geld geredet. Nun, ehrlich gesagt, wusste sie nicht genau, ob das vorher nicht auch schon der Fall gewesen war, aber jetzt schienen die Leute auf erhöhter Leidensfrequenz zu senden. Hanna hörte diesen vorwurfsvollen Unterton in den Gesprächen, und es schwang immer die unterschwellige Aufforderung an sie mit, die jeweilige finanzielle Notlage doch zu beheben. Das ging ihr inzwischen gehörig auf die Nerven! Neuerdings tauchten auch immer häufiger alte Frauen an ihrer Haustür auf, Frauen, die sie schon von Kindesbeinen an kannte und unmöglich einfach abweisen konnte. Diese Mütterchen saßen dann stundenlang in ihrem Diwan, bestaunten die moderne Einrichtung und klagten lang und breit darüber, wie sehr sie von ihren eigenen Nachkommen vernachlässigt wurden. Ohne ein kleines Geldgeschenk konnte Hanna diese Gäste kaum ziehen lassen. Zum Dank wurde sie dann stets mit langen, tränenreichen Segenswünschen bedacht. Manchmal jedoch öffnete Hanna einfach nicht mehr die Tür und hielt sich die Ohren zu, wenn draußen Sturm geläutet wurde. Sie konnte doch nicht plötzlich für das ganze Viertel verantwortlich sein! Was dachten sich diese Leute nur? Dass sie über unendliche Ressourcen verfüge, nur weil sie einen Saudi zum Mann hatte? Oder glaubte jede dieser Bittstellerinnen tatsächlich, sie sei die einzige? Hanna seufzte leise und zog sich Balto und Gesichtsschleier aus. Doch als Sufiye mit einer großen flachen Blechschale zurückkam, auf der außer Lahoh, den duftenden Hirsepfannkuchen, auch ein Schüsselchen mit Joghurt und eins mit Bisbas stand, hellte sich Hannas Miene sofort wieder auf.

»Hmm! Danke, Sufiye, du bist die Beste!«

Die Mädchen aßen und plauderten unbeschwert, bis die Schüsseln leer waren. Hanna dachte gar nicht mehr darüber nach, wo ihre Eltern wohl sein konnten, bis sie draußen ein Auto vorfahren hörte und dann aufgeregte Stimmen vernahm. War das nicht die Mutter? Hanna stand auf, schob die Gardine etwas zur Seite und schaute vorsichtig, ohne ihr Gesicht zu zeigen, aus dem Fenster. Tatsächlich, da fuhr eben ein Taxi wieder weg und dort stand die Mutter und redete aufgeregt mit einer Nachbarin.

»Sufiye, ich muss nachsehen, was da los ist. Meine Mutter ist draußen, irgendetwas ist nicht in Ordnung. Kommst du mit?«

Das Mädchen nickte, beide zogen schnell ihre Baltos an, banden sich den Gesichtsschleier um und schlüpften in die Schuhe. Eine Minute später standen sie schon auf der Straße und Hanna eilte auf ihre Mutter zu.

»Mama, wo warst du denn?«

Diese drehte sich überrascht um und schlug die Hände zusammen. »Oh Hanna! Wo hast du nur gesteckt? Wir versuchen schon den ganzen Morgen, dich zu erreichen! Dein Vater ist im Krankenhaus, er hat heute früh einen Herzinfarkt gehabt!«

»Oh Allah!«, schrie Hanna auf. »Lebt er noch? Ich muss zu ihm!«

»Es gibt keinen Gott außer Allah und Muhammad ist sein Prophet«, erwiderte die Mutter müde. »Er lebt, aber es geht ihm nicht gut. Komm rein, wir müssen reden.«

Hanna und Sufiye erfuhren ausführlich und mehrfach, was geschehen war. Denn immer mehr Nachbarinnen hatten die Nachricht vernommen, und nun traf eine nach der anderen ein und jeder einzelnen musste die Geschichte noch einmal von Neuem erzählt werden. So hörten sie, wie der Vater am Morgen nach dem Frühstück plötzlich bleich geworden war, über starke Schmerzen in der Brust geklagt hatte und sich mehrfach übergeben musste. Die Mutter und Sausan hatten ein Taxi gerufen und den Vater ins Krankenhaus gebracht, wo er jetzt noch untersucht wurde. Endlich kam auch Faisal aus Sana'a an. Er war am Morgen gleich über das Handy informiert worden. Nur Hanna hatte nichts erfahren, da der Akku ihres Handys leer war, wie sie inzwischen festgestellt hatte. Sobald Faisal eingetroffen war, wollte er sofort zum Krankenhaus, um den Vater zu sehen und mit den Ärzten zu reden. Hanna durfte mitkommen, um Sausan als Begleiterin des Vaters abzulösen.

Hanna hasste dieses Krankenhaus! Es war so groß und Furcht einflößend! Überall standen und saßen Kranke auf den Fluren und es roch nach einer Mischung aus Putzmitteln, Schweiß und Tod. Die weißen Gestalten mit ihrem grünen Mundschutz wirkten wie eine fremdartige Spezies, und Hanna war froh, dass ihr Bruder Faisal, dessen selbstherrliche Art sie sonst als sehr lästig empfand, sich hier in diesem Gebäude allein durch seine Größe und sein zielstrebiges Verhalten wie ein Wellenbrecher seinen Weg bahnte und auch durch unfreundliche Blicke nicht beirren ließ. Trotzdem dauerte es eine Weile, bis sie sich zu der richtigen Station durchgefragt hatten. Eine halbe Stunde später – Sausan war nach Hause gegangen und Hanna saß besorgt am Bett des schlafenden Vaters – kam Faisal von einem Gespräch mit dem zuständigen Arzt zurück. Er blickte Hanna ernst in die Augen.

»Hanna, wir brauchen dein Gold.«

»Was?«, erwiderte das Mädchen erschrocken. »Weshalb mein Gold, wofür denn? Die Behandlung ist in unserem Krankenhaus doch kostenlos!« In dieser Stadt hatten die Einwohner tatsächlich das seltene Glück, in dem von Saudi-Arabien finanzierten Krankenhaus eine kostenfreie Notfallversorgung angeboten zu bekommen. Ein seltener und gern genutzter Dienst des reichen großen Bruders an dem armen Nachbarland, in dem so gut wie niemand eine Krankenversicherung besaß und eine Erkrankung für die Betroffenen meistens auch eine finanzielle Katastrophe darstellte.

»Ja, das stimmt, aber Vater muss am Herzen operiert werden und das können sie hier nicht machen. Wir müssen ihn noch heute nach Sana'a bringen. Die Ärzte bereiten alle Unterlagen vor und überweisen uns an die Spezialisten. Aber dort müssen wir zahlen und das wird sehr teuer.«

Hannas Gedanken überschlugen sich. Das konnte doch wohl nicht wahr sein! Irgendwie musste es eine andere Lösung geben! Ihr Gold, ihre Lebensversicherung?

»Los, komm, wir haben keine Zeit zu verlieren, wenn wir es heute noch bis nach Sana'a schaffen wollen. Wir fahren nach Hause, du holst das Gold, ich die Mutter, und dann werde ich mit den Eltern ein Taxi mieten. Oder vielleicht kann Abu Salim uns fahren. Hoffen wir nur, dass es für Vater nicht zu spät ist.«

Hanna erhob sich schweigend. Jeglicher Widerspruch blieb ihr im Hals stecken. Ihre Augen füllten sich mit Tränen, als sie einen letzten Blick auf das bleiche Gesicht des schlafenden Vaters warf und mit zitternden Fingern sacht über seine Hand strich. Dann ließ sie auch das äußerste und dünnste Tuch ihrer Luthma vor die Augen fallen, sodass ihre Tränen verborgen blieben, und folgte ihrem Bruder durch die langen Gänge hinaus.

Das helle Licht der Mittagssonne und der Trubel der geschäftigen Straße vor dem Krankenhaus schienen Hanna zu verhöhnen. Wie konnte das Leben hier draußen einfach so normal weitergehen, während gerade die Eckpfeiler ihrer Hoffnungen zerbröckelten? Obwohl ihr Verstand sich noch dagegen wehrte, hatte Hannas Herz schon erkannt, dass ihr Plan, durch die Heirat mit dem saudi-arabischen Lehrer reich und sorgenfrei zu werden, gescheitert war. Sie fühlte sich betrogen. Warum nur? Warum hatte sich alles gegen sie verschworen? Ein Taxi brachte die schweigenden Geschwister innerhalb weniger Minuten in ihren Stadtteil zurück und hielt vor dem Haus, in dem Hanna wohnte. Mit schweren Schritten stieg sie die Treppen zu ihrer Wohnung hoch, öffnete das Vorhängeschloss an der bunten metallenen Hochzeitstruhe und holte eine Plastiktüte heraus, in die ihr Goldschmuck eingewickelt war. Eine lange Kette mit Medaillon, goldene Armreife, schwere Ohrringe und als Prachtstück der breite goldene Gürtel. Hanna ließ das kühle Metall durch ihre Hände gleiten und schloss kurz die Augen. Sie konnte den schimmernden Glanz fühlen, wenn sie sacht über die feinen Plättchen und zarten Glieder des Gürtels strich. Ihr Schmuck! Wütend packte sie die Tüte in ihre Handtasche, ließ den Deckel der Truhe achtlos zufallen, schloss die Haustür und ging wieder hinunter zu ihrem Bruder, der im Taxi wartete.

Zu Hause ging alles viel zu schnell. Sausan packte der weinenden Mutter rasch ein Bündel mit den wichtigsten Kleidern, die Nachbarin brachte noch eine Tüte mit frischem

Fladenbrot und Obst und schon war das Auto mit Faisal, der Mutter und Hannas Gold hinter der nächsten Straßenecke verschwunden. Erst jetzt wagte Hanna es, ihren Gefühlen freien Lauf zu lassen. Sie lief in ihr ehemaliges Mädchenzimmer und ließ sich dort laut schluchzend auf die Matratze fallen. Sausan folgte ihr stumm und setzte sich leise neben sie. Auch ihr rannen die Tränen über die Wangen.

»Was wird aus uns werden, wenn Papa stirbt?«, sagte sie schließlich leise, mehr zu sich selbst.

»Mein Gold, mein schönes Gold!«, antwortete Hanna und trommelte mit den Händen auf den Boden. »Mein ganzes Gold!«

Sausan stand schweigend auf und verließ den Raum.

Die nächsten Tage verbrachten die Mädchen in einem Zustand benebelter Anspannung. Bei jedem Klingeln des Telefons schreckten sie auf. Den Transport nach Sana'a hatte der Vater zwar gut überstanden, aber die vorbereitenden Untersuchungen dauerten länger als erhofft und inzwischen war klar geworden, dass selbst der Erlös von Hannas gesamtem Schmuck die Operationskosten nicht würde decken können. Daraufhin hatte Faisal sich an verschiedene wohlhabende Geschäftsmänner gewandt, um Geld auszuleihen. Als Sicherheit für die Rückzahlung der Schulden sollte Hannas monatlicher Unterhalt dienen. Zwischen den beiden Schwestern hatte sich Schweigen ausgebreitet. Jede war in ihre Gedanken versunken. Sie verrichteten die täglichen Hausarbeiten und bewirteten die vielen weiblichen Gäste, die vorbeikamen, um diese Zeit der Unsicherheit mit den Mädchen zu teilen und sie abzulenken. Nach sechs Tagen hielt schließlich ein Wagen vor der Tür des Hauses und Faisal und die Mutter stiegen aus. Hanna hatte von der Küche aus die Ankunft des Wagens beobachtet und wusste im gleichen Augenblick, dass die Rückkehr der Mutter nur eines bedeuten konnte. Wie gelähmt blieb sie stehen, unfähig, sich zu rühren. Erst als sie im Flur Schritte vernahm, verließ sie rasch die Küche.

»Wo ist Vater?!«, rief sie aufgebracht und fasste Faisal an seinem Jackett. »Was ist passiert?«

Faisal schob seine Schwester wortlos beiseite und betrat den Diwan, wo er sich auf ein Polster fallen ließ.

Hanna wandte sich an die Mutter, die soeben den Flur betrat, und schrie: »Mutter! Wo ist Vater, so sag doch!«

Inzwischen war auch Sausan aus ihrem Zimmer gekommen und starrte bleich auf die Szene.

Die Mutter schüttelte nur müde den Kopf und sagte dann leise: »Allah sei seiner Seele gnädig. Er hat die Operation nicht überstanden. Heute Morgen …« Ihre Stimme brach und sie legte schluchzend ihre Hände vor das Gesicht. Im selben Augenblick pochte es an der Tür und einige Männer trugen den in Decken gehüllten Leichnam herein.

Das Haus hatte sich in Windeseile gefüllt. So viele Leute kamen, um Anteil zu nehmen, dass die Frauengesellschaft auf das Nachbarhaus auswich, während die Männergesellschaft die verschiedenen Zimmer von Hannas Elternhaus in Beschlag nahm. Faisal hatte beschlossen, mit der Bestattung bis zum nächsten Morgen zu warten, um einem Bruder des Verstorbenen die Möglichkeit zu geben, aus einer entfernten Stadt anzureisen. Auch Hannas Ehemann hatte überraschend angekündigt, dass er kommen werde. Sämtliche Nachbarinnen ließen wie selbstverständlich ihren eigenen Haushalt stehen und liegen und halfen den beiden Mädchen und ihrer Mutter, die vielen Gäste zu bewirten. Faisal hatte nun noch mehr Geld ausleihen müssen, um die neuen Kosten zu decken, denn bei einer Beerdigung durfte man nicht sparen.

Mitten in der Nacht wurde Hanna, die bei ihrer Schwester und Mutter schlief, von Faisal geweckt. »Dein Mann ist da! Komm und begleite ihn zu deiner Wohnung!« Wie benommen stand sie auf, zog sich schnell an und folgte Faisal zur Haustür. Draußen sah sie das Licht eines parkenden Autos, davor standen zwei Männer in bleich schimmernden weißen Gewändern. Faisal verschwand wieder im Haus und Hanna machte unsicher ein paar Schritte auf das Auto zu. Die Luft war frisch und ihr fröstelte.

Welcher von beiden war ihr Mann? Und wer war der andere? Kurz bevor sie das Auto erreicht hatte, trat die kleinere der beiden Gestalten auf sie zu.

»Hanna? Ich bin es, Ali. Allah sei der Seele deines Vaters gnädig. Er war ein guter Mensch. Allah sei gepriesen!« Er gähnte und rieb sich die kalten Hände. »Komm, lass uns zu der Wohnung fahren, wir sind müde.«

Hanna fühlte sich auf einmal sehr klein und sehr fremd. Sie hatte ihren Mann seit der Hochzeit nicht mehr gesehen. Damals war der zwanzig Jahre Ältere eine gute Woche geblieben, sie war als junge Braut täglich herausgeschmückt worden, die Rollen waren klar gewesen. Nun, mitten in der Nacht, mit vom Weinen verquollenen Augen, fühlte sie sich hilflos. Wie sollte sie sich diesem Mann gegenüber verhalten? Und wer war der andere, was wollte er hier? Ali nahm auf dem Fahrersitz Platz, der Fremde, an dessen Hand ein großer silberner Siegelring im schwachen Mondlicht bleich schimmerte, setzte sich neben ihn und Hanna stieg hinten ein.

Schweigend saß sie auf ihrem Platz, schweigend stieg sie die Treppen zur Wohnung hoch, schweigend schloss sie die Tür auf und knipste den Lichtschalter an. Die Wohnung roch muffig. Hanna war seit einer Woche nicht mehr hier gewesen. In der Küche stand noch dreckiges Geschirr, ihr Bett war nicht gemacht, der Kleiderschrank stand offen. Aber der Diwan war halbwegs ordentlich und dorthin führte sie die beiden Männer, öffnete ein Fenster und schaltete den Fernseher ein.

»Kann ich euch etwas zu essen machen? Oder möchtet ihr einen Tee?«, fragte sie leise.

»Nein danke, heute nicht mehr. Wir haben eine lange Reise hinter uns, wir legen uns gleich hin«, antwortete Ali.

Erst jetzt wagte Hanna, kurz den Blick zu heben. Ihr Mann sah mit seiner hellen, etwas schwammigen Haut und dem dichten schwarzen Vollbart genauso aus, wie sie ihn in Erinnerung hatte. Oder war er noch etwas dicker geworden? Seinen hellbraunen Augen fehlte heute jeglicher Glanz, und er gähnte wieder, als er auf den Mann neben sich wies und sagte: »Das hier ist mein Kollege Muhammad. Er ist mitgekommen, weil er auch eine jemenitische Frau sucht. Ich schlafe mit ihm hier im Diwan. Kannst du uns Decken bringen?«

Hanna nickte, holte Decken und Kissen aus ihrem Schlafzimmer und wünschte den beiden Männern eine gute Nacht. Dann begab sie sich in ihr Zimmer und schloss erleichtert die Tür hinter sich. Sie legte sich auf ihre Matratze und deckte sich mit einem Handtuch notdürftig zu, doch schlafen konnte sie nicht.

Ihr Vater war tot, ihr Gold war weg, ihr Ehemann war hier. Doch dieser Mann war ein Fremder. Höchstens ein Gast. Und nun hatte er sogar noch jemanden mitgebracht! Noch so einen Vollbärtigen im typisch saudischen Gewand. Hanna wälzte sich von einer Seite auf die andere. Schließlich hielt sie es nicht mehr im Bett aus und stand auf. Sie zog sich ein langes weites Hauskleid an, band sich ihren schwarzen Schleier um die Haare und vor das Gesicht und schlich sich in die Küche. Dort spülte sie erst einmal das Geschirr und schaute sich dann ihre Vorräte an: Da war genauso wenig zu holen wie vor einer Woche, als die Ebbe im Kühlschrank sie zu ihrem Elternhaus getrieben hatte. Was sollte sie tun? Die Männer würden bei Tagesanbruch zum Morgengebet aufstehen, dann etwas essen wollen und anschließend zu ihrem Elternhaus gehen, um an der Beerdigung teilzunehmen. Aber sie hatte weder Brot noch Eier oder Bohnen, rein gar nichts! Und die Geschäfte hatten so früh natürlich noch nicht geöffnet. Sie konnte ihrem Mann unmöglich die Schande antun, das Haus mit seinem Freund ohne Essen verlassen zu müssen! Hanna überlegte noch, als schon der Gebetsruf ertönte.

»Allahu akbar! Allahu akbar! La Allah, illa Allah …« Der lang gezogene Gesang kam ganz aus der Nähe, die nächste Moschee befand sich nur zwei Häuser entfernt.

Trotz ihrer Sorgen musste Hanna lächeln. Abu Hassan rief zum Gebet. Hanna liebte den leicht melancholischen Ton des alten Mannes. Das blecherne Bellen seines Sohnes hingegen konnte sie nicht ausstehen. Jetzt hörte sie auch schon, wie die Tür zum Diwan geöffnet wurde. Ali musste das Licht in der Küche gesehen haben, er schaute zu Hanna herein.

»Guten Morgen, du bist schon auf? Das ist gut. Wir gehen zum Beten in die Moschee, dann kommen wir wieder, essen etwas und fahren zusammen zum Haus deines Vaters.«

Bevor Hanna noch etwas erwidern konnte, hatte Ali sich schon umgedreht und verließ gemeinsam mit seinem Freund die Wohnung.

»Bei Allah, dann bleibt mir wohl nichts anderes übrig«, murmelte Hanna ärgerlich und stieg nun selbst die Treppe hinab, bis zum untersten Stockwerk, wo sie leise an die Tür klopfte. Stille. Nichts regte sich. Hanna klopfte noch einmal, diesmal etwas lauter. Gerade wollte sie zum dritten Mal klopfen, als sie Schritte vernahm und die Tür geöffnet wurde. Samir blickte sie erstaunt und verschlafen an.

»Du, Hanna?«, fragte er überrascht.

Hanna konnte sich ein Grinsen nicht verkneifen. »Sag bloß, du schläfst? Hast du den Gebetsruf etwa nicht gehört?« Doch dann wurde sie wieder ernst und flüsterte: »Samir, du musst mir helfen! Mein Mann ist heute Nacht mit einem Gast angekommen, und ich habe nichts da, was ich ihnen zu essen geben kann. Habt ihr nicht vielleicht noch etwas Brot und ein paar Eier?«

»Ach ja, dein Vater … es tut mir leid«, antwortete Samir. »Ich habe davon gehört. Wie geht es dir denn?«

Hanna zuckte die Schultern. »Wenn du ein wenig Brot für mich hast, schon etwas besser«, antwortete sie mit einem müden Lächeln.

»Warte, ich schau mal schnell.« Samir verschwand im Dunkel der Wohnung, Hanna hörte ihn in der Ferne rascheln. Warum dauerte das alles nur so lange? Endlich tauchte er wieder auf, in einer Hand drei Brotfladen, in der anderen eine kleine Tüte mit etlichen Eiern. »Meine Mutter bringt mich um, wenn sie das merkt«, sagte er trocken, »aber macht ja nichts, dann muss ich wenigstens die Physikprüfung nicht mehr nachholen.«

Hanna warf ihm einen dankbaren Blick zu. »Danke, Samir, du bist ein echter Freund!« Und schon eilte sie die Treppe hinauf.

Samir blieb noch einen Augenblick in der Türöffnung stehen. Dann schüttelte er langsam den Kopf und verschwand wieder im Dunkel der Wohnung.

Der ganze Tag war laut und hektisch. Schwarz verhüllte Frauengestalten wogten herein und füllten die Räume bis in den letzten Winkel. Kleine Kinder mit Rotznasen und klebrigen Fingern wuselten zwischen Qatstängeln, Weihrauch und Wasserpfeifen umher und laute Koranrezitationen unterbrachen periodisch das Gespräch der Frauen. Und natürlich gab es ein großes Mittagessen für alle. Es war schon längst wieder dunkel, als Hanna zum Aufbruch gerufen wurde. Wieder stand dort das Auto, diesmal saßen die beiden Männer jedoch schon drin. Heute waren sie ausgelassen und unterhielten sich angeregt über den Tag.

»Die Jemeniten sind wirklich gute Menschen«, sagte Alis Kollege Muhammad zu Hanna gewandt. »So natürlich und freundlich. Und das Essen ist auch sehr gut.«

»Ja, sie haben uns alle außerordentlich höflich behandelt«, stimmte Ali ihm zu. »Wir waren quasi die Ehrengäste. Und für dich war das ein optimaler Einstieg, mein Freund, denn nun wissen alle, dass du eine jemenitische Frau suchst. Pass auf, morgen schon kannst du dich vor Einladungen nicht mehr retten!«

Die Männer lachten laut und Muhammad klopfte Ali überschwänglich auf die Schulter. Der Siegelring blitzte. »Das habe ich nur dir zu verdanken. Vielleicht können wir die ganze Sache wirklich innerhalb von zwei Wochen erledigen. Dann muss ich nicht so viel Urlaub nehmen.«

»Ja, wer weiß. Und wir haben noch einen Trumpf! Diesmal können wir meine Frau fragen, ob die mögliche Braut wirklich so hübsch ist, wie sie beschrieben wird. Dann brauchst du dich nicht blind auf die Aussagen der Leute zu verlassen. Nicht wahr, Frau?«

»Ja«, erwiderte Hanna leise.

Im Treppenhaus verlangte Ali den Schlüssel, schloss selbst auf und schaltete im Wohnzimmer den Fernseher ein. Er wählte einen arabischen Musiksender. Dann forderte er Hanna auf, Tee und Gebäck zu bringen, und wies sie mit gesenkter Stimme an, sich zu duschen und umzuziehen.

Hanna nahm sich viel Zeit im Bad. Sie duschte ausgiebig, wusch sich die Haare, cremte sich ein und sparte nicht an Parfüm. Sich zu schmücken hatte ihrer Seele schon immer gutgetan. Doch als sie nun ihre Hochzeitstruhe öffnete, um eines der eleganten Festkleider herauszuholen, fühlte sie einen Stich im Herz. Ihren Goldschmuck würde sie nicht anlegen können! Hoffentlich fragte Ali nicht danach. Hanna wählte ein langes silbernes Kleid mit schwarzen Stickereien, ließ ihre tiefschwarzen Haare offen hinunterfallen und band sich eine breite silberne Borte mit kurzem, nach hinten fallendem Schleier um die Stirn, ein traditioneller Schmuck, der verheirateten Frauen vorbehalten war. Als Hanna sich vor dem Spiegel ihres Kleiderschranks schminkte, hatte sie plötzlich den Eindruck, beobachtet zu werden. Doch als sie sich umdrehte, konnte sie nicht sagen, ob sich da eben wirklich ein weißer Schatten hinter dem Türspalt bewegt hatte oder nicht.

Vom Diwan her erklangen weiter die rhythmisch klagenden Töne des modernen arabischen Pop, gerade jetzt wurde ein aktueller Hit gespielt, den Hanna liebte und schon tausendmal im Fernsehen gesehen hatte. In dem dazugehörigen Video sah man eine schöne, leicht bekleidete junge Frau auf einem ungesattelten weißen Araberhengst am Strand in den Sonnenuntergang galoppieren, während ein glutäugiger schlanker Jüngling auf einer hohen Felsklippe stand und sich in seinem Lied vor Sehnsucht verzehrte. Hanna betrachtete ihr Spiegelbild und seufzte. Sie selbst würde eine gute Figur machen auf dem weißen Hengst, aber Ali auf dem Felsen? Nun ja.

Hanna wartete, die Zeit verging. Erst wurde es ihr langweilig, dann wurde sie müde. Schließlich legte sie sich angekleidet auf ihr Bett und schlief ein. Als ihr Mann schließlich bei ihr eintrat, war es dunkel, und er kam schnell zur Sache. Hanna lag still da und ließ ihn machen. Nur als ihr plötzlich wieder die Bilder des Musikvideos in den Sinn kamen, liefen ein paar einsame Tränen ihre Wange hinab.

Stunden später, Ali war längst gegangen, erwachte Hanna erneut. Nanu, dachte sie, noch einmal? Diesmal klang der Atem neben ihrem Ohr zitternder, erregter als zuvor, und kräftige Hände strichen zaghafter und doch begehrlicher über ihren Körper. Hanna, noch halb im Schlaf, spürte Wärme in sich aufwallen, atmete unwillkürlich tiefer und verlor das Gefühl für Raum und Zeit. In diesem Dämmerzustand, schwebend zwischen Traum und Wirklichkeit, ließ sie es zu, dass die Küsse und Berührungen sie erregten und mitrissen. Wieder waren es die Bilder ihres Lieblingsliedes, die ihre Vereinigung begleiteten, doch diesmal wähnte sie sich in den Armen des jungen Sängers und ertrank in einem heißen Wirbel aus Farben und Klängen.

Schließlich lüftete sich das Gewicht von ihr. Wortlos stand der dunkle Schatten auf. Hanna legte sich entspannt zurück und beobachtete mit einem Lächeln, wie er zur Tür ging. Doch als er leise die Hand an die Türklinke legte, erstarrte Hanna, und ihr Herzschlag schien auszusetzen. Mutwillig blendete sie ein einzelner fahler Mondstrahl, reflektiert vom silbernen Ring an der Hand auf dem Türgriff.

8. Schatten und Licht

Dip, dip, dip. Dieser Wasserhahn. Tropfte schon wieder! Dip, dip, dip. Endlos langsam reihten sich die Minuten aneinander. Endlos langsam verflossen die Stunden, die Tage, die Wochen. Wie lange war es nun schon her, seitdem sie das letzte Mal seine Stimme gehört hatte? Morgen würden es genau sechs Monate sein. Sechs grausam lange Monate! Sausan setzte sich leise auf. Sie konnte nicht schlafen. Ihr Kopf schmerzte, sie hatte das Gefühl, keine Luft zu bekommen. Vorsichtig stand sie auf, schlich zur Tür, öffnete diese behutsam und trat hinaus in den Flur. Dort drehte sie den tropfenden Wasserhahn zu, ging hinüber in den Diwan, öffnete ein Fenster und setzte sich davor auf die Matratze. Eine leichte Brise raschelte in den Blättern des Granatapfelbaumes und strich Sausan sanft über das Gesicht. Der Mond schwebte weit unten am Himmel und überhauchte die schemenhaften Berggipfel mit einem leichten silbernen Schein.

Sausan schloss die Augen und atmete tief die frische Nachtluft ein. Wie gut das tat! Dann öffnete sie ihre Augen wieder und zeichnete mit den Fingern verträumt die zierlichen Schatten nach, die der Mond durch die Äste auf das breite Fensterbrett webte. Licht und Schatten, Schatten und Licht. Doch in ihrem Leben gab es nur noch Schatten. Das Licht schien irgendwo ganz tief in ihrem Inneren verborgen, und es fiel ihr immer schwerer, es hervorzuholen, die Glut anzufachen. Zum hunderttausendsten Mal stellte Sausan sich dieselbe Frage: Was sollte sie nur tun? Wo war der Ausweg? Es konnte doch nicht sein, dass sie nur zum Stillhalten, zum Warten gezwungen war! Zum Warten auf was? Auf das nächste Kapitel derselben traurigen Geschichte? Wie fest hatte sie immer daran geglaubt, dass man sein Schicksal mitgestalten kann, ja mitgestalten muss! Und all die Mädchen und Frauen insgeheim verachtet, die schulterzuckend mit gleichgültigen Mienen jede neue Laune ihres Vaters, Bruders, Ehemannes als »nasibi – mein Schicksal« akzeptierten. Doch nun war auch schon über ein Jahr vergangen, seitdem die Erde aufgehört hatte, sich für sie zu drehen. Seit dem Augenblick, als Faisal auf ihrem Telefon Walids Nummer entdeckt, sie grausam bestraft und ihr fortan das Studieren verboten hatte. Sie könnte jetzt schon mit der Uni fertig sein! Traurig schüttelte Sausan den Kopf. Sie stützte das Kinn auf die Hände und ließ ihre Blicke wieder aus dem Fenster in die Nacht hinausgleiten. Nur selten war es ihr oder Walid seitdem gelungen, in Kontakt zu treten. Mal durch einen Brief, den er Malika am College vorsichtig hatte zustecken können, mal durch ein heimliches Telefonat. Doch nun hatte er sich schon seit einem halben Jahr nicht mehr gemeldet, und wenn Sausan zwischendurch verzweifelt versucht hatte, ihn zu erreichen, war sein Telefon abgestellt. Oder er war nicht drangegangen.

Wie oft war Sausan in Gedanken die Worte ihres letzten Gespräches durchgegangen, doch sie fand darin keine Hinweise, die ihr erklären konnten, warum er sich nicht mehr meldete. Wie sollte sie diese Ungewissheit weiter ertragen? Unvermittelt stand Sausan auf. So. Sie würde es noch einmal probieren. Ein letztes Mal. Jetzt, genau jetzt. Statt des Haustelefons nahm sie diesmal Hannas Handy aus deren Tasche und wählte die vertraute Nummer. Als das Tuten erklang, hielt sie den Atem an. Endlich knackte es in der Leitung und eine verschlafene Stimme fragte verwundert: »Ja?«

»Walid?«, flüsterte Sausan in die Muschel hinein. Am anderen Ende blieb es einen Augenblick still. Dann hörte Sausan, wie jemand tief Luft holte.

»Sausan, bist du das?«

»Ja!«

»Was ist mit dir? Warum rufst du mitten in der Nacht an? Ist etwas passiert?«

Sausan versuchte, das Zittern in ihrer Stimme zu unterdrücken. »Nein. Aber ich habe mir Sorgen gemacht. Du hast dich so lange nicht mehr gemeldet! Geht es dir gut, Walid? Warum rufst du nie mehr an?«

Walid schwieg.

»Walid? Bist du noch da?«

»Ja. Al hamdu li-llah, mir geht es gut.« Eine kurze Pause, dann schob er zögernd hinterher: »Ich habe geheiratet.«

Sausan schüttelte den Kopf. »Was hast du gesagt?«

»Ich habe geheiratet«, wiederholte Walid. Seine Stimme klang distanziert, resigniert. Sausan erstarrte. Das Telefon glitt ihr aus der Hand. Wie durch einen Nebel hörte sie Walids Stimme fragen: »Sausan? Sausan?« Dann nur noch gleichmäßiges Tuten.

»Ach, wie bin ich doch gestraft mit meinen Töchtern!«, jammerte Sausans Mutter einige Tage später. »Erst macht Hanna so ein Theater wegen ihrer Schwangerschaft, als ob das nicht ein Geschenk des Himmels sei, und nun liegst du hier tagelang nur noch auf deiner Matratze und schweigst! Was ist denn los mit euch? Ist das der Dank für meine jahrelange Mühe und Plage? Jetzt, wo euer Vater tot ist, lasst ihr euch einfach gehen, und ich muss sehen, wie ich mit allem klarkomme! Ich arme, von aller Welt verlassene Witwe, Allah stehe mir bei!« Hanna, die gerade den Flur mit einem Reisigbesen ausfegte, richtete sich auf und schaute wütend in das Zimmer hinein, wo die Mutter klagend auf dem Fenstersims saß und Sausan abgewandt auf ihrer Matratze lag.

»Immer meckerst du nur, Mutter! Was willst du denn noch? Ich habe mein gesamtes Gold für Papas Operation gegeben, hast du das schon wieder vergessen? Mein gesamtes Gold! Und jetzt wird mein Unterhalt dafür benutzt, die Schulden abzubezahlen, reicht dir das etwa nicht? Ich habe keine eigene Wohnung mehr, darf euren Dreck hier zusammenfegen und dann soll ich mich wohl auch noch freuen, wenn mir kotzübel ist wegen dieses Babys, dessen Vater sich noch nicht mal gemeldet hat, seitdem er weiß, dass ich schwanger bin!« Wutschnaubend schleuderte Hanna den Besen in eine Ecke, schnappte sich ihren Balto und verließ, geräuschvoll die Tür hinter sich zuschlagend, das Haus.

»Oh, oh, oh«, stöhnte die Mutter. »Womit habe ich das nur verdient? Allah vergebe uns!«

Sausan hatte reglos auf der Matratze gelegen und geschwiegen. Doch jetzt setzte sie sich langsam auf. Nur sie wusste, dass es noch einen weiteren Grund für Hannas Groll gab. Seufzend presste sie sich die Fingerspitzen gegen ihre pochenden Schläfen. Natürlich konnte man der Mutter nichts davon sagen! Kein Mensch durfte je erfahren, was Hanna ihr unter Tränen erzählt hatte, nachdem sie sich ihrer Schwangerschaft bewusst geworden war. Nein, selbst sie und Hanna mussten versuchen, diese Sache zu vergessen, das hatten sie sich gegenseitig geschworen! Zu monströs, zu ungeheuerlich war Hannas Verdacht, um ihm nachzugehen. Wie sollte man die Wahrheit auch jemals herausfinden, ohne Hannas Ehre dabei zugrunde zu richten? Nein. All die ungeklärten Fragen würden nie beantwortet werden, weil sie nie gestellt werden durften. Sie mussten für alle Ewigkeit im tiefsten Dunkel ihres Schweigens verschlossen bleiben.

Sausan hatte versucht, Hanna zu entlasten, indem sie ihr zusicherte, dass es auf keinen Fall ihre Schuld gewesen sei, falls tatsächlich der nächtliche Besucher nicht ihr eigener Mann, sondern ein Fremder gewesen sein sollte … Allah möge ihn richten! Und mit ihm gleich alle anderen Männer dieses Universums! Denn was hatte man von ihnen außer Leid und Kummer?

Sausan ließ ihre Hände sinken. Sie konnte diesen ganzen Schmerz und die Verworrenheit nicht länger ertragen! Natürlich hatte die Mutter alles Recht der Welt, um ihren Mann zu trauern, und natürlich konnte Sausan Hannas innere Qual verstehen, aber keiner schien Verständnis zu haben für den Schmerz, der Sausan zu zerreißen drohte. Eine lächerliche unglückliche Liebe, die sie längst hinter sich gelassen haben sollte. Aber sage das mal jemand ihrem sehnsüchtigen, störrischen Herzen!

Sausan warf einen prüfenden Blick auf ihre Mutter, welche die Hände vor ihr Gesicht geschlagen hatte und sich stumm vor und zurück wiegte. Und plötzlich wurde es ihr klar: Sie musste unbedingt weg hier! Raus aus diesem Haus, wo jeder nur damit beschäftigt war, seine Wunden zu lecken.

»Mama«, sagte sie vorsichtig und legte ihrer Mutter eine Hand auf das Knie, »so kann es nicht weitergehen. Wir tun uns gegenseitig nicht gut. Bitte erlaube mir, einige Tage zu Tante Amina aufs Dorf zu fahren. Bitte! Ich muss einfach mal wieder etwas anderes sehen!«

Die Mutter hob den Kopf, ihre Augen schimmerten feucht. Sie seufzte müde. Dann nickte sie langsam.

»Das Dorf! Du hast recht, mein Kind, geh du nur zu deiner Tante aufs Dorf! Ich rufe Ahmed an und bitte ihn, dich abzuholen.«

Nur wenige Stunden später saß Sausan tatsächlich in einem ruckelnden und wankenden Pick-up, der langsam den Berg zu dem Dorf ihres Familienclans hinaufschnaubte. Endlich hatte sie wieder eine aktive Entscheidung treffen können! Und wenn es auch nur bedeutete, für wenige Tage der Bedrückung ihres Elternhauses zu entfliehen. Schon lag die Stadt hinter ihr und damit auch die Enge des erinnerungsschweren Hauses, die Schatten unerfüllter Träume, das Echo ungezählter Seufzer. Sausan fühlte ein feines Kribbeln im Bauch. Sie lebte noch! Weit oben am blauen Himmel kreiste ein einsamer Milan, auf der steilen

Flanke eines kargen Berges hütete ein kleines Mädchen ein paar mickrige weiße Schafe, auf einer einsamen Akazie am Wegrand nistete eine Kolonie leuchtend gelber Webervögel. Im Auto war es eng und die Luthma klebte an Sausans verschwitzten Schläfen, aber ihr Herz begann sich zu weiten. Die letzten Tage war sie wie betäubt gewesen. Ständig hatte sie darauf gewartet, weinen zu können, aber die Tränen waren nicht gekommen. Stattdessen hatte sich die Resignation wie dickflüssiger Teer in ihr ausgebreitet und all ihr Denken, Wollen und Handeln zu einem einzigen schwarzen Klumpen verklebt.

Jetzt kamen sie um die letzte Biegung und das Dorf lag vor ihnen im Sonnenlicht. Tatsächlich, da stand sie schon, die ganze Schar abenteuerlich gekleideter Kinder, barfüßig, dreckgesichtig, lachend, durcheinanderschreiend! Mit einem letzten Ruck hielt der Wagen an und Sausan, ihr Vetter Ahmed und die anderen Mitfahrer stiegen aus. Sie war da.

Die ersten Tage vergingen wie im Flug. Es gab Schafe zu hüten, Wasser zu holen, Heu zu machen. Überall konnte Sausans Hilfe gebraucht werden, obwohl sie selbst am Wert ihrer Unterstützung zweifelte, so ungeschickt, wie sie sich bei diesen ungewohnten Aufgaben anstellte. Aber ihre Tante und die Cousins sahen das gelassen und freuten sich über die Abwechslung ihres Besuches, der natürlich gerne zum Anlass für verschiedene kleine Henna- und Tanzpartys mit der Nachbarschaft genutzt wurde. Abends sank Sausan dann erschöpft in tiefen traumlosen Schlaf, um morgens beim ersten Hahnenschrei gemeinsam mit den anderen wieder aufzustehen.

Allmählich gewöhnte sich ihr Körper an den neuen Rhythmus, und auch ihre Gedanken wurden von den neuen Eindrücken nicht mehr ausreichend abgelenkt, sodass man sie immer öfter bei der Arbeit plötzlich verharren sah, den Blick gedankenverloren auf den Horizont geheftet. So viele ihrer Träume und Hoffnungen hatten sich in den vergangenen Jahren mit der Person Walids verknüpft. Aber hatte sie nicht auch schon Pläne und Wünsche gehabt, bevor sie Walid überhaupt traf? Er war zwar das Brennglas, durch das sich ihre Energien gebündelt und auf einen Punkt fixiert hatten, aber die Energie stammte doch von ihr selbst und hatte mit ihm eigentlich nichts zu tun, oder? Diese innere Kraftquelle musste sie wieder neu entdecken, unbedingt!

Mittags nach dem Essen und dem Abwasch saß Sausan gerne in einer schattigen Ecke auf dem Flachdach des kleinen Hauses und genoss die Stille, die sich während der heißesten Stunden des Tages auf das kleine Dorf legte. Mensch und Tier ruhten in dieser Zeit, selbst das allgegenwärtige Gackern der Hühner verstummte. Nur die weißen und braunen Tauben, die Ahmed liebevoll in alten leeren

Blechkanistern auf einem Dachvorsprung hielt, gurrten und balzten unbeirrt weiter.

Sausan griff gedankenverloren nach einem kalten Kohlestück, das am Vorabend aus dem Glutbecken der Wasserpfeife gefallen sein musste, und begann, auf den Zementboden des Daches zu zeichnen. Als Erstes malte sie mit wenigen schwungvollen Linien ein Taubenpaar, dann fügte sie die Bergsilhouette hinzu und deutete mit ein paar Bäumen das Wadi an. »Das ist gar nicht schlecht!« Sausan lächelte in sich hinein, spitzte die Kohle ein wenig an und zeichnete mit wachsendem Eifer Blumen, Menschen und Tiere auf den Boden des Daches. Als wenig später ihre Tante kam, um nach ihr zu sehen, lachte sie zuerst über Sausans schwarze Hände, bestaunte dann jedoch das Gemälde auf dem Boden. Bald war das halbe Dorf versammelt, und bevor Sausan sich versah, wurden ihr herausgerissene Seiten aus alten Schulheften gereicht und sie sollte für jedes Kind ein eigenes Bild malen! Sausan war selbst erstaunt. Sie hatte in ihrer Kindheit gerne mit dem Stift auf die Ränder ihrer Schulhefte gekritzelt, aber das war lange her! Seitdem Faisal damals ihre persönlichen Notizen und Zeichnungen verbrannt hatte, war ihr die Lust daran vergangen. Doch nun mit der Kohle zwischen den Fingern schien sich ihre Hand regelrecht zu verselbstständigen. Und das machte Spaß!

Von diesem Moment an nutzte Sausan jede freie Minute, um die Kinder der Nachbarschaft zu porträtieren. Und als sie wenige Tage später wieder in die Stadt zurückkehrte, gelang es ihr dort, sich einen Stapel weißer Blätter zu organisieren. Stundenlang saß sie mit überkreuzten Beinen auf dem Dach ihres Hauses und versuchte, die Eindrücke der letzten Wochen, aber auch ihre Gedanken und Sehnsüchte zwischen dem Schwarz und Weiß der Kohle und des Papiers einzufangen.

»Licht und Schatten, Schatten und Licht«, flüsterte Sausan und blickte verträumt auf ihr letztes Bild. Es stellte den verheißungsvollen Zauber der in zartes Mondlicht getauchten schlafenden Berglandschaft dar, so wie Sausan sie in der Nacht vor ihrem Anruf bei Walid erlebt hatte. Friedlich, ruhig, versöhnt. Sausan holte tief Luft und strich sich eine Strähne aus dem Gesicht. Dann pustete sie vorsichtig die losen Kohlepartikel von dem Blatt und übersprühte es leicht mit etwas Haarspray, um das Bild zu fixieren. Schließlich stand sie auf, streckte sich und ging mit ihren Sachen nach unten in die Wohnung.

Ihre Mutter lächelte ihr aufmunternd zu. »Hast du wieder gezeichnet? Zeig mal her. Sehr schön! Du musst deine Bilder unbedingt Faisal zeigen, wenn er heute Abend kommt, er hat eben angerufen.«

»Ach, wirklich?«, fragte Sausan erstaunt. »Ich dachte, er wollte dieses Wochenende nicht kommen.«

»Nun, er hat es sich wohl anders überlegt, und das ist auch gut so. Er erinnert mich immer mehr an euren Vater, als er noch jung war, Allah sei ihm gnädig.«

Sausan strich ihrer Mutter kurz liebevoll über die Wange und fragte dann: »Gibt es noch etwas für uns zu tun? Sonst würde ich gerne Hanna fragen, ob sie nicht Lust zu einem kleinen Spaziergang hat, etwas frische Luft täte ihr sicher auch gut.«

»Ja, macht das nur. Hauptsache, ihr seid vor dem Abendgebet wieder zurück und helft mir mit der Zubereitung des Essens.« Sausan nickte und machte sich auf die Suche nach ihrer jüngeren Schwester.

»Das hast du gezeichnet? Tatsächlich? Kaum zu glauben! Das ist richtig gut, Sausan, wirklich!«

Sausan lächelte scheu. Sie war es nicht gewohnt, von ihrem Bruder gelobt zu werden. Aber jetzt war er begeistert und machte keinen Hehl daraus. Aufmerksam betrachtete Faisal ein Bild nach dem anderen. Manche ließen ihn schmunzeln, bei anderen wurde sein Blick nachdenklich. Schließlich legte er die Zeichnungen vorsichtig zur Seite und sah Sausan an. »Was hast du damit vor?«

»Wie? Was meinst du damit? Was sollte ich denn vorhaben?«, fragte Sausan verdutzt.

»Nun, ich meine, du musst dir doch irgendetwas gedacht haben, als du die Bilder gemalt hast. Man zeichnet doch nicht einfach so zwei Dutzend Bilder und denkt sich nichts dabei!«

»Hm. Eigentlich habe ich mir wirklich nichts weiter gedacht. Es macht mir einfach Freude, wenn ein Bild, das ich im Kopf habe, Strich für Strich auf dem Blatt entsteht. Und wenn es dann zum Schluss etwas von dem Gefühl wiedergibt, das ich beim Zeichnen empfinde, so macht mich das glücklich.« Sausan spürte, wie ihr die Röte ins Gesicht stieg. So hatte sie noch nie mit ihrem Bruder gesprochen. Zwar hatte er sie seit dem Tod des Vaters nicht mehr ständig schikaniert, aber sie duckte sich jetzt trotzdem unwillkürlich etwas zur Seite, in Erwartung einer höhnischen Reaktion.

Aber er antwortete nicht. Stattdessen nahm er die Zeichnungen wieder auf, schaute sie noch einmal aufmerksam durch und sortierte sie dann in zwei Gruppen. »Diese hier sind besonders gut«, sagte er schließlich und zeigte auf den kleineren Stapel. »Man sollte sie rahmen, hinter Glas schützen. Kohlezeichnungen sind sehr empfindlich.«

»Meinst du?«, fragte Sausan. »Aber das kostet doch Geld!«

Plötzlich klatschte Faisal begeistert in die Hände. »Ich hab's!«, rief er und sprang auf. »Ich habe die beste Idee überhaupt! Hör zu, ich habe einen Freund in Sana'a«, aufgeregt begann er im Zimmer auf und ab zu gehen, »der ist ziemlich reich. Sein neuestes Projekt ist ein schickes Café direkt am Tahrir-Platz. Es ist fast fertig, ich habe das Lokal letzte Woche gesehen. Sehr stilvoll, alles in Schwarz und Weiß, passend zum Thema Kaffee.« Er lachte. »Und weißt du, was er gesagt hat? Was ihm jetzt noch fehlt, sind die richtigen Bilder an der Wand! Irgendwie hat er keine Lust auf die typischen Hochglanzdrucke, er möchte etwas Besonderes, etwas Einzigartiges, etwas, das man so noch nie gesehen hat! Aber es soll schwarz-weiß sein, Farben will er nicht in seinem Laden. Wir haben schon gescherzt, dass man auch nur mit schwarz-weißer Kleidung hineindarf!« Faisal strahlte und blieb vor Sausan stehen, die inzwischen auch aufgestanden war. »Deine Bilder wären genau das Richtige, Sausan, da bin ich sicher!«

Die beiden Geschwister standen sich gegenüber, Faisals schwarze Augen sprühten vor Begeisterung. Sausan sah ihn verwundert an. So kannte sie ihren Bruder gar nicht!

»Nun, was meinst du? Gib mir die Bilder mit nach Sana'a und ich zeige sie dort Yassin. Dann sehen wir, was er sagt. Und glaube mir, ich werde einen guten Preis für dich aushandeln!«

Sausan trat einen Schritt zurück. »Und ... und wenn ich sie gar nicht verkaufen will?«, wagte sie vorsichtig einzuwenden. »Ich habe bisher noch nie darüber nachgedacht, Faisal, aber irgendwie bedeuten mir diese Zeichnungen etwas. Sie sind wie ein Teil von mir ...«

Faisal blickte Sausan einen Moment forschend an, und sie befürchtete schon, er würde wütend werden, doch er nahm nur seinen Gang durch das Zimmer wieder auf und schien nachzudenken.

»Vielleicht«, sagte er zögernd, »kann man die Bilder ja auch vermieten. Dann würdest du natürlich nicht so viel Geld dafür bekommen. Andererseits«, nun blieb er wieder stehen, »ist das vielleicht gar keine schlechte Idee. Du zeichnest einfach weiter und jedes halbe Jahr werden andere Bilder von dir in der Bar ausgestellt. Und möglicherweise findest du dadurch letztendlich sogar noch bessere Käufer, falls du dich doch dazu entschließt, die eine oder andere Zeichnung zu verkaufen!«

Die letzten Worte sprudelten mit einer solchen Überzeugung aus Faisal heraus, dass Sausan unwillkürlich anfing zu lachen.

»Faisal, ich wusste gar nicht, dass du so ein Träumer bist!«, prustete sie. »Ich dachte immer, ich wäre die Einzige in der Familie, die Luftschlösser baut. Also wirklich, du hast mich mit deinen Spinnereien fast angesteckt.« Sie schüttelte den Kopf.

Faisal lachte auch, wurde dann jedoch schnell wieder ernst und fasste Sausan bei der Hand. »Hör zu, Schwesterchen, ich halte das wirklich für eine realistische Idee. Bitte lass es mich versuchen! Du kannst ja nichts dabei verlieren, oder?«

Vor ihnen und hinter ihnen hupten Autos. Auch das Sammeltaxi, in dem Faisal und Sausan saßen, stimmte in das Hupkonzert mit ein.

Sausan stöhnte. »Das ist ja schrecklich! Ist das immer so in Sana'a?«

»Nein, aber abends um diese Uhrzeit leider schon. Wir hätten früher losfahren sollen …« Faisal schaute nervös auf seine Armbanduhr. »Hoffentlich schaffen wir es rechtzeitig zu der Eröffnung!« Eine Viertelstunde später erreichten sie den Tahrir-Platz und stiegen aus. Sausans Herz begann schneller zu schlagen. Auf was hatte sie sich da nur eingelassen? Sausan, das einfache Mädchen aus der Provinz, inmitten der selbst ernannten Avantgarde von Sana'a! Hoffentlich waren so viele Leute in dem Café, dass sie sich einfach unauffällig in eine Ecke stellen und möglichst unbehelligt das fremde Treiben beobachten konnte. Andererseits brauchte sie sich in dem neuen Balto, den ihr Amira, Yassins Frau, geschenkt hatte, wirklich nicht zu verstecken. Und Faisal hatte ihr für diesen Anlass sogar noch neue Schuhe gekauft!

Trotzdem fühlte Sausan sich in höchstem Maße unwohl. Die große Stadt mit ihrer Fülle an Menschen und Autos überforderte sie. Außerdem kam ihr die ganze Situation noch immer so unwirklich vor. Faisal hatte eine Auswahl ihrer Zeichnungen mit nach Sana'a genommen und seinem Freund hatten die Bilder tatsächlich auf Anhieb gefallen! Im

Handumdrehen hatte er sich mit Faisal auf eine großzügige Leihgebühr verständigt und sogar darauf bestanden, dass die Künstlerin persönlich an der Eröffnungsfeier des Cafés teilnehmen müsse. Und jetzt war es also so weit!

Faisal steuerte zielstrebig auf ein hell erleuchtetes Gebäude zu, vor dem sich eine Menschentraube versammelt hatte. Aus Lautsprechern schallte traditionelle Lautenmusik, mit modernen Klavierakkorden interessant kombiniert.

»Ich habe dir ja gesagt, Yassin macht einen großen Event aus dieser Eröffnung«, flüsterte Faisal aufgeregt, während sie sich durch die Menge schlängelten. »Die meisten Gäste stammen aus der Kulturszene, lauter interessante Leute! Heute Abend kommt man auch nur mit persönlicher Einladung in das Café hinein!« Nervös fingerte er in seinen Jackentaschen herum. »Wo habe ich nur die Einladungen hingesteckt?«

»Die habe ich doch!«, erwiderte Sausan lächelnd. Seine Aufregung hatte einen beruhigenden Effekt auf sie. Wenn selbst Faisal nervös wurde, dann durfte auch sie aufgeregt sein!

»Woher kennst du Yassin eigentlich?«, wollte Sausan wissen. »Als Offiziersanwärter gehört man doch nicht gerade zur Kulturszene, oder?«

Faisal grinste. »Das ist eine längere Geschichte, die erzähle ich dir lieber ein anderes Mal.«

Inzwischen waren die Geschwister am Eingang angelangt, Sausan zeigte die Einladungen einem uniformierten Wachmann und sie betraten das Café. Ihr Bruder hatte nicht übertrieben: Wäre der Raum nicht mit Jemeniten gefüllt gewesen, hätte man tatsächlich glauben können, in Paris zu sein. Oder vielleicht in New York. Jedenfalls in einer westlichen Metropole! Und dort an den Wänden, geschmackvoll gerahmt und dezent beleuchtet, hingen ihre Bilder! Sausan konnte kaum fassen, wie gut die Zeichnungen hier zur Geltung kamen. Verwunderung und Stolz ließen sie erglühen. Hatte sie vielleicht wirklich Talent? Faisal war sofort von einer Gruppe junger Männer begrüßt worden, und Sausan wollte sich gerade in eine Ecke des Cafés zurückziehen, als Amira sie entdeckte. Die Frau des Cafébesitzers war eine schlanke, große Erscheinung Anfang dreißig, mit eindrucksvollem Profil und verblüffend grünen Augen. Bei ihrer ersten Begegnung im Palast der Familie einige Tage zuvor war Amira unverschleiert gewesen und auch heute trug sie zu Sausans Erstaunen zwar einen reich verzierten Balto mit passendem Kopftuch, aber keinen Gesichtsschleier.

»Hallo, Sausan, da bist du ja endlich! Meine Freundinnen sind schon so gespannt darauf, dich kennenzulernen, man trifft ja nicht alle Tage eine echte Künstlerin! Und, sehen sie nicht fantastisch aus, deine Bilder?! Aber hör zu, den Gesichtsschleier legst du doch ab, oder? Wir sind hier ja unter uns. Weit und breit keine Fundis …« Amira ließ ihr sympathisches Lachen hören. »Solche Leute stehen bei uns nicht auf der Gästeliste!«

Sausan schluckte. Dann schüttelte sie unsicher den Kopf. »Also, ich weiß nicht, Amira. Ich trage immer die Luthma. Bei uns ist es für Frauen nicht üblich, das Gesicht in der Öffentlichkeit zu zeigen.«

»Ach, du machst dir doch nicht etwa Sorgen wegen deines Bruders? Faisal! Hey, Faisal!« Der Gerufene drehte sich erstaunt um. »Du hast doch sicher nichts dagegen, wenn deine Schwester den Gesichtsschleier ablegt, oder?«

»Wie bitte? Den Gesichtsschleier? Nein, nein, ganz wie sie will«, erwiderte Faisal überrumpelt, und seine Blicke wanderten verwirrt zwischen Amira und Sausan hin und her. Dann wurde er von den Männern wieder ins Gespräch gezogen.

Sausan wurde es heiß und kalt. Instinktiv fasste sie an ihren Schleier, wie um ihn festzuhalten. Ihr Herz klopfte bis zum Hals.

»Siehst du? Er war ganz erstaunt, dass wir ihn überhaupt fragen! Du kannst den Schleier also ruhig ablegen, Liebste«, fuhr Amira fröhlich fort.

»Es tut mir leid, aber ich möchte ihn wirklich lieber anbehalten, wenn das möglich ist«, antwortete Sausan ruhig, aber bestimmt.

Amira stutzte kurz, dann lächelte sie wieder und strich

mit ihrer Hand über Sausans Arm. »Ja, aber sicher, Sausan, meine Liebe. Ganz wie du willst! Thema erledigt.«

Etliche Frauen saßen in einer größeren Gruppe um mehrere Tische herum. Sie redeten ungezwungen und lachten miteinander, ganz so, als wären die Männer gar nicht anwesend. Nachdem Sausan den verschiedenen Frauen vorgestellt worden war und für einige Minuten im Mittelpunkt des Interesses gestanden hatte, kamen bald wieder andere Themen zur Sprache, und Sausan atmete auf. Nun konnte sie sich in Ruhe umsehen und die vielen neuen Eindrücke auf sich wirken lassen. Sie lehnte sich bequem in den tiefen weißen Ledersessel zurück, nippte vorsichtig an dem fremd schmeckenden Caffè Latte und betrachtete die verschiedenen Gruppen. Da gab es fesche junge Männer in Designerjeans mit modisch zurückgegelten Locken und andere mit Anzug und Krawatte, kurzhaarig und glatt rasiert, denen man ansah, dass sie im Luxus groß geworden waren. Dazwischen mischten sich verschiedene Gruppen, die aussahen, als würden sie nächtelang diskutieren und keine Tabus akzeptieren. Das Einzige, was in Sausans Augen all diese unterschiedlichen Männer verband, war, dass sie mit dem Jemen, den sie kannte, nichts gemein zu haben schienen! Und in solchen Zirkeln bewegte sich ihr Bruder Faisal? Sausan staunte.

Jetzt schwang sich die Musik zu einem Tusch empor

und Yassin betrat ein kleines Podest. Er hielt eine Rede, in der er seine Vision für dieses Café beschrieb. Es solle ein Treffpunkt für Freigeister werden, eine Brutstätte kreativer und revolutionärer Ideen, ein Ort, wo junge Intellektuelle und unbekannte Künstler ein Publikum für ihre Werke finden würden.

»Sofern diese das Geld haben, sich hier auch nur einen Kaffee zu leisten«, flüsterte Sausan ihrer Nachbarin zu.

Diese lachte und zuckte die Schultern.

»Und deshalb«, fuhr Yassin fort, »haben wir auch heute Abend schon eine Reihe vielversprechender Künstler unter uns: Saleh Al-Habbashi und Kamal Al-Hamiri hier an Laute und Klavier, Muhammad Al-Hamdani dort drüben – ja, zeig dich, Muhammad! –, der uns gleich einige seiner Gedichte vortragen wird, und natürlich Sausan Al-Sharqi, von der die exquisiten Kohlezeichnungen an der Wand stammen. Vielen Dank, Saleh, Kamal, Muhammad und Sausan!«

Beifall brandete auf, während Yassin nacheinander zu den genannten Personen trat und ihnen ein kleines, bunt verpacktes Geschenk überreichte.

Wie gut, dass ich meinen Schleier trage, dachte Sausan, als Yassin zu ihr kam und sie die Blicke aller Anwesenden auf sich spürte. Sonst wäre ich vor Scham im Boden versunken!

Anschließend rezitierte Muhammad Al-Hamdani seine

Gedichte, woraufhin sich der eine oder andere Gast beflügelt fühlte, auch einen Beitrag in Form eines Liedes, eines Gedichts oder eines visionären Gedankens zu leisten. Später wurden Torten serviert und eine Handvoll Männer begannen zu tanzen. Sausan hatte nun schon mehrmals den Blickkontakt mit ihrem Bruder gesucht. Könnten sie jetzt nicht bald gehen? Sie war müde, der ungewohnte Rummel strengte sie an. Und es waren einfach zu viele fremde Leute hier. Noch dazu kamen immer wieder einzelne Gäste auf sie zu, um sie zu ihren Bildern zu beglückwünschen und mit ihr darüber zu fachsimpeln. Besonders der Letzte wollte einfach nicht lockerlassen und bestand darauf, jedes einzelne Bild ausführlich zu kommentieren. Zum Glück war er dabei von seiner eigenen Meinung so beeindruckt, dass Sausan nichts anderes tun musste, als interessiert zu nicken. Ein Großteil der Ausdrücke, die er gebrauchte, um Stil und Technik der Zeichnungen zu beschreiben, hatte sie noch nie zuvor gehört! Das war zwar einerseits sehr schmeichelhaft und durchaus auch interessant, aber Sausan fühlte sich der geballten Aufmerksamkeit nicht gewachsen. Schließlich gelang es ihr, den Kunstliebhaber loszuwerden, indem sie vortäuschte, die Toilette besuchen zu müssen.

Im Bad angekommen, legte Sausan Schleier und Kopftuch ab. Hier war es kühl und still und die Luft war nicht so verbraucht. Sausan streckte sich, wusch sich Hände und Gesicht und steckte ihr Haar neu hoch. So. Sie würde sich jetzt noch einmal in die Menge wagen, jedoch nur, um Faisal aufzusuchen und ihn zum Gehen zu drängen. Sie hatte sich lange genug tapfer geschlagen! Doch gerade als Sausan sich anschickte, das Bad wieder zu verlassen, um ihre Entscheidung in die Tat umzusetzen, öffnete sich die Tür, und Amira trat ein.

»Ach, hier bist du, ich habe dich schon überall gesucht! Sausan, ich muss dir unbedingt noch jemanden vorstellen. Er hat sehr großes Interesse an deinen Zeichnungen, hat sich aber gescheut, dich direkt anzusprechen. Du hast ihn bestimmt schon gesehen, es ist Jamal, der Fotograf. Der beste Fotograf Sana'as!«

»Der Fotograf?« Ja, der war Sausan tatsächlich schon aufgefallen. Ein großer, schlaksiger Mann mit ernstem Gesicht und stechendem Blick. »Was will er denn von mir? Ich habe heute Abend schon so viele Fragen gestellt bekommen, die ich nicht beantworten konnte, und ich bin müde, ich …«

Amira fiel ihr lachend ins Wort. »Ach Sausan, meine Liebe, du bist ein Original! Immer so direkt! Keine Sorge, er ist keiner von den Besserwissern, du wirst schon sehen.«

Widerwillig gab Sausan sich geschlagen und ließ sich von Amira quer durch den Saal führen. Dort stand Jamal an einen Türrahmen gelehnt und wechselte gerade das Objektiv seiner Kamera.

»Jamal, hier ist sie. Ich habe sie in ihrem Versteck gefunden. Jetzt habe ich etwas gut bei dir!«, sagte Amira zu dem Fotografen, zwinkerte Sausan zu und ging.

Jamal klappte in Ruhe seinen Fotokoffer zu, dann richtete er sich auf und reichte Sausan die Hand. »Hallo, Sausan. Ich bin Jamal.« Sein Blick war kühl und forschend, sein Händedruck kurz und kräftig. »Hier, probier mal«, sagte er und drückte Sausan unvermittelt die schwere Kamera in die Hände.

Überrascht betrachtete Sausan den komplizierten Apparat.

»An diesem Rad drehst du, um die Entfernung einzustellen, und hier ist der Auslöser«, erklärte Jamal und sah Sausan erwartungsvoll an.

Wortlos hob sie die Kamera an ihr Auge. Die Einstellung war schwarz-weiß, der Winkel weit. Dieselbe Szene, die Sausan eben noch ohne Kamera betrachtet hatte, wirkte plötzlich ganz anders. Einerseits verfremdet, andererseits wahrhaftiger. Interessiert drehte Sausan an der Einstellung, fokussierte vorsichtig einmal eine Stehlampe in der Nähe und ließ die Menschen im Hintergrund zu einer stimmungsvollen Gruppe verschmelzen und nahm dann das markante Profil eines Gastes ins Visier. Schließlich ließ sie die Kamera wieder sinken.

»Deshalb hast du so einen forschenden Blick«, sagte sie zu Jamal, der sie stumm beobachtet hatte. »Du suchst immer schon nach dem nächsten Bild!«

Jamal kniff seine Augen kurz zusammen, wie um ein aufflackerndes Lächeln zu unterdrücken. »Wenn man die Farben weglässt, wird alles viel deutlicher. Die Kontraste werden stärker, das Bild wird zeitlos und damit immer aktuell.« Er wandte sich zu einer der Zeichnungen um, die direkt hinter ihm an der Wand hing. Sie zeigte einen jemenitischen Jungen auf der niedrigen Brüstung eines Flachdaches, der eine Taube in der Hand hielt. Andere Tauben saßen zu seinen Füßen. Sein Blick verlor sich in der Ferne der verschwimmenden Bergketten. »In deinen Bildern hast du diesen zeitlosen Charme sehr gut eingefangen. Die Zeichnungen drücken eine Gleichzeitigkeit von Liebe für das Bewährte und Sehnsucht nach dem Neuen aus. Das Dilemma der jungen Jemeniten schlechthin.«

»Ich weiß nichts über das typisch jemenitische Dilemma«, erwiderte Sausan etwas schroff. Schade, doch ein Klugschwätzer, dachte sie und war im Begriff, sich abzuwenden, doch Jamal hielt sie vorsichtig am Arm fest.

»Sausan! Nenne es, wie du willst. Aber deine Bilder sprechen das Unterbewusstsein an und lösen Assoziationen aus, die jeder in diesem Raum hier versteht. Man könnte ein ganzes Buch über unser Land schreiben und hätte den Nagel doch nicht so auf den Kopf getroffen, wie es dir mit deinen Zeichnungen gelingt! Siehst du die Sehnsucht in den Augen dieses Jungen, den du da gezeichnet hast?

Es ist deine Sehnsucht, meine Sehnsucht, diese Sehnsucht kennen wir alle!«

»Aber sehnt sich nicht jeder nach etwas ganz anderem?«, fragte Sausan vorsichtig. Sie hoffte, dass Jamal versuchen würde, sie zu überzeugen, denn seine These berührte sie an einem sensiblen Punkt.

»Ja, vielleicht. Aber ich glaube, die Essenz dieser Sehnsucht ist der Wunsch, frei zu sein, seine Begabungen zu entdecken und zu entfalten, zu lieben und geliebt zu werden.« Jamal ließ Sausans Arm los. Er sah auf einmal müde aus.

»Puh!« Sausan hob die Augenbrauen und holte tief Luft. »Ich habe doch nur ein Stückchen Kohle genommen und gemalt, was mir in den Sinn kam!«

»Und genau deshalb sind deine Bilder so klar!« Jamal räusperte sich und blickte Sausan offen an. »Ich bin wirklich sehr beeindruckt von deiner Kunst. Und ich würde mich gerne mit dir treffen und einen Fotobericht über dich und deine Bilder anfertigen. Ich denke, die Zeitschrift der Yemenia, der nationalen Fluggesellschaft, wäre sehr an einem solchen Beitrag interessiert. Dafür möchte ich dich gerne in deiner Heimat besuchen, dort, wo deine Zeichnungen entstanden sind. Was hältst du davon?«

»Jetzt schaust du schon wieder so!«, erwiderte Sausan erschrocken. »Da fühle ich mich wie ein Forschungsobjekt! Dabei gibt es bei mir nichts zu entdecken, nichts, rein gar nichts!«

Diesmal gelang es Jamal nicht, sein Lächeln in den Griff zu bekommen. »Versuche nur, dich zu verstecken, Sausan«, antwortete er, während seine Augen plötzlich Funken sprühten. »Ich werde dich schon finden!«

Die frische Nachtluft tat gut. Faisal hielt ein Taxi an und eine halbe Stunde später stiegen sie vor dem Haus ihres Großonkels aus. Hier durften sie übernachten. Faisal schloss leise die Tür auf. Alles war schon dunkel und still.

»Magst du auch noch einen Schluck Wasser, Sausan?«, fragte er flüsternd.

»Ja, bitte, das wäre nett.«

Die Fahrt durch das nächtliche Sana'a und die frische Luft hatten Sausan wieder munter gemacht. Sie setzte sich in den dunklen Diwan, zog eine Gardine beiseite und öffnete das Fenster, sodass das warme Licht einer Straßenlaterne in den Raum fiel. Faisal kam mit zwei Wassergläsern und setzte sich schweigend zu ihr.

»Du wolltest mir doch noch erzählen, wie du Yassin kennengelernt hast«, erinnerte Sausan ihn und sah ihren Bruder erwartungsvoll an. Im Halbdunkel wirkte er noch größer, doch das milde Licht gab seinem Gesicht eine weichere Note.

Faisal lächelte. »Nun, ich glaube, ich kann jetzt sowieso noch nicht schlafen. Also, wenn du unbedingt willst ...« Seine Augen wurden einen Schatten dunkler, doch in seinen Mundwinkeln blieb eine Spur des Lächelns hängen, als er leise zu erzählen begann. Sausan musste genau hinhören, um jedes Wort zu verstehen. »Es war, als Vater in Sana'a im Krankenhaus lag. Ich bin jeden Tag auf den Fluren hin- und hergelaufen, habe seine Krankenakte von einem Spezialisten zum anderen getragen und versucht, mit den Ärzten zu reden, die Situation zu verstehen, die Abläufe zu beschleunigen. Papa war gerade in einem Untersuchungszimmer, und ich stand in einem dieser langen, hellblau gestrichenen Flure, als ich plötzlich Yassin auf einem Stuhl sitzen und weinen sah. Er saß einfach da und weinte. Ich bin zu ihm gegangen und habe mich danebengesetzt. Nach einer Weile habe ich dann gefragt, ob er Hilfe brauche. Da hat er mich angesehen, als ob er gerade erst wahrnehme, dass überhaupt jemand neben ihm saß. Nein, hat er geantwortet, man könne ihm nicht helfen. Ob jemand gestorben sei, habe ich ihn gefragt. Er antwortete, noch nicht, aber sein Vater läge im Sterben. Nach und nach habe ich erfahren, dass sein Vater eine ähnliche Herzgeschichte hatte wie unser Vater. Sie waren gerade dabei, einen Transfer nach Jordanien zu organisieren, um ihn dort von den besten Ärzten operieren zu lassen. Und dann begann er, mir von seinem Vater zu erzählen.« Faisal hielt kurz inne, und Sausan spürte, dass es ihrem Bruder schwerfiel, weiterzusprechen. Sie wartete schweigend. »Ich war beeindruckt von der Liebe und Bewunderung, die Yassin für seinen Vater empfand. Er sprach von einem Mann mit hohen Idealen, aber einem gesunden Realismus. Einem Mann, der bereit war, hart zu arbeiten, aber es auch verstand, zu feiern und das Leben zu genießen. Einem Mann, der seine Söhne förderte und seine Töchter zu selbstbewussten Frauen erzog. Einem Mann, der keinen Widerstand scheute, wenn es galt, sich gegen Korruption und Heuchelei zu wenden. ›Ich verdanke meinem Vater alles‹, sagte Yassin immer wieder. ›Er ist mein Vorbild, ich brauche ihn noch.‹« Faisal machte wieder eine Pause. Dann nickte er und fuhr fort: »Ja, so war das. Da Yassin und ich uns in einer vergleichbaren Situation befanden, beschlossen wir, in Kontakt zu bleiben. Sein Vater hat dann auch nur noch zwei Monate gelebt. Selbst in Jordanien konnte ihm nicht mehr geholfen werden. Ich habe diesen Mann leider nie persönlich getroffen, aber mir kommt es so vor, als kenne ich ihn, allein dadurch, dass ich seine Familie kennengelernt habe. Dort herrscht eine ganz andere Atmosphäre, du hast es vielleicht auch gespürt. Sie sind einfach so anders! Natürlich, offen, ohne Angst. Ja, ohne Angst, das hat mich besonders beeindruckt.« Faisal stockte. Er rieb sich verlegen am Kinn und suchte nach Worten. »Das muss sich für dich sehr komisch anhören. Aber dort habe ich plötzlich gemerkt, dass die Grundlage meines eigenen Lebens Angst ist. Dass ich Angst habe und Angst verbreite. Ich weiß, dass du viel unter mir gelitten hast, Sausan. Dass ich dir Angst gemacht, dich schlecht behandelt habe.« Wieder hielt er inne und holte tief Luft. Sausan sah ihn ernst und aufmerksam an. Sie schwieg. »Ich verstehe es selbst noch nicht, aber ich glaube, ich wollte einfach alles unter Kontrolle haben. Das Leben sollte berechenbar sein! Nichts sollte infrage gestellt werden, nichts sich verändern.« Faisal suchte Sausans Blick. »Erinnerst du dich an das Tagebuch, das du als junges Mädchen geschrieben hast? Mit all den vielen Fragen darin?«

»Natürlich! Du hast es verbrannt«, antwortete Sausan leise.

»Ja. Und das tut mir jetzt sehr leid, Sausan, ich schäme mich dafür.« Er schaute ins Leere, versuchte sich zu sammeln. Schließlich sprach er stockend weiter: »Eigentlich habe ich dich schon immer bewundert, Sausan. Du schienst so viel stärker, so viel freier zu sein. Doch genau das hat mir Angst gemacht, denn das durfte nicht sein! Dass meine kleine Schwester dem Leben unerschrockener in die Augen schaut als ich? Undenkbar! Deshalb habe ich dich unterdrückt und kleingemacht, wo ich nur konnte. Mir wird das alles erst jetzt langsam bewusst. Vorhin zum Beispiel, als Amira mich so unerwartet fragte, ob du deinen Gesichtsschleier ausziehen darfst …«, Faisal lächelte gequält, »da hat sie mich ganz schön erwischt!«

Sausan nickte nachdenklich. »Das habe ich gemerkt. Aber auch ich fühlte mich überrumpelt.«

»Ich denke nicht, dass Amira dich überrumpeln wollte.

Sie hat einfach vergessen, wie es ist, gefangen zu sein. Gefangen innerhalb der selbst erwählten oder indoktrinierten Grenzen. Wo alle Dinge entweder weiß sind oder schwarz. Aber meistens natürlich schwarz!« Faisal seufzte leise. »Ich habe dir sogar das Studium verboten, dabei bist du so begabt …« Er brach ab.

Sausan spürte einen harten Kloß in ihrer Brust, der sich zu ihrem Hals hin ausbreitete. Sie konnte nichts erwidern, der Schmerz war noch zu wach.

Nach einer kurzen Pause fügte Faisal vorsichtig hinzu: »Was ist eigentlich aus dem jungen Mann geworden, mit dem du damals telefoniert hast?«

Sausan schloss die Augen. Walid. Einen Augenblick war es ganz still in dem Zimmer. Nur das gleichmäßige Ticken von Faisals Armbanduhr war zu hören und kündete vom unbarmherzigen Verrinnen der Zeit. Vergangen, verloren.

»Er hat geheiratet«, sagte Sausan schließlich. Zu ihrem eigenen Erstaunen zitterte ihre Stimme dabei nicht.

Faisal schwieg. Dann sagte er: »Das kann ich alles nie wieder gutmachen, Sausan. Ich weiß nicht, ob du mir jemals verzeihen kannst, aber ich verspreche dir, und das meine ich ernst, dass ich dich in Zukunft nicht mehr bevormunden werde. Bitte gib mir eine zweite Chance. Ich …« Er unterbrach sich selbst und schien mühsam nach den richtigen Worten zu suchen. »Ich weiß nicht, wie ich es am besten erklären soll. Aber früher hatte alles in meiner Welt rechte Winkel und ließ sich mühelos in ›richtig und falsch‹ einordnen. Das geht jetzt nicht mehr. In mir drin ist es unordentlicher geworden. Aber auch lebendiger! Verstehst du, was ich meine?«

Sausan sah aus dem Fenster. Bruchstücke ihres Lebens glitten an ihrem inneren Auge vorbei. Erst graue Einsamkeit, dann weiße Hoffnung und schließlich schwärzeste Verzweiflung. Und jetzt? Langsam wandte Sausan ihren Kopf dem Bruder zu, ihre Blicke trafen sich, verweilten ineinander. Und sie spürte, dass für sie ein neuer Tag zu dämmern begonnen hatte, der Schimmer einer zarten Morgenröte erhellte ihren Horizont.

»Heute habe ich einen Bruder gewonnen«, sagte Sausan ernst und streckte ihre Hand aus.

9. Besser als tausend Monde

Malika stampfte wütend mit einem Fuß auf den Boden. »Das ist doch wohl nicht zu fassen, wie sieht es denn hier aus? So eine Sauerei! Saddam, wo steckst du? Hey, steh auf, ich rede mit dir!« Sie gab ihrem auf einer Matratze schlafenden Bruder einen leichten Tritt und zog ihm unsanft die Decke weg.

Dieser öffnete verschlafen die Augen und blickte Malika unwillig an. »Was machst du denn schon hier? Was fällt dir ein, mich zu wecken?« Mit einem Ruck riss er Malika die Decke wieder aus der Hand, griff nach der neben ihm liegenden Plastikflasche und schleuderte sie nach seiner Schwester. Die Flasche verfehlte Malika jedoch knapp und flog gegen eine Tischkante, wobei sich der Verschluss öffnete und eine gelbliche Brühe nach allen Seiten spritzte.

»Nein!«, schrie Malika wütend auf. »Du Hund! Mach, dass du hier rauskommst, sofort!«

Saddam knurrte etwas Unverständliches, schlüpfte dann jedoch in seine Sandalen und verschwand, ohne seine Schwester noch eines weiteren Blickes zu würdigen.

Malika eilte ihm aufgebracht nach, drehte hinter ihm den Schlüssel im Schloss zweimal herum und ließ sich dann auf den nächsten Stuhl fallen.

Seufzend schaute sie sich in dem Raum um. Das kleine Internetcafé »Nura«, Licht, war seit einigen Monaten ihr ganzer Stolz. Hier gab sie vormittags Frauen Computerunterricht und an den Nachmittagen durften diese dann für eine geringe Gebühr an den Computern arbeiten, im Internet surfen oder auch einfach gemütlich einen Tee oder Kaffee trinken. Doch wie sah es jetzt hier aus! Auf dem Boden lagen Stängel und Blätter vom Qatstrauch verstreut, auf dem neuen weißen Bistrotisch waren Reste einer Bohnenmahlzeit verschmiert und obendrein tropfte auch noch gelblicher Urin aus der verbeulten Plastikflasche über einen Stuhl auf den Boden und bildete dort eine Lache. Bei diesem Anblick wurde es Malika übel.

»So ein Scheusal!«, stieß sie wütend hervor. In einer halben Stunde würden ihre Schülerinnen kommen und davor hatte sie eigentlich noch an der Unterrichtsvorbereitung arbeiten wollen. Stattdessen musste sie sich jetzt mit so einem Schlamassel herumärgern! Frustriert knotete Malika ihren Balto hoch, krempelte die langen Ärmel zurück, biss wütend die Zähne aufeinander und machte sich an die Arbeit. Wieder einmal musste sie die Suppe auslöffeln, die einer ihrer Brüder ihr eingebrockt hatte. Wieso hatte sie auch dem Wunsch ihres Vaters nachgegeben und Saddam als Nachtwächter eingestellt? Eigentlich hielt Malika einen Wächter für das kleine Café ohnehin für überflüssig. Und es gefiel ihr gar nicht, von ihren spärlichen Einnahmen ihrem Bruder auch noch einen Lohn zahlen zu müssen, in dem Wissen, dass er ihn ohnehin nur für Zigaretten und Qat ausgab. Doch damit war jetzt Schluss! Heute hatte Saddam ihre Geduld eindeutig überstrapaziert, das würde selbst ihr Vater einsehen müssen. So ein Verhalten konnte sie wirklich nicht tolerieren!

Zwei Stunden später war der Kurs beendet und zehn junge Frauen verabschiedeten sich herzlich von ihrer Lehrerin. Malika rief der letzten Nachzüglerin noch einen Scherz hinterher und verschloss dann die Tür des Cafés von innen. Sie selbst blieb in der Regel zwar über Mittag dort, aber für die öffentliche Nutzung machte sie das Internetcafé für gewöhnlich erst im Anschluss an das Nachmittagsgebet noch einmal für zwei Stunden auf. Da die Computer dann nicht nur ihren Schülerinnen, sondern gegen eine geringe Nutzungsgebühr auch anderen Frauen zur Verfügung standen, herrschte in den Nachmittagsstunden häufig noch mal reges Treiben in dem kleinen Internetcafé, und Malika brauchte die Mittagspause, um ihren Unterricht vorzubereiten, administrative Aufgaben zu erledigen und selbst im Internet zu recherchieren.

Es war eine herbe Enttäuschung für sie gewesen, trotz ihres hervorragenden Studienabschlusses keine Anstellung als Englischlehrerin an einer normalen staatlichen Schule zu bekommen, da die Stellenvergabe auch im Staatsdienst nur eine Frage des Schmiergeldes zu sein schien. Nachdem sie aus Frust und Langeweile ein paar kritische Artikel für eine englischsprachige Zeitung in Sana'a geschrieben hatte und diese von der Redaktion nicht nur gelobt, sondern sogar gedruckt worden waren, hatten sich für Malika plötzlich ganz unerwartete neue Perspektiven eröffnet. Und es war dann auch die Redakteurin ebendieser Zeitung gewesen, die Malika zu dem Besuch eines Computerkurses angeregt hatte. Malika lächelte. Und jetzt? Wer hätte zu dem Zeitpunkt gedacht, dass sie schon bald selbst ein Internetcafé eröffnen und anderen jungen Frauen den Umgang mit Computern beibringen würde?!

Zufrieden vor sich hin summend kochte Malika Tee und packte Brot und Joghurt für einen kleinen Imbiss aus. Es erfüllte sie selbst immer wieder mit Erstaunen, dass sie jetzt nicht Englisch-, sondern Computerunterricht gab. Doch inzwischen hatte sie sich mit dieser Aufgabe angefreundet. Es war keine Notlösung mehr, ganz im Gegenteil!

Malika blickte verträumt durch die Glasfront des Cafés hinaus auf die Straße. Da sich das Internetcafé im Zentrum des kleinen Städtchens befand, herrschte auf der Straße ein ständiges Kommen und Gehen von Männern, die sich auf dem Weg zum Suq befanden. Es gab im Ort zwar noch zwei oder drei weitere Internetläden, doch Malikas Café Nura stach dadurch hervor, dass es nur Frauen vorbehalten war. Um eine möglichst geschützte Atmosphäre zu schaffen, hatte Malika die Glasfront mit einer speziellen Folie bekleben lassen, sodass man zwar ungehindert von innen hinaussehen konnte, nicht jedoch umgekehrt. Dadurch fühlten sich die Frauen ungestört und die eine oder andere Schülerin entledigte sich während des Unterrichts sogar ihres Gesichtsschleiers.

Nun nahm das Treiben auf der Straße allmählich etwas ab. Die meisten Männer hatten wohl ihre täglichen Einkäufe im Suq erledigt und brachten nun die Nahrungsmittel nach Hause, damit ihre Frauen das Mittagessen zubereiten konnten. Malika gähnte. Gemächlich räumte sie die Essensreste beiseite, wusch sich die Hände und wollte sich eben an ihren Computer setzen, als es an der Tür klopfte. Überrascht blickte sie auf und sah eine zierliche Frauengestalt vor der Tür stehen. Hoffentlich keine Bettlerin, schoss es Malika durch den Kopf, während sie aufstand und zur Tür ging.

»Layla! Hast du etwas vergessen?«, begrüßte sie einen Augenblick später erstaunt das junge Mädchen, das sich schnell durch den geöffneten Türspalt hereinschob. Die vierzehnjährige Layla war eine der Schülerinnen, die Malika am Vormittag unterrichtet hatte.

Zaghaft schüttelte das Mädchen den Kopf. »Nein. Aber ich bin so froh, dass du noch hier bist! Ich hätte sonst nicht gewusst, wo ich hingehen soll. Oh, Malika, du musst mir helfen!«

Malika schob dem Mädchen einen Stuhl hin und setzte sich neben sie. »Was ist denn geschehen, warum bist du so aufgeregt? Du warst doch eben noch hier und da war alles in Ordnung, oder?«

Layla nahm ihren Gesichtsschleier ab. »Alles in Ordnung? Bei uns ist nie alles in Ordnung! Wenn du wüsstest … Aber jetzt ist es wirklich ganz schlimm! Ich kann nie wieder nach Hause gehen!« Verzweifelt barg sie ihr Gesicht in den Händen und begann zu schluchzen.

Seufzend stand Malika auf, strich dem Mädchen kurz beruhigend über die Schulter und schloss dann als Erstes die Tür des Cafés wieder ab. Anschließend holte sie eine weitere Tasse und goss Layla Tee ein. Dann setzte sie sich neben ihre weinende Schülerin und streichelte ihr behutsam den Rücken. Dabei schossen ihr ähnliche Szenen aus der Vergangenheit durch den Kopf. Es war wie verhext! Seitdem Malika begonnen hatte, sich mit den Problemen ihres Landes auseinanderzusetzen, verging kaum ein Tag, an dem sie nicht mit neuem Leid konfrontiert wurde. Es wirkte geradezu, als hätte sie irgendwo inseriert und sich als Anwältin der Benachteiligten angeboten! Malika, die Rächerin der Enterbten ... Gerade durch das Internetcafé kam Malika mit den Schicksalen vieler junger Frauen in Berührung, und es gab etliche, die Vertrauen zu ihr fassten und das Herz bei ihr ausschütteten. Malika biss sich kopfschüttelnd auf die Unterlippe. Wo würde das noch hinführen? Und wie konnte jemand wie sie diesen Menschen überhaupt beistehen?

Das Schluchzen hatte etwas nachgelassen. Aufmunternd strich Malika ihrer Schülerin eine Haarsträhne aus dem verweinten Gesicht und deutete auf die dampfende Tasse vor ihr. »Hier, meine Liebe, der Tee wird dir guttun. Jetzt erzähl mir erst mal in Ruhe, was überhaupt geschehen ist. Und dann sehen wir, was sich machen lässt, einverstanden?«

Das Mädchen nickte, wischte sich mit dem Ärmel ihres Baltos die Tränen ab und begann stockend zu erzählen. »Mein Vater hat sich vor einem Jahr von meiner Mutter scheiden lassen. Damit hat alles angefangen. Plötzlich war sie einfach weg, wir konnten uns nicht einmal von ihr verabschieden! Auf einmal war ich mit meinen Geschwistern allein. Im Haus ging alles drunter und drüber, die Kleinen haben ständig geweint und sich gestritten, ich wusste nicht, wie ich das schaffen sollte. Dann hat mein Vater nach ein paar Wochen eine neue Frau mitgebracht. Die Neue ist noch ganz jung, kaum älter als ich, und nun wurde alles noch viel schlimmer! Ich habe diese Person von Anfang an nicht gemocht, sie hat sich gleich so aufgespielt. Als ob die ganze Welt sich nur um sie drehen müsste! Aber ich habe wirklich versucht, höflich zu sein, glaube mir! Ich habe gehofft, dass es vielleicht besser wird, wenn sie sich erst bei uns eingelebt hat, dass wir vielleicht sogar Freundinnen werden können. Aber es wurde nicht besser, überhaupt nicht! Nie übernimmt sie für irgendetwas Verantwortung oder hilft mit, sie kommandiert mich nur herum. Ich bin für alles verantwortlich: kochen, putzen, Wäsche waschen, meine kleinen Geschwister versorgen … All das muss ich ganz alleine machen! Mit meinem Vater kann ich nicht darüber reden, er wird schon wütend, wenn ich den Namen dieser Frau auch nur in den Mund nehme! Wegen dem ganzen Ärger hatte ich natürlich keine Zeit mehr zum Lernen, sodass ich auch noch durch die Abschlussprüfungen der neunten Klasse gefallen bin. Seitdem behauptet mein Vater, ich sei dumm und faul, und er hat mir verboten, weiter zur Schule zu gehen. Ich sollte mich nur noch um den Haushalt kümmern und meine Stiefmutter bedienen, weil sie natürlich auch noch sofort schwanger geworden ist!«

Layla nahm einen Schluck von dem Tee, dann fuhr sie fort: »Diesen Computerkurs habe ich nur meinem großen Bruder zu verdanken. Er hat Papa dazu überredet und mir den Kurs sogar bezahlt. Aber Fauziye, Papas neuer Frau, gefällt das überhaupt nicht! Ich glaube, sie ist neidisch darauf. Denn jetzt meckert sie noch mehr an mir herum und erfindet ständig neue Arbeiten für mich. Inzwischen hat sie das Baby bekommen, aber auch dadurch ist sie nicht netter geworden. Als ich vorhin nach Hause kam, hat sie gleich wieder mit ihrer Schikane angefangen und behauptet, ich würde wegen des Kurses meine Hausarbeit vernachlässigen. Dabei stehe ich an den Tagen extra schon immer viel früher auf, um so viel wie möglich vorher zu erledigen! Und dann hat die dumme Kuh mir die dreckigen Windeln ihres Babys vor die Füße geworfen und mich aufgefordert, sie auszuwaschen. Da habe ich die Beherrschung verloren und sie angeschrien. Na ja, und irgendwie haben wir uns dann auch noch geschlagen.« Layla verzog beschämt das Gesicht, schob ihren Ärmel hoch und zeigte auf drei blutige Kratzer auf ihrem Unterarm. »Das war sie. Aber ich habe mich gewehrt! Sie hat jetzt eine blutige Lippe!« An dieser Stelle stockte Layla und blickte ihre Lehrerin mit einer Mischung aus Angst, Verwirrung und Triumph an. »Ich kann diese endlose Tyrannei einfach nicht mehr ertragen, verstehst du das?«, drang sie dann auf Malika ein. »Und es gibt niemanden, der mir hilft! Was soll ich nur tun? Nach diesem Streit kann ich nicht mehr nach Hause gehen, mein Vater schlägt mich sonst tot!« Malika machte eine beschwichtigende Geste, doch bevor sie etwas sagen konnte, fuhr Layla aufgeregt fort: »Glaub mir, Malika! Diese Frau hasst mich! Sie wird mich bei ihm anschwärzen und alle Schuld auf mich schieben. Da habe ich keine

Chance, mein Vater glaubt sowieso immer nur ihr!« Aufgeregt trommelten Laylas Finger auf den Tisch. »Was soll ich nur tun, Malika?«

Malika legte ihre Hand auf die des Mädchens und blickte sie mitleidig an. »Ya Allah! Es ist doch immer und immer wieder dasselbe alte Lied: Hartherzigkeit, Ungerechtigkeit, Egoismus … Warum machen wir Menschen uns nur gegenseitig das Leben so schwer?« Sie seufzte und rieb sich die Schläfen. »Ja, Layla, was können wir da nur tun?« Nach einer kurzen Pause fügte sie zögernd hinzu: »Vielleicht könnte ich versuchen, mit deinem Vater zu reden und ihm deine Situation zu erklären? Aber ich kenne ihn ja gar nicht und weiß nicht, wie er auf so etwas reagiert. Was denkst du denn darüber?«

»Warum kann ich nicht einfach bei dir bleiben?«, bat Layla eindringlich. »Ich kann nicht mehr nach Hause, Malika, das musst du mir glauben! Ich halte es dort nicht mehr aus! Jeder einzelne Tag ist von morgens bis abends nur schrecklich! Das Einzige auf der Welt, was mir noch Freude macht, ist dein Computerunterricht. Ich würde so gerne bei dir bleiben, Malika, ich könnte dir sicher viel Arbeit abnehmen!«

Malika lächelte gequält und strich Layla bedauernd über die Wange. »Ach, meine Liebe, das geht doch nicht! Schau mal, ich habe ja nicht einmal eine eigene Wohnung. Ich lebe mit meinen Eltern und meinen Brüdern in drei Zimmern! Ich kann nicht einfach jemanden mit nach Hause bringen. Außerdem würde dein Vater das doch auch niemals erlauben, das muss dir doch klar sein!«

»Er müsste es ja gar nicht erfahren!«, erwiderte Layla mit bebender Stimme. »Wahrscheinlich denkt er dann, ich hätte mich von einer Klippe gestürzt, und ist sogar noch froh darüber … Bitte, Malika, nimm mich mit! Ich kann auch im Flur schlafen. Ich würde euch keine Probleme machen, sicher nicht!«

Malika seufzte und sah das Mädchen ernst an. »Ach, Layla. Es tut mir wirklich leid, aber das ist doch völlig ausgeschlossen! Mein Vater würde das auch gar nicht gestatten. Man kann schließlich nicht einfach ein Mädchen ohne das Wissen ihrer Familie bei sich aufnehmen, das wäre doch so etwas wie Diebstahl! Du bist noch nicht erwachsen und gehörst trotz allem zu deiner Familie, Layla. Sicherlich würdest du auch schon bald deine Geschwister sehr vermissen, glaubst du nicht? Ja, überlege doch mal, was sollen die armen Kleinen denn überhaupt ohne dich machen? Erst haben sie ihre Mutter verloren und nun auch noch dich – das wäre doch furchtbar!«

Layla begann zu weinen. »Aber ich habe Angst, Malika, und ich kann das Leben so nicht mehr ertragen! Du kennst ja meinen Vater nicht! Er hat ein hartes Herz. Er hat auch meine Mutter immer geschlagen! Wenn du mir nicht hilfst, dann …« Layla beendete den Satz nicht, doch Malika lief es kalt den Rücken hinunter, und ihre Hände ballten sich unwillkürlich zu Fäusten.

»Pass auf, Layla.« Entschlossen stand Malika auf. »Ich gehe nachher mit dir zusammen nach Hause und rede mit deinem Vater, versprochen! Wenn ich dabei bin, wird er dir sicher nichts tun. Und wenn ich dann den Eindruck bekomme, dass er dir Gewalt antun will, nehme ich dich wieder mit, und wir sehen weiter. In Ordnung? Jetzt versuch dich erst einmal zu beruhigen, meine Kleine. Du kannst ein bisschen im Internet surfen, wenn du willst. Ich muss noch ein wenig an einem Artikel weiterarbeiten und dann gehen wir, okay?«

Layla hob ihr tränenüberströmtes Gesicht, blickte ihre Lehrerin unsicher an und seufzte tief. Doch schließlich nickte sie zögernd.

Am späteren Nachmittag war Malika noch mit Sally verabredet, um mit ihr die monatliche Abrechnung des Internetcafés durchzusehen. Das Café war Sallys Idee gewesen, und sie war es auch, die den Kontakt zu einer amerikanischen Hilfsorganisation aufgebaut hatte, welche den Unterrichtsbetrieb nun im Rahmen eines Frauenförderungsprojektes unterstützte. Diese Organisation hatte sämtliche Computer und Einrichtungsgegenstände aus Spenden finanziert und trat auch weiterhin als Bürge gegenüber dem Vermieter auf. Malika hatte für diesen Nachmittag also noch einiges auf ihrem Programm, doch vorher wollte sie trotzdem gern noch ein wenig an ihrem neuen Artikel weiterschreiben.

Malika setzte sich an ihren Computer, schaltete ihn an und suchte nach ihrem Textdokument. Unter welchem Namen hatte sie es noch gleich abgespeichert? Ach ja, *Doppelt beraubt*, so hatte sie den Aufsatz überschrieben. Sie hatte sich mal wieder ein heikles Thema ausgesucht, denn in dem Aufsatz wollte sie die rechtliche Situation weiblicher Gefängnisinsassen kritisch beleuchten. Dieses Anliegen brannte ihr unter den Nägeln, seitdem sie gemeinsam mit Sally regelmäßig das städtische Frauengefängnis besuchte. Denn schon bald hatte Malika festgestellt, dass diese inhaftierten Frauen ganz anders waren, als sie es sich in ihrer Naivität ausgemalt hatte. Zwar war ihr klar, dass nicht alles, was sie dort erfuhr, unbedingt immer der Wahrheit entsprach, aber trotzdem hatte sie erkannt, dass die meisten der Gefängnisinsassinnen keine Verbrecherinnen im eigentlichen Sinne waren. Ganz im Gegenteil, etliche von ihnen waren Opfer. Je mehr Fragen Malika stellte und je tiefer sie sich mit dieser Thematik beschäftigte, desto größer wurde ihr Wunsch, etwas für diese Frauen tun zu können. Manchmal träumte sie sogar davon, noch Jura zu studieren und Anwältin für Frauenfragen zu werden! Denn als Anwältin hätte sie vielleicht die Möglichkeit, effektiv Maßnahmen gegen die himmelschreienden Ungerechtigkeiten zu ergreifen, denen sie im Gefängnis begegnete! Tatsächlich war es erst kürzlich einer jemenitischen Anwältin gelungen, für ein etwa zehnjähriges Mädchen die Scheidung zu erwirken und sie dadurch aus einer Zwangsehe zu befreien. Diese Nachricht hatte hohe Wellen geschlagen und dem Jemen einmal mehr international zu traurigem Ruhm verholfen.

Malika las das bisher Geschriebene noch einmal durch. Es musste ihr unbedingt gelingen, den Lesern anhand eines aktuellen Beispiels die Absurdität der Rechtslage vor Augen zu führen! Dann wollte sie das Thema durch Querverweise auf religiöse Instanzen und Rechtssysteme anderer Länder erweitern. Natürlich war Malika klar, dass sie im besten Fall die Problematik anreißen und eine Diskussion anzetteln konnte, aber wenn ihr das gelingen würde, so hoffte sie, wäre schon einiges gewonnen!

Energisch gab Malika ein Stichwort als Suchbegriff ein. Seitdem sie gelernt hatte, mit Computern umzugehen und im Internet zu recherchieren, erschloss sich für Malika Stück für Stück eine ganz andere, größere Welt. Zuvor hatte sich ihr Denken und Handeln nur um ihre kleine Heimatstadt gedreht. Der schönste Fleck der Erde, das Maß aller Dinge! Noch immer liebte Malika diesen Ort: seine atemberaubende Bergkulisse, das angenehme Klima, die überschaubaren Verhältnisse. Und sie fühlte sich den einfachen Menschen mit ihren vielfältigen existenziellen Problemen aufs Tiefste verbunden. Aber Malikas Horizont hatte sich geweitet. Zwar hatte sie noch immer keinen Fuß außerhalb der Stadtgrenzen gesetzt, doch durch ihre Beschäftigung mit dem Internet kam sie plötzlich an ganz andere Informationen und konnte sich überregional mit Leuten austauschen, die sich mit ähnlichen Themen beschäftigten wie sie. Egal ob diese Personen im Jemen oder in anderen arabischen Staaten lebten. Und ihre Englischkenntnisse erlaubten es Malika sogar, internationale Quellen im Netz zu nutzen.

Der Schwerpunkt ihres Artikels war die Kriminalisierung von Vergewaltigungsopfern. Im Fall von Ehebruch oder Unzucht verlangt der Koran vier männliche Zeugen, um der Verleumdung Unschuldiger entgegenzutreten. Aber wie wirkte sich dieses Prinzip aus, wenn eine Frau außerehelich schwanger wurde, behauptete, vergewaltigt worden zu sein, und es keinerlei Zeugen für das Verbrechen gab? In der Praxis wurde die Schwangerschaft als eindeutiger Beweis einer sexuellen Beziehung gewertet und die Frau war damit auch ohne die obligatorischen vier Zeugen der Unzucht überführt. Die Frage, ob der Geschlechtsverkehr freiwillig oder unfreiwillig stattgefunden hatte, wurde dabei außer Acht gelassen. Die Frau hätte den Beweis zu erbringen, vergewaltigt worden zu sein, entweder durch ein Geständnis des Mannes oder durch vier männliche Zeugen, anderenfalls wurde sie der Unzucht für schuldig befunden. Wobei in den Augen der

Gesellschaft die Schuld selbst im Falle einer Vergewaltigung stets bei der Frau lag, da sie erstens den Mann verführt und zweitens sich in eine ungeschützte Lage begeben hatte. Die Folge davon war, dass im Gefängnis viele junge Mütter zweijährige Haftstrafen für ein Vergehen verbüßten, dem sie zum Opfer gefallen waren! Deshalb der Titel *Doppelt beraubt*: erst der Würde und dann auch noch der Freiheit.

Da Malika es zunächst nicht hatte glauben wollen, dass eine solche Handhabung die Regel war, hatte sie einen örtlichen Moscheevorsteher aufgesucht, um die Meinung einer religiösen Instanz zu diesem Problem einzuholen. Doch das Gespräch war enttäuschend verlaufen. Zwar hatte der Imam die Problematik als solche durchaus erkannt und bedauert, er vertrat jedoch den Standpunkt, dass jede andere Gesetzgebung nur noch mehr Schaden anrichten würde. Er war der Ansicht, dass der Grundsatz »Im Zweifel für den Angeklagten« in diesem Bereich die Frauen nur zu einem ausschweifenden Sexualleben verführen würde, da diese sich dann bei einer etwaigen Schwangerschaft hinter der Schutzbehauptung verstecken könnten, vergewaltigt worden zu sein …

Hoffentlich löst dieser Artikel eine angeregte Diskussion aus, dachte Malika und schmunzelte bei dem Gedanken, dass sie Exemplare des Aufsatzes nach seinem Erscheinen an den Justizminister, die Familienministerin und an führende religiöse Vertreter schicken könnte! Der Unterstützung ihrer Redakteurin und verschiedener Kollegen war sie sich gewiss. In dem Moment bemerkte sie einen neuen Eintrag auf Facebook. Er kam von Fatih, einem Journalistenkollegen.

»Malika, wie weit bist du mit deinem Artikel? Ich bin schon sehr gespannt darauf! Wünsche mir Glück, ich habe heute ein Interview mit dem Leiter des Internationalen Roten Kreuzes. Ich möchte mit ihm über die Spezialgefängnisse der jemenitischen Geheimpolizei reden. Danke für diesen Tipp, das ist ein wichtiges Thema! Gruß, Fatih.« Malika lächelte und spürte, wie ihr Herz einen kleinen Satz machte. Nun griff Fatih doch tatsächlich ein Thema auf, das sie ihm kürzlich vorgeschlagen hatte. Was er wohl herausfinden würde? Ungefährlich war dieses Thema allerdings nicht! Hoffentlich war Fatih vorsichtig. Wenn ihm bei dieser Recherche etwas zustoßen sollte, würde sie sich das nie verzeihen! Malika ließ die Luft, die sie unbewusst angehalten hatte, zischend entweichen. Sie wusste nicht nur vom Hörensagen, dass sich Journalismus im Jemen stets am Rande der Legalität bewegte und auch schnell gefährlich werden konnte. Schließlich hatte sie es selbst schon erlebt, als ihr Bruder Saddam gleich nach ihrem ersten Antikorruptionsartikel von der Polizei für innere Sicherheit vorgeladen und über sie ausgefragt worden war. Seitdem waren Beamte dieser Behörde auch bei ihr zu Hause gewesen und hatten ihrem Vater auf den Zahn gefühlt. Nur sie selbst hatte man bisher noch nicht behelligt. Vielleicht weil sie eine Frau war? Doch seit einiger Zeit beschlich sie immer wieder das unangenehme Gefühl, dass ihr Internetcafé beschattet werde. Schon mehrfach hatte sie sich dabei ertappt, wie sie in abgelegenen Straßen instinktiv ihren Schritt beschleunigte. Malika schüttelte sich. Vielleicht hätte sie die Berichte von Amnesty International und Human Rights Watch über die Misshandlungen kritischer Journalisten im Jemen lieber nicht lesen sollen!

Malika schaute auf die Uhr. Es war Zeit zu gehen. Sie sicherte ihre Datei und fuhr den Computer hinunter. Gemeinsam mit Layla verließ sie das Café und schloss sorgfältig ab. Von heute an würde es wohl keinen Nachtwächter mehr geben.

»Meinst du, dein Vater ist zu Hause?«, fragte sie das Mädchen, das gesenkten Kopfes neben ihr herlief.

»Eher nicht«, antwortete Layla. »Und was machen wir dann?«

»Dann nehme ich dich erst einmal mit zu meiner amerikanischen Freundin und wir gehen später noch mal bei euch vorbei.«

Laylas Elternhaus war nicht weit entfernt. Auf ihr Klopfen hin erschien ein etwa zehnjähriger Junge.

»Da bist du ja endlich!«, rief er erleichtert, warf seiner

Schwester aber fragende Blicke zu, als er der fremden Frau in ihrer Begleitung gewahr wurde.

»Ist Papa da?«, fragte Layla leise.

»Ja.« Der Junge deutete hinter sich. »Im Diwan.«

Malika bemerkte, wie die Furcht des Mädchens auf sie überzugreifen begann. Fast fühlte sie sich selbst schuldig. Was machte sie hier eigentlich? Es war still in dem düsteren Flur, und ihre Schritte klangen hohl und fremd auf dem kahlen Betonboden, als sie das Haus betraten. Eine unangenehme Kälte breitete sich in Malika aus. Unwillkürlich warf sie einen kurzen Blick über ihre Schulter zur Eingangstür zurück, als wolle sie sich den Fluchtweg einprägen. Der Junge war ihnen vorausgegangen und steckte nun seinen Kopf in ein Zimmer.

»Layla ist wieder da. Sie hat eine Frau mitgebracht«, kündigte er an und zog sich dann gleich wieder zurück.

Malika gab sich einen Ruck, klopfte an die halb geöffnete Tür und trat mit einem Gruß ein. Layla folgte ihr zögernd und hielt sich dicht hinter ihrer Lehrerin.

»Friede sei mit Ihnen«, wiederholte Malika ihren Gruß, da der hagere Mann auf der durchgesessenen Matratze nicht reagierte. Ein kleiner Schwarz-Weiß-Fernseher lief im Hintergrund. »Entschuldigen Sie, dass ich einfach zu Ihnen hereinkomme«, fuhr Malika fort, »aber Layla ist meine Schülerin, und ich würde gern mit Ihnen über Ihre Tochter sprechen, wenn Sie einverstanden sind.«

Der Mann sagte noch immer nichts, sein Gesicht zeigte keinerlei Regung. Nur sein Blick streifte Malika wie zufällig und blieb dann an Layla hängen, die mit gesenktem Kopf dastand und den Boden fixierte.

»Wie Layla mir berichtet hat, gab es heute leider einen heftigen Streit zwischen ihr und ihrer Stiefmutter.« Malika machte wieder eine Pause, um dem Mann die Möglichkeit zu geben, etwas zu erwidern. Doch er behandelte sie weiterhin wie Luft. Zögernd fuhr Malika fort: »Layla ist zu mir gekommen, weil sie Angst hat. Und ich bin jetzt hier, um meine Hilfe anzubieten. Ich würde gerne zwischen ihr und ihrer Stiefmutter vermitteln. Gemeinsam können wir dieses Problem sicherlich lösen.« Malikas Worte klangen selbst in ihren eigenen Ohren lächerlich. Anmaßend. Hohl. War ihre Stimme immer so schrill? Das Schweigen dieses Mannes machte sie nervös. Während Malika noch zauderte, was sie nun tun oder sagen sollte, stand Laylas Vater plötzlich auf und räusperte sich.

»Entschuldigen Sie, dass meine Tochter Sie belästigt hat. Sie ist leider eine völlig respektlose und unbeherrschte Person, genau wie ihre Mutter. Aber ich verspreche Ihnen, dass ich diesem Kind Manieren beibringen werde! Wir werden Sie nicht weiter mit diesem Unsinn behelligen. Auf Wiedersehen.«

Malika hob abwehrend die Hände und schüttelte den Kopf. »Aber nein, Layla hat mich nicht belästigt, ganz im

Gegenteil. Ich bin gerne für meine Schülerinnen da. Layla liegt mir sehr am Herzen, glauben Sie mir. Deshalb möchte ich Sie bitten, nicht zu streng zu Ihrer Tochter zu sein. Wäre es nicht möglich, dass ich versuche, zwischen Ihrer Tochter und Ihrer Frau zu vermitteln?«

»Nein, das ist nicht möglich!«, antwortete Laylas Vater entschieden und wandte sich an seine Tochter, die bleich neben der Zimmertür stand. »Fauziye hat ihre Sachen gepackt und ist zu ihren Eltern gegangen. Da siehst du, was du angerichtet hast, Layla! Jetzt muss ich mit ihrem Vater verhandeln, sie wird Bedingungen stellen und es wird mich einiges kosten – alles nur, weil du so aufmüpfig bist!« Seine Stimme war lauter geworden und er war mit drohend geballten Fäusten einige Schritte auf Layla zugegangen.

»Es tut mir leid«, flüsterte Layla mit zitternder Stimme, wagte es jedoch nicht, ihren Vater anzusehen.

»Es tut dir leid?! Das nützt uns gar nichts! Nichts als Ärger hat man mit seinen Kindern, nichts als Ärger!«, schnaubte der Vater und deutete zur Tür. »Mach, dass du hier rauskommst! Ich kann deinen Anblick nicht ertragen, Layla, er widert mich an. Kümmere dich um deine Geschwister, die haben noch nichts zu essen bekommen.«

Wortlos verließ Layla den Raum.

Auch Malika wandte sich zögernd zum Gehen, blieb dann aber doch noch einmal stehen. »Wenn ich irgendwie helfen kann, bin ich gerne dazu bereit.«

Der Vater stand mit hängenden Schultern in der Mitte des Raumes und blickte Malika ausdruckslos an.

»Nein, Frau Lehrerin. Das ist unser Problem. Wir lösen es selbst.«

Eine Minute später stand Malika draußen im Sonnenschein, doch es fröstelte sie noch immer. Nachdem sie ein paar Schritte gegangen war, lehnte sie sich an die raue Wand eines Hauses, um nachzudenken. Sie fühlte sich niedergeschlagen. Was hatte ihr Einsatz nun gebracht? Gar nichts! Sie hatte dem Mädchen helfen wollen, ein vernünftiges Gespräch mit dem Vater führen und ihm die Augen für die Situation seiner Kinder öffnen. Doch sobald sie in dem Haus gewesen war, hatte sie sich wie gelähmt gefühlt. Als ob man ihr den Boden unter den Füßen weggezogen hätte. Dumm war sie sich vorgekommen, unbedeutend, machtlos. Plötzlich hatte sie keine Perspektive mehr gesehen, jedes weitere Wort schien sinnlos. Malika seufzte. Manchmal war sie so zuversichtlich! Dann bildete sie sich ein, sie hielte einen Hebel in der Hand, mit dem sie die verkrusteten Strukturen auflockern und Luft für etwas Neues schaffen konnte. Wenn sie beispielsweise an ihrem Computer saß und Texte für die Zeitung schrieb, wirkte alles so klar und Veränderungen schienen greifbar! Aber eine Situation wie diese machte ihr dann schlagartig wieder deutlich, wie sehr auch sie selbst noch in Angst und Unfreiheit lebte, wie machtlos sie eigentlich war.

Als Malika sich umdrehte, um ihren Weg fortzusetzen und zu Sally zu gehen, fielen ihr aus dem Augenwinkel zwei Männer auf, die sich etwas entfernt aus dem Schatten eines Hauses lösten. Wer war das? Malika überlegte, ob sie stehen bleiben sollte, um zu überprüfen, ob diese Männer ihr womöglich folgten, schalt sich dann aber selbst einen Narren und ging, ohne sich noch einmal umzudrehen, auf dem kürzesten Weg zum Haus der Amerikanerin.

Der Besuch bei Sally zog sich länger hin als erwartet. Erst erzählte Malika ihrer Freundin von den Ereignissen des Tages, dann prüften sie gemeinsam die Belege und die Buchhaltung, und als Malika eben gehen wollte, schnitt Sally noch mal ein ganz neues Thema an.

»Mein Mann wird für zehn Tage den Jemen verlassen, um an einer Konferenz teilzunehmen«, erzählte sie. »Ich werde in dieser Zeit mit den Kindern in der Hauptstadt bleiben, wo ich in dem Apartment von Freunden wohnen kann, die gerade in den USA sind. Hast du nicht vielleicht Lust, mir Gesellschaft zu leisten, Malika? Mein Mann ist ja weg, wir wären also ein reiner Frauenhaushalt!«, fügte sie lachend hinzu.

Malika riss die Augen auf. Nach Sana'a! Das war schon so lange ihr Traum! Was hatte Sausan ihr nicht alles über ihre interessanten Begegnungen in Sana'a erzählt! Und wie oft hatte die Redakteurin der Zeitung sie schon eingeladen, das Büro in Sana'a und die verschiedenen Mitarbeiter dort endlich kennenzulernen! Doch da sie keine Verwandten in der Hauptstadt besaß und Transport und Übernachtung für sie und ihren Vater einfach zu teuer schienen, war dieser Wunsch bisher noch nicht in Erfüllung gegangen.

»Ich weiß nicht«, antwortete Malika zögernd. »Das ist ein wunderbarer Vorschlag und ich würde unglaublich gern mitkommen – aber ich bezweifele, dass mein Vater das erlaubt.«

»Du musst es einfach versuchen!«, erwiderte Sally. »So eine Chance bietet sich nicht oft. Du brauchst keinen einzigen Rial zu bezahlen, und da mein Mann verreist ist und du nur mit mir und den Kindern zusammenwohnst, sollte dein Vater eigentlich keinen Grund haben, sich Sorgen zu machen. Frag ihn doch einfach! Er muss es ja nicht sofort entscheiden. Wir fahren erst in einer Woche.«

»Und was mache ich mit dem Internetcafé?«, überlegte Malika laut.

Sally lachte. »Ja, so gefällst du mir! Immer gleich praktisch denken. Aber das ist doch kein Problem, oder? Du machst einfach eine Woche Urlaub. Und danach geht es normal weiter. Schließlich bist du doch deine eigene Chefin!«

Malika nickte. Sie konnte sich ein Grinsen nicht verkneifen. »Oh, wäre das toll, wenn ich mitkommen könnte!

Ich will schon lange Sana'a kennenlernen! Ich könnte vielleicht mal in die Unibibliothek gehen, die Leute von der Zeitung treffen … Ach, ich hoffe, dass mein Vater zustimmt!« Malika begann, aufgeregt an ihrem Daumennagel zu kauen.

Sally boxte sie mit verschwörerischem Zwinkern leicht in die Seite. »Falls du dich mit diesem Fatih von der Zeitung verabreden willst, musst du mich und die Kinder aber mitnehmen! Denk daran, ich bin in Sana'a deine Anstandsdame. Das bin ich deinen Eltern dann schon schuldig!«

Malika fühlte sich ganz beschwingt, als sie endlich Sallys Haus verließ. Wenn sie nur mitkommen dürfte! Gut, dass der Gesichtsschleier ihr strahlendes Gesicht verbarg, sonst hätten sich die Leute auf der Straße bestimmt nach ihr umgedreht. Sei nicht so voreilig, versuchte Malika ihren eigenen Übermut zu dämpfen, noch ist gar nichts entschieden. Wahrscheinlich klappt das Ganze sowieso nicht. Aber sie konnte doch nicht anders, als in Gedanken schon eine E-Mail an die Redakteurin zu formulieren. Und was würde Fatih sagen? Malika schüttelte den Kopf. Wie Sally sie schon wieder durchschaut hatte! War es denn so offensichtlich? Sie war sich ja selbst noch gar nicht im Klaren darüber, was sie über ihn denken sollte. Aber sie konnte nicht verleugnen, dass die Facebook-Kommunikation mit ihm ihr ziemlich wichtig geworden war.

In diesem Moment durchschnitt der abendliche Gebetsruf Malikas Gedankenfluss und brachte sie zurück auf den Boden der Tatsachen. So spät war es schon und sie hatte nicht einmal die Hälfte des Weges zurückgelegt! Malika beschleunigte sofort ihre Schritte und spürte, wie ein mulmiges Gefühl in ihr hochstieg. Seit frühester Kindheit hatte man ihr eingeschärft, dass ein Mädchen nach dem Magrib, dem Sonnenuntergang, nichts mehr auf der Straße verloren hatte! Und tatsächlich wurde es nun schlagartig mit jeder Minute dunkler und die Straßen wurden immer leerer. Straßenlampen gingen an und tauchten ihre unmittelbare Umgebung in ein fahles Licht. Dazwischen riss die Nacht ihren schwarzen Rachen auf und biss große dunkle Löcher in die Straße, die sich in weiten Serpentinen den Berg zu Malikas Stadtteil hinunterschlängelte. Malika hielt sich ganz am rechten Fahrbahnrand. Sie spürte, wie sie trotz der kühlen Abendbrise zu schwitzen begann. Jedes entgegenkommende Auto, jedes vorbeifahrende Motorrad schien einen stummen Vorwurf an sie zu richten.

Und dann ging alles plötzlich ganz schnell. Malika hatte das von hinten kommende Motorrad gehört und sich noch weiter nach rechts an den Fahrbahnrand begeben. Das Fahrzeug fuhr haarscharf an ihr vorbei, bremste auf ihrer Höhe leicht ab und einer der beiden Männer gab ihr einen kräftigen Stoß, der sie über den schmalen Randstreifen hinwegschleuderte und etliche Meter die steinige

Böschung hinunterrollen ließ. Im Fallen hörte sie noch, wie das Motorrad wieder aufheulte und jemand ihr hinterherbrüllte: »Tod für Amerika, ein Fluch über die Juden! Allahu akbar!«

Malika blieb einen Augenblick wie betäubt im Geröll liegen. Ihr Kopf dröhnte, und sie brauchte einige Minuten, um die Herrschaft über ihre zitternden Glieder wiederzuerlangen. Alles war still, niemand schien den Zwischenfall bemerkt zu haben. Oben auf der Straße hörte man einzelne Autos vorbeifahren, in der Ferne bellte ein Hund. In den Häusern am Hang waren die Lichter angegangen und am Himmel schimmerte der erste Stern. Malika richtete sich langsam auf und bewegte vorsichtig Hände und Füße. Nichts schien gebrochen zu sein. Ihr Balto war völlig verstaubt und eingerissen, aber außer einigen Schürfwunden und sicherlich vielen blauen Flecken schien sie keine weiteren Verletzungen davongetragen zu haben. Malika spürte, wie ihr Tränen die Wangen hinunterliefen, doch gleichzeitig musste sie lachen. Man hielt sie also für gefährlich und wollte sie einschüchtern, zum Schweigen bringen! Aber so nicht. Nicht mit ihr! Nachdem der Feind nun seine hässliche Grimasse gezeigt und damit seine ganze Armseligkeit offenbart hatte, waren Malikas letzte Zweifel verflogen. Sie fühlte sich leicht und frei, fast wie neugeboren. Eine ungeahnte freudige Zuversicht breitete sich in ihr aus. Entschlossen stand sie auf, klopfte den Staub ab und kletterte den steilen Hang zur Straße hinauf. Dabei entdeckte Malika den funkelnden Abendstern am Himmel, der ihr zuzuzwinkern schien. Ein Stern ist besser als tausend Monde!, schoss es ihr durch den Sinn. Das hier war ihre Nacht! Am liebsten würde sie jetzt laut singen und tanzen. Es fühlte sich an, als sei ein Kokon zerrissen, als fielen Fesseln von ihr ab. Sie würde den Kampf annehmen, sie war bereit! Für sich selbst und für andere. Koste es, was es wolle. Niemand würde sie aufhalten. Niemand!

10. Und siehe, der Tag kommt

Es regnete. Endlich regnete es. Schon seit Wochen sehnte sich Latifa nach diesem Regen. Dem Regen, der den Staub von Felsen, Bäumen und aus der Luft wäscht und endlich wieder den Blick und die Lungen frei macht. Latifa öffnete das Fenster und schaute hinaus. Wie es schüttete! Als habe auch der Himmel nur auf die Erlaubnis gewartet, endlich seine Schleusen öffnen zu dürfen, und wolle nun auf einen Schlag nachholen, was ihm bisher versagt gewesen war. Schon mischte sich in den Geruch des aufgewirbelten Staubs der würzige Duft von nassem Erdreich. Latifa schloss die Augen und atmete tief ein. Bilder stiegen in ihr hoch: Sie fühlte den rauen Griff der Hacke in ihrer Hand, spürte die feuchte frische Erde zwischen ihren Zehen und den klaren Blick der Sonne auf ihren Schultern. Was machte sie hier nur, in diesem kleinen düsteren Raum? Sie gehörte hinaus in die Berge, auf die Felder, dorthin, wo die

Milane vor einem hellblauen Himmel ihre uralten Kreise zogen, wo erdgraue Eidechsen auf sonnensatten Steinen lagen und jedes Jahr aufs Neue das junge Grün der sprießenden Hirse die schmalen Terrassenfelder aus ihrem staubigen Schlaf erweckte. Latifa spürte, wie mit dem Strömen des Regens auch ihre eigenen Tränen freigesetzt wurden, lehnte den Kopf an die Fensterwölbung und überließ sich ihrem Schmerz.

Es war nur eine halbe Stunde Fahrtzeit, die sie von ihrem Heimatdorf trennte, und doch schien es Lichtjahre entfernt. Diese Stadt mit ihren vielen Häusern, den hupenden Autos, frechen, fremden Kindern auf den Straßen und den abschätzigen Blicken der hochhackigen Städterinnen war und blieb ihr fremd. Alleine wagte sie sich kaum vor die Tür, und was sollte sie auch dort draußen zwischen all den Häusern, Straßen und Menschen? Doch selbst innerhalb der Wohnung bot ihr nur diese kleine Kammer einen Hauch von Geborgenheit. Zwei auf drei Meter, ein wackeliger, mit blauen Blüten bemalter Blechschrank, eine dünne Matratze, ein winziges Fenster. Da hatte sie sich das Leben in der Stadt schon etwas großartiger vorgestellt. Als ihr Vater Latifa ungefragt mit dem zweiundzwanzigjährigen Zaid, dem Sohn eines Geschäftsfreundes, verheiratet hatte, wollten die Frauen auf dem Dorf ihr weismachen, er sei eine gute Partie. Doch damals hatte keiner gewusst, dass Latifa eigentlich nur ein Tauschobjekt war. Ihr Vater hatte seine Schulden bei dem Geschäftsfreund nicht zurückzahlen können und ihm deshalb die Tochter als Braut für den Sohn geboten. Bei den Verhandlungen war Latifa nicht zugegen gewesen, auch der Ehevertrag war ohne sie unterzeichnet worden. Und erst nach der Hochzeit, als das Gold, mit dem sie reichlich behängt worden war – schwere Armreife, glitzernde Ketten, ein prachtvoller Gürtel –, bis auf den Ring und eine Kette wieder eingesammelt und dem Händler zurückgebracht worden war, dämmerte ihr allmählich, dass man sie betrogen hatte. Vom eigenen Vater billigst verschachert, ohne finanzielle Sicherheiten, ohne Würde, war sie einer fremden Familie als Eigentum überschrieben worden. Latifa hatte sich abgrundtief geschämt, sie schämte sich noch immer.

Was blieb von ihr übrig, wenn ihr Vater nicht mehr Stolz besaß, als seine Tochter so zu verraten? Ihre Scham saß so tief, dass Latifa zu niemandem bisher je ein Wort darüber verloren hatte, nicht einmal ihrer Mutter gegenüber hatte sie ihren Schmerz erwähnt. Was hätte das auch geändert? Ihre Mutter hatte auch ohnehin schon genug Lasten zu tragen, sie sollte sich nicht auch noch um ihre Tochter grämen müssen.

Eine kühle Windböe trieb Regen in die Kammer. Latifa schloss das Fenster und wischte sich seufzend die Tränen ab. Was nützte das Grübeln und Trauern? Sie schlang sich das Kopftuch neu um die Haare und band es fest zusammen. Der leichte Druck auf der Stirn gab ihr ein vertrautes Gefühl von Schutz und Halt. Es war Zeit, sich an die Arbeit zu machen, das Abendessen musste zubereitet werden. Als Latifa in den gemeinsamen Flur trat, bemerkte sie fremde Schuhe vor dem Zimmer ihrer Schwägerin Faize. Verschiedene Frauenstimmen drangen durch die angelehnte Tür. Faize war die Frau von Mahmud Ali, dem älteren Bruder von Zaid. Beide Frauen hatten am gleichen Tag in dieses Haus hineingeheiratet. Doch Faize, die bei der Hochzeit zehn Jahre älter war als die sechzehnjährige Latifa, kam aus der Stadt und, das war ihr großer Trumpf, hatte eine Stelle als Lehrerin. Die beiden sahen sich am Tag nach der Hochzeit das erste Mal, als sie noch einmal in ihre weißen Hochzeitskleider gehüllt auf zwei Thronen nebeneinandersitzend den Frauen der Nachbarschaft präsentiert wurden. Ein ungleiches Paar: die zierliche, schüchterne Latifa mit ihrer schmalen, orientalisch geschwungenen Nase und den großen verträumten Augen neben der matronenhaften Faize, die auch mit viel farbigen Akzenten ihrem einförmigen Gesicht keinen Ausdruck zu geben vermochte. Und in deren Kleid Latifa zweimal hineingepasst hätte! Das hatte Faize natürlich gespürt und sich beeilt, schon an diesem ersten Tag die Fronten zu klären.

»Mit einem hübschen Gesicht alleine kannst du deinen

Mann auf Dauer nicht halten, meine Liebe«, hatte sie Latifa belehrt. »Ihr armen Mädchen vom Dorf seid doch zu bemitleiden. Heutzutage braucht eine Frau ein eigenes Einkommen, dann muss sie sich von keinem Mann herumkommandieren lassen. Du wirst schon noch sehen, was ich meine!«

Doch was Latifa seitdem erlebte, war nicht so sehr die Unterdrückung vonseiten der Männer, sondern die unerbittliche Hackordnung unter den Frauen. Denn täglich ließ man sie spüren, dass sie auf der untersten Stufe der Hierarchie stand. Ihre Schwiegermutter Mariam hatte für sich das selbstverständliche Recht in Anspruch genommen, mit der Ankunft der Schwiegertöchter von jeder Arbeit entbunden zu sein. Das hieß aber nicht, dass sie sich aus den Angelegenheiten der Haushaltsführung heraushielt. Ganz im Gegenteil, sie wachte mit Argusaugen darüber, dass sich keinerlei Nachlässigkeiten einschleichen konnten. Und Faize? Ja, die war schließlich Lehrerin, da konnte man ihr nicht zumuten, auch noch zu Hause das dreckige Geschirr zu spülen. So fand sich Latifa unversehens in einer Aschenputtelrolle wieder, nur dass sie wohl keine Aussicht auf die Rettung durch einen Prinzen haben durfte. Denn Zaid hatte als jüngster Sohn ohne eigenes Einkommen in der Familie selbst wenig zu sagen.

Latifa klopfte vorsichtig an die Tür ihrer Schwägerin und streckte den Kopf in das Zimmer. Ein halbes Dutzend Frauen saß um Faize herum, die in der Ecke auf einer Matratze lag und stöhnte.

»Alles in Ordnung?«, fragte Latifa besorgt. »Braucht ihr irgendetwas?«

Mariam, ihre Schwiegermutter, drehte sich um. »Nein, nichts ist in Ordnung! Es dauert einfach zu lang! Sag Mahmud Ali Bescheid, er soll die Hebamme Samiha Al-Zindani holen. Und zwar schnell!«

Latifa nickte. »Natürlich. Allah möge dir helfen, Faize!«

Aber Mahmud Ali war nirgends zu finden und Zaid befand sich wohl im Suq, im Geschäft des Vaters. Nur Latifas Schwiegervater saß im Diwan und schaute Fernsehen. Er reagierte auf Latifas Bitte, die Hebamme zu holen, mit einem missmutigen Brummen. Als Latifa jedoch einfach vor ihm stehen blieb, erhob er sich schließlich.

»Bei einem solchen Regen soll ich noch raus?«, schimpfte er, zog sich sein Jackett über und verließ ärgerlich das Haus.

Draußen war es inzwischen dunkel geworden. Latifa ging in die kleine vollgestopfte Küche, wo sie sich auf den Boden hockte und den aufgegangenen Hefeteig zu tennisballgroßen Kugeln formte. Dann zündete sie den Gasherd an, setzte Teewasser auf und briet Zwiebeln, Paprika, Tomaten und Knoblauch scharf an, bevor sie gekochte Bohnen zugab und daraus einen nahrhaften Bohnenbrei bereitete.

Jetzt war es also so weit. Faize bekam ihr erstes Kind! Im Gegensatz zu Latifa war sie schwanger geworden, ein Grund mehr, sich aufzuspielen. Schon während der Schwangerschaft hatte sie ständig Sonderwünsche gehabt und sich umsorgen lassen. Wie würde das erst im Wochenbett werden? Wie es die Tradition vorschrieb, würde Faize nach der Geburt bis zu fünfundvierzig Tage das Haus hüten. Direkt nach der Geburt würde man ihr im Diwan mit bunt bestickten Tüchern ein Himmelbett richten, in dem sie dann jeden Nachmittag liegen und weibliche Gäste empfangen würde. Latifa wusste, dass die Zeit des Wochenbettes für viele Frauen der einzige Zeitraum war, in dem es ihnen zugestanden wurde, von jeglicher Arbeit befreit zu sein und verwöhnt zu werden, und im Grunde gönnte sie das jeder Frau. Doch Faize, die sowieso immer glaubte, eine Sonderrolle spielen zu dürfen?

Latifa war gerade damit beschäftigt, die Brotteigbällchen zu flachen Fladen zu schlagen und im eigens dafür vorgesehenen Ofen im Handumdrehen zum knusprig-lockeren Chubz zu backen, als Mariam aufgeregt in die Küche kam.

»Wo bleibt denn nur die Hebamme? Hast du Mahmud Ali nach ihr geschickt? Wir brauchen unbedingt Hilfe, Faize hat keine Kraft mehr!«

»Mahmud Ali ist nicht da, aber Papa Ali ist schon vor etwa einer halben Stunde gegangen. Sicherlich kommt er bald. Samiha wird bei diesem Wetter bestimmt zu Hause sein und dann bringt er sie sicher gleich mit. Ist es denn so schlimm?«

Mariam zuckte die Schultern. »Ich weiß es nicht. Beim ersten Kind ist das immer schwer zu beurteilen. Vielleicht ist Faize auch einfach zu wehleidig. Ich habe nicht genug Erfahrung, um das einschätzen zu können. Möge Allah, der Erhabene, uns unsere Sünden verzeihen!«

»Amin!«, erwiderte Latifa. Dann fügte sie hinzu: »Soll ich euch etwas zu essen bringen? Ich bin gleich fertig mit dem Brot.«

»Jaja, das wäre gut. Haben wir noch Mangosaft für Faize? Vielleicht trinkt sie dann etwas.«

Als Latifa das Essen in Faizes Zimmer brachte und dort das angeschwollene und schweißüberströmte Gesicht ihrer Schwägerin sah, war sie doch froh, nicht an deren Stelle zu sein. Sicherlich, sie hatte oft gelitten und unter Tränen zu Allah gebetet, weil sie selbst bisher nicht schwanger geworden war. Nach zwei Jahren Ehe war das schon ein deutlicher Makel und ein ständiges Thema unter den Frauen. Umso mehr, da Faizes wachsender Leibesumfang neben Latifas zierlicher Gestalt zum Inbegriff der Vitalität und Weiblichkeit zu werden schien. Und das Problem war im

Laufe der Monate immer vielschichtiger geworden. Zaid, ihr Ehemann, schien sich zunächst aus den zunehmenden Sticheleien nichts zu machen. Im Gegenteil behauptete er, er wolle jetzt noch gar keine Kinder. Wenn er mit Latifa gemeinsam über ihre Zukunft fantasierte, so wünschte er sich vor allem ein eigenes Einkommen, um dann mit ihr in eine kleine eigene Wohnung zu ziehen. Erst danach wollte er Kinder, dann jedoch gern eine ganze Menge. »Lauter Mädchen, die so hübsch und fleißig sind wie du!«, sagte er immer wieder neckend zu Latifa, die zwar anfangs darüber gelacht und sich gefreut hatte, dann aber doch die schleichend wachsende Angst verspürte, dass sie vielleicht unfruchtbar sei. Und dann? Würde Zaid sie dann immer noch lieben und sie seinen Mond, sein Augenlicht, die Gefährtin seines Herzens nennen? Oder nähme er sich dann doch eine zweite Frau, wie es gesellschaftlich nicht nur erlaubt war, sondern regelrecht erwartet wurde?

Einmal hatte sie ihn schüchtern darauf angesprochen. Er hatte daraufhin jedoch nur ihr Gesicht zwischen seine großen schmalen Hände genommen, sie aus seinen dunklen Augen ernst und etwas traurig angeschaut und gesagt, über so etwas solle sie nicht nachdenken. War das nun eine Antwort gewesen? Latifa war sich nicht sicher.

In letzter Zeit nun hatte Latifa bemerkt, dass Zaid das eine oder andere Mal nachgefragt hatte, ob sie denn ihre Blutungen schon bekommen habe. Und dass er meistens schwieg, wenn das Thema Schwangerschaft in der Familie diskutiert wurde. Einmal, als Mahmud Ali seinen Bruder damit aufzog, dass er ihm Nachhilfeunterricht im Kinderkriegen geben wolle, war Zaid sogar wutentbrannt aufgestanden und hatte den Raum verlassen. Ein Benehmen, das nicht seiner zurückhaltenden Art entsprach. Und selbst ihre nächtlichen Liebesspiele erschienen Latifa nicht mehr so unbefangen. Zaid war ein sensibler Mann, aber er hatte nicht viel Durchsetzungskraft. Wie lange würde er mit diesem Druck zurechtkommen?

Latifa war kaum wieder zurück in der Küche, als Mahmud Ali eintrat. Fünf Jahre älter als Zaid, war er ebenso groß, doch etwas untersetzter und ähnelte eher seiner selbstbewussten, lauten Mutter. Genau wie Zaid hatte er früher auch umsonst für den Vater arbeiten müssen, dann jedoch eine Stelle als Fahrer bei der staatlichen Telefongesellschaft bekommen. Dort verdiente er zwar nicht sehr viel, war aber Beamter und hatte das Privileg einer Renten- und Krankenversicherung. Um Geld zu sparen, wohnte er mit seiner Frau noch im Elternhaus, doch sie hatten schon ein Grundstück erworben und waren dabei, dort ein eigenes Haus zu bauen.

»Mahmud, da bist du ja endlich!«, begrüßte ihn Latifa erleichtert. »Wo warst du nur? Faize bekommt das Baby! Dein Vater holt gerade die Hebamme.«

»Ach ja? Wirklich? Oder ist es wieder ein Fehlalarm?«, fragte Mahmud Ali und schaute in die Töpfe. »Gib mir etwas zu essen und hol mir eine Decke, mir ist kalt«, forderte er sie dann auf und ließ sich stöhnend auf der Bodenmatte nieder.

Latifa runzelte die Brauen. »Warum ziehst du dich nicht um? Du bist ganz nass!« Sie vermied es in der Regel, mit Mahmud alleine zu sein, denn seine Blicke behagten ihr nicht. Und sie mochte auch den kameradschaftlich vertrauten Ton nicht, den er gerne anschlug, sobald niemand sonst in der Nähe war.

»Du hast recht, Mutter«, sagte er grinsend, »bring mir doch gleich auch noch ein neues Gewand. Im Flur müsste eins hängen.«

Wortlos schöpfte Latifa etwas Bohnenbrei in eine Schüssel, reichte ihm Brot und Tee und verließ den Raum. Sie holte eine Decke aus dem Diwan und das Gewand aus dem Flur. Als sie an Faizes Zimmer vorbeikam und das Stöhnen vernahm, fröstelte es sie. »Oh Allah, sei ihr gnädig«, flüsterte sie. »Wo bleibt nur die Hebamme?« Schnell ging sie zurück zur Küche, reichte Mahmud Ali Decke und Kleidung und wollte eben gehen, als Mahmud sie zurückhielt.

»Warte noch einen Augenblick«, sagte er, streifte sich dabei das bodenlange weiße Gewand über den Kopf und reichte es Latifa.

Diese wandte sich beschämt ab und verschwand schnell

aus der Küche, wo sie Mahmud leise lachen hörte. Was denkt der sich eigentlich?, fragte sie sich wütend. Für wen hält er sich bloß? Und für wen hält er mich? Verzweifelt merkte sie, wie ihr schon wieder die Tränen in die Augen schießen wollten, doch in diesem Augenblick ging die Tür auf und ihr Schwiegervater kam mit der Hebamme herein.

»Allah sei gepriesen!«, rief Latifa erleichtert und führte Samiha direkt in Faizes Zimmer.

Die Frauen machten sofort Platz, und Samiha begann, mit geübten Händen den Bauch der Gebärenden durch das Kleid hindurch abzutasten. Dann überprüfte sie mit ihren Fingern den Muttermund, und Latifa sah, wie das Gesicht der Hebamme immer ernster wurde. Schließlich wandte sie sich an Mariam und sagte: »Ihr solltet Faize ins Krankenhaus bringen. Das Baby hat eine ungünstige Lage, es liegt mit den Füßen nach vorne. Vielleicht ist es noch nicht zu spät für einen Kaiserschnitt.«

»Bei Allah, ein Kaiserschnitt? So etwas hat es bei uns noch nie gegeben!«, schrie Mariam auf, und auch Faize begann zu stöhnen: »Das Krankenhaus? Nein, nein!«

»Du solltest mit Mahmud Ali sprechen«, fuhr Samiha ernst fort. »Ihr müsst euch schnell entscheiden. Die Presswehen können jederzeit einsetzen und dann ist es zu spät für einen Eingriff.«

Mariam nickte. Sie stand auf und verließ das Zimmer,

wo die anderen Frauen sofort wild durcheinanderzudiskutieren begannen. Jede hatte schon von Fällen gehört, wo Frauen im Krankenhaus gestorben waren.

Samiha zuckte müde die Schultern. »Natürlich kommt das vor. Doch liegt das meistens daran, dass die Frauen erst ins Krankenhaus gehen, wenn es zu Hause große Komplikationen gibt. Und nicht selten ist es dann schon zu spät. Aber ich selbst habe auch im Krankenhaus entbunden und ich war zufrieden mit der Betreuung.«

»Allah, Allah«, stöhnte Faize, »ich will nicht ins Krankenhaus! Auf keinen Fall ins Krankenhaus! Allah ist der Größte, ich vertraue auf ihn!«

Nach wenigen Minuten trat Mariam wieder ein. »Die Männer haben gesagt, Faize soll selbst entscheiden. Wenn sie ins Krankenhaus will, werden wir unseren Nachbarn bitten, sie zu fahren. Aber es ist Faizes Entscheidung.«

Samiha sah besorgt zu Faize hinüber. »Sie ist jetzt nicht in der Verfassung, solche Entscheidungen zu treffen. Ihr solltet sie ins Krankenhaus bringen, das ist das Beste für sie und das Baby. Ansonsten kann ich für nichts garantieren.«

»Ich gehe nicht ins Krankenhaus, auf keinen Fall!«, stieß Faize hervor und bäumte sich unter einer neuen Wehe auf.

»Du hast gehört, was sie sagt, also lass uns auf Allah vertrauen und tu, was du kannst«, sagte Mariam.

»Nun gut«, antwortete Samiha und öffnete ihre Hebammentasche. »Dann werde ich Faize jetzt ein Wehen verstärkendes Mittel geben. Wenn Allah will, geht alles gut.«

Eine knappe Stunde später ertönte ein doppeltes lautes Trällern aus Faizes Raum, ein Freudensignal, das traditionell die Geburt eines Sohnes verkündete.

»Das Baby ist da! Ein Junge!«, rief Latifa und wand sich aus Zaids Armen. »Komm, lass uns nachschauen!«

»Schau du nur«, erwiderte er lächelnd. »Für mich sehen solche Winzlinge alle gleich aus. Gott sei Dank ist es doch noch gut gegangen.«

»Hoffentlich!«, erwiderte Latifa. »Ich möchte wissen, wie es Faize geht.« Schnell warf sie sich ein Kopftuch über und huschte aus dem Raum. Der Flur war hell beleuchtet, die Tür zu Faizes Zimmer offen. Mariam war schon dabei, das kleine schwarzhaarige Geschöpf mit Öl abzureiben und in feste Tücher einzuwickeln. Faize lag mit geschlossenen Augen unter einer dicken Decke und Samiha packte gerade ihre Sachen wieder ein. Mahmud Ali stand unschlüssig im Flur, unsicher, ob er zu den Frauen ins Zimmer treten sollte oder nicht. Da kam seine Mutter auch schon freudestrahlend hinaus und zeigte ihm seinen Sohn.

»Schau ihn dir an! Ein großes Kind. Kein Wunder, dass die Geburt so schwer war. Aus dem wird was werden, wenn Allah will. Nun muss nur Latifa noch schwanger werden«, fügte sie mit einem Seitenblick auf ihre Schwiegertochter hinzu. »Du hättest doch sicher auch gerne so einen schönen Sohn, oder?«

»Wenn Allah will«, murmelte Latifa und senkte den Blick. Dann ging sie zurück in ihre Kammer, wo sie an Zaids Schulter wieder in Tränen ausbrach.

Die nächsten Tage vergingen in geschäftiger Betriebsamkeit. Faizes Mutter kam und blieb, um ihrer Tochter Gesellschaft zu leisten. Im Diwan wurde das Wochenbett aufgebaut, wohlriechende Pflanzen in Kübeln und Schnüre von Knoblauchzehen wurden zum Schutz vor Dämonen und dem bösen Blick vor dem Bett arrangiert. Man richtete Wasserpfeifen, Spucknäpfe und kleine Tische mit Teegläsern her und bereitete sich auf die Invasion der Frauen vor. Von den Männern wurde erwartet, die Wohnung tagsüber zu meiden, damit die zu Besuch kommenden Frauen sich ungestört fühlen konnten. Zaid beschloss, die Gelegenheit zu nutzen, um in Sana'a neue Verkaufsartikel für das Geschäft zu besorgen. Sein Vater würde solange im Laden die Stellung halten.

Latifa sah es nie gern, wenn Zaid verreiste. Sie fühlte sich dann immer einsam und fürchtete sich davor, nachts alleine in ihrer Kammer zu schlafen. Doch diesmal gab es so viel zu tun, und Zaids Entschluss zu reisen kam so plötzlich, dass sie vorher keine Zeit hatte, darüber nachzudenken. Als er jedoch nach einigen Tagen nicht zurückgekehrt war, begann Latifa sich zu wundern.

»Hast du etwas von Zaid gehört?«, fragte sie ihren Schwiegervater, doch der verneinte und fügte hinzu, dass er auch schon versucht habe, seinen Sohn zu erreichen. Auch Mahmud gab an, nicht zu wissen, wo Zaid stecke, fügte jedoch mit einem anzüglichen Grinsen hinzu, Latifa solle sich nur keine Sorgen machen, er werde sich schon um sie kümmern. Allmählich bekam Latifa es mit der Angst zu tun. Wenn Zaid nun etwas zugestoßen war? Warum meldete er sich nicht? Niemand außer ihr schien sich im Augenblick ernsthaft darüber Gedanken zu machen. Und das Benehmen Mahmuds wurde immer unangenehmer. Da Faize im Wochenbett lag, hatte ihr Mann sich von ihr fernzuhalten, und immer häufiger geschah es, dass Mahmud in der Küche auftauchte, wenn Latifa dort mit Kochen beschäftigt war. Was sollte sie nur tun? Mit ihrer Schwiegermutter reden? Die würde ihr nicht glauben, oder aber ihr die Schuld an Mahmuds Interesse zuschieben. Sie musste einfach auf der Hut sein. Hoffentlich würde Zaid bald wiederkommen.

Schließlich, nach fast einer Woche, wurde das Thema von Zaids Abwesenheit dann doch angesprochen. Der Vater kam zum Mittagessen nach Hause und sah düster aus.

»Stellt euch vor, was Bassim erzählt hat. Er ist heute

aus Sana'a gekommen und hat behauptet, Zaid befände sich dort auf dem Tahrir-Platz bei den Demonstranten! Er habe ihn selbst gesehen und mit ihm gesprochen. Er habe Zaid gefragt, ob er mit ihm zurückfahren wolle, und Zaid habe geantwortet, er bleibe dort, bis der Präsident gestürzt sei.«

»Was?«, rief Latifa. »Was tut er denn dort? Warum kommt er nicht nach Hause?«

»So ein Idiot!«, schimpfte Mahmud Ali. »Das sieht ihm ähnlich. Hat sich also zu den Taugenichtsen gesellt, die dort Fahnen schwenken und nach Freiheit brüllen. Das hätte ich mir ja denken können! Wie viel Geld hast du ihm mitgegeben?«

»Das waren 50 000 Rial, er sollte eine Menge neuer Artikel kaufen«, brummte der Vater.

»Das Geld kannst du wohl vergessen«, erwiderte Mahmud Ali ärgerlich. »Damit kann er sich lange auf dem Tahrir-Platz versorgen. Wenn er nicht noch eine Menge anderer Faulpelze gleich mitfüttert. Das sähe ihm ähnlich.«

Latifa wurde wütend. »Sag so etwas nicht! Zaid ist nicht faul. Bassim hat bestimmt gelogen. Vielleicht ist Zaid etwas passiert!« Sie hatte die Bilder der Demonstranten im Fernsehen gesehen und auch gehört, dass es selbst in ihrer Kleinstadt eine wachsende Gruppe von Leuten gab, die lautstark den Rücktritt des Präsidenten forderten. Doch sie selbst hatte sich bisher nie ernsthaft mit politischen Fragen auseinandergesetzt. Der Präsident war doch schon immer der Landesvater gewesen, sein Bild hing auch hier an der Wand, täglich sah und hörte man ihn im Fernsehen. Der Jemen ohne Ali Abdallah Saleh, das schien unvorstellbar!

Mahmud schnaubte verächtlich. »Sei still, Latifa. Zaid ist nutzlos. Ich werde nach Sana'a fahren und ihn holen, bevor er noch mehr Ärger macht.«

»Mahmud«, mischte sich nun die Mutter ein, die bisher geschwiegen hatte, »rede nicht so abfällig über deinen Bruder, er ist noch jung. Wir wollen keinen Streit in der Familie. Wenn du fährst, um ihn zur Rückkehr zu zwingen, kann das Mord und Totschlag geben! Denk daran, er ist nicht allein, es gibt viele, die so denken wie er.«

»Viel zu viele!«, fuhr Mahmud auf. »Aber das sind alles Leute, die selbst nichts zu verlieren haben! Junge Männer, die auf der Straße herumhängen und sich einbilden, dass alles besser wird, wenn wir einen anderen Präsidenten haben. Aber wer sollte das denn sein? Und was sollte der anders machen?«

»Dass Zaid sich einfach so absetzt und mir mein Geld stiehlt, ist eine Schande!«, warf jetzt der Vater dazwischen. »Überall bricht das Chaos aus. Plötzlich meint jeder, er habe das Recht, den Mund aufzumachen. Und wer am lautesten schreit, meint, er habe am meisten recht! Wo bleibt da der Respekt vor unseren Scheichs, vor den bewährten Traditionen?! Dieses ungebührliche Verhalten kommt alles aus dem Westen! Mit unserem Islam hat das nichts zu tun. Diese Leute sind eine Schande für unser Land! Ihr werdet sehen, diese Demonstranten werden uns alle noch ruinieren. Und Zaid ist dabei! Kann so jemand noch mein Sohn sein?«

Latifa stand entrüstet auf. Sie bebte regelrecht vor Empörung. So durfte niemand über Zaid reden! »Und was ist mit den anderen arabischen Ländern? Ägypten zum Beispiel?«, stieß sie hervor. »Sind die etwa auch alle übergeschnappt? Wenn Zaid wirklich bei diesen Demonstranten ist, so wird er schon seine Gründe dafür haben! Und ein Dieb ist er auf keinen Fall, dein Geld bekommst du zurück, da bin ich sicher!«

»Hört, hört«, giftete Mahmud höhnisch. »Die Kleine verteidigt ihren Liebsten. Ist das nicht süß? Und das, obwohl sie gar nichts von diesem Nichtsnutz hat. Kein Gold, kein Baby und jetzt lässt er dich hier sitzen. Das nenne ich vielleicht Liebe!«

Latifa blieb die Luft weg. Noch nie hatte jemand gewagt, sie öffentlich so zu demütigen. Sicher, ihr Vater hatte sie sehr verletzt, aber er war immerhin ihr Vater. Doch wie konnte Mahmud es wagen, so mit ihr zu reden? Und warum machte keiner den Mund auf, um sie in Schutz zu nehmen? Zitternd und keiner Antwort fähig drehte sie sich um, griff im Gehen nach ihrem Balto und rannte aus der Tür, noch bevor sie den Mantel richtig angezogen hatte.

Mit langen Schritten rannte Latifa die Straße hinunter. Nachdem sie um ein paar Ecken gebogen war, blieb sie atemlos im Schatten eines Wohnhauses stehen. Sie musste sich zusammenreißen, sie durfte hier draußen keine Aufmerksamkeit erregen! Und wo wollte sie überhaupt hin? Alleine zu sein, Zeit zu haben, nachzudenken, das war es, was sie jetzt unbedingt brauchte! Am besten, sie täte einfach so, als ob sie etwas zu erledigen habe, dann würde sie am wenigsten auffallen. Also zum Suq! Latifa war noch nie alleine zum Markt gegangen, und sie zitterte am ganzen Leib, als sie jetzt den Weg zur Innenstadt einschlug. Vor Wut, vor Aufregung, vor Angst, aber auch weil sie zum ersten Mal in ihrem Leben eine eigene Entscheidung getroffen hatte. Eine Entscheidung gegen den Willen ihrer Vormunde. Sie war einfach gegangen. Sie hatte niemanden um Erlaubnis gebeten. Sie hatte den anderen gezeigt, dass sie nicht bereit war, diese Respektlosigkeit zu tolerieren. Mahmud hätte die Liebe zwischen ihr und Zaid nicht lächerlich machen dürfen! Das ging zu weit. Latifa straffte ihre Schultern. Konnte sie nicht stolz darauf sein, sich endlich widersetzt zu haben? Mit ihrem Widerspruch und dem Verlassen des Hauses hatte sie eine Grenze überschritten, die von ihr bisher immer respektiert worden war. Noch nie hatte sie es gewagt aufzumucken, immer hatte sie sich eingeordnet, untergeordnet. Doch war sie nicht eine freie Stammestochter? Eine Jemenitin aus gutem Haus? Man hatte nicht das Recht, sie so herablassend zu behandeln! Kein Mensch hatte das Recht, auf ihre Würde zu spucken! Es wurde Zeit, dass sie Grenzen zog, anstatt sich immer nur in Grenzen verweisen zu lassen! Latifa fühlte, wie die Enge von ihr abfiel und ihr Atem ruhiger wurde. Endlich konnte sie wieder einmal ungestört laufen. Im Dorf war sie ständig mit den Schafen in den Bergen unterwegs gewesen oder hatte mit dem Esel im Wadi Wasser geholt. Wie sehr hatte sie es hier in der Stadt doch vermisst, sich zu bewegen und an der frischen Luft zu sein!

Latifa hing ihren Gedanken nach und achtete nicht auf die Autos und die anderen Menschen auf der Straße, bis sie zum Suq kam und plötzlich die Absperrungen gewahrte. Im hinteren Drittel des großen Exerzierplatzes waren Planen ausgespannt, notdürftige Zelte aufgeschlagen und eine bunte Menge von Männern saß, stand und tanzte dort in verschiedenen Gruppen. Überall sah man Fahnen und Spruchbänder. Die Demonstranten ließen laut die Nationalhymne laufen, es herrschte eine ausgelassene Stimmung. Erstaunt blieb Latifa stehen. Das waren sie also, die Nichtsnutze, die Faulenzer, wie Mahmud Ali sie genannt hatte. Aber es waren durchaus nicht nur junge Männer, Latifa sah auch viele graue Köpfe dazwischen. Und in einem abgetrennten Bereich des Platzes schienen sich sogar Frauen zu versammeln und zu diskutieren! Interessiert beobachtete Latifa, wie jeder, der auf den Platz gehen wollte, sich auf Waffen untersuchen lassen musste. Um den Platz herum standen Soldaten und Polizisten, sie konnte sogar zwei Panzer sehen. Trotzdem war die Atmosphäre auf dem Platz nicht angespannt. Der Gegensatz zwischen der militärischen Umrahmung der Szene und dem bunten Treiben in seinem Zentrum wirkte verwirrend und unwirklich.

Stehen bleiben konnte sie hier nicht. Was nun? In dem Augenblick fiel Latifas Blick auf einen kleinen Telefonladen. Sie könnte versuchen, Zaid anzurufen! Seine Mobilnummer wusste sie auswendig. Zu Hause war das Telefon wegen einer nicht bezahlten Rechnung schon längere Zeit abgestellt, aber hier gab es öffentliche Kabinen! Doch dann wurde Latifa bewusst, dass sie in der Aufregung ohne Handtasche aus dem Haus gestürmt war und sie deshalb gar kein Geld dabeihatte. Sie überlegte kurz und schritt schließlich zögernd auf eine verschleierte Frau zu, die gerade mit zwei Kindern und mehreren Tüten aus einem Bekleidungsgeschäft trat.

»Entschuldige bitte, meine Freundin, hast du vielleicht ein wenig Kleingeld? Ich muss unbedingt meinen Mann anrufen«, bat sie bescheiden.

Die Frau blieb stehen und schaute Latifa forschend an. »Hast du Probleme? Wo kommst du denn her? Warum bist du nicht zu Hause?«

»Nein, nein, es ist alles in Ordnung. Mein Mann ist gerade in Sana'a und ich muss ihm unbedingt etwas mitteilen. Aber ich habe wohl mein Geld vergessen. Es tut mir leid.«

Die Frau schien einen Moment zu schwanken, doch dann stellte sie mit einem leichten Schnaufen ihre Taschen ab und zog eine kleine Geldbörse heraus, die sie um den Hals gebunden unter der Kleidung trug. Schulterzuckend reichte sie Latifa einen zerknitterten Fünfzig-Rial-Schein. »Allah sei mit dir, meine Tochter.«

»Vielen Dank, Allah segne dich, bewahre deine Kinder und erfreue dein Herz«, antwortete Latifa erleichtert, nickte der Frau dankbar zu und betrat den Telefonladen.

Es war das erste Mal, dass sie sich in einer solchen Einrichtung befand, und sie wusste nicht, was sie als Nächstes zu tun hatte. Unschlüssig stellte sie sich an die Theke, hinter der ein junger Mann saß und auf einem winzigen Fernsehbildschirm *Tom-und-Jerry*-Cartoons anschaute.

Schließlich blickte er gelangweilt auf und fragte: »Ja?«

»Ich möchte gerne eine Handynummer in Sana'a anrufen«, sagte Latifa schüchtern.

»Ja, bitte schön. Dann geh doch in eine Kabine und ruf an.«

»Und das Bezahlen?«, fragte Latifa unsicher.

»Hinterher«, erwiderte der Mann, den Blick wieder auf den Fernseher geheftet.

»Ich habe aber nur fünfzig Rial«, wagte Latifa noch zu sagen.

»Dann mach's eben kurz.«

Wenige Minuten später stand Latifa wieder auf der Straße. Zaids Telefon war abgeschaltet, sie hatte ihn nicht erreichen können. Plötzlich fühlte sie sich unendlich einsam und verlassen. Warum tat Zaid ihr das alles an? Hatte Mahmud etwa doch recht? Liebte ihr Mann sie überhaupt? Warum hatte er sich die ganze Woche über nicht gemeldet? Er konnte sich doch denken, dass sie sich Sorgen machte. Und warum hatte er ihr vorher nichts von seinen Plänen gesagt? Vertraute er ihr nicht? War sie für ihn keine ernst zu nehmende Gesprächspartnerin? Latifas Entschlossenheit fiel in sich zusammen. Was sollte sie jetzt tun? Es blieb ihr wohl nichts anderes übrig, als wieder nach Hause zu gehen und die spöttischen Blicke und abfälligen Bemerkungen der Familienmitglieder weiter zu ertragen. Wenn doch nur ihre Mutter hier in der Stadt leben würde! Dann könnte sie jetzt wenigstens zu ihr gehen und bei ihr Rat suchen. Aber so konnte sie nicht einmal mit ihr telefonieren, denn auf dem Dorf gab es keine Anschlüsse und ein Handy besaß die Mutter nicht. Auch Aischa, ihre beste Freundin, war nicht mehr hier. Seit ihrer Hochzeit mit dem Bruder ihres verstorbenen Mannes lebte sie wieder auf dem Dorf. Die Glückliche war sogar schon wieder schwanger! Latifa bemühte sich, die aufsteigenden Tränen zurückzuhalten. Das aufkeimende Gefühl von Würde und Freiheit war ruckzuck wieder verdorrt. Es hatte keinen Zweck. Sie war völlig allein in dieser Welt, und es blieb ihr nichts anderes übrig, als die Zähne zusammenzubeißen und still ihren Platz wieder einzunehmen. Bedrückt machte sich Latifa schleppenden Schrittes auf den Rückweg.

Plötzlich löste sich aus einer Gruppe junger Frauen, die ihr entgegenkam, eine verschleierte Gestalt und sprach sie überrascht an: »Latifa, bist du das?«

Latifa hob erstaunt den Kopf. »Sausan?! Ja, ich bin es! Was machst du denn hier? Ich dachte, du wärst in Sana'a!«

Die beiden Cousinen nahmen sich freudig in die Arme und begrüßten sich überschwänglich.

»Nein, ich war nur ein paarmal dort, als die Reportage über meine Bilder gemacht wurde. Ja, und dann noch zwei Mal, um bei einer Ausstellungseröffnung dabei zu sein. Aber haben wir uns wirklich schon so lange nicht mehr gesehen? Das ist ja furchtbar! Geht es dir gut? Bist du alleine unterwegs?« Sausan blickte sich suchend um.

»Oh Sausan«, unterbrach Latifa ihre Cousine, »ich bin so froh, dich gerade jetzt zu treffen! Können wir irgendwo in Ruhe sprechen? Ich mache mir solche Sorgen um Zaid und ich habe Probleme mit seiner Familie!«

Sausan wurde sofort ernst. »Natürlich, Latifa. Warte, ich sage den anderen, dass sie ohne mich weitergehen sollen.«

Da Sausans Elternhaus sich am entgegengesetzten Ende der Stadt befand, sahen die Cousinen sich nur selten, obwohl Latifa vor ihrer Hochzeit gehofft hatte, nun regen Kontakt mit ihren Verwandten in der Stadt haben zu können. Die beiden Mädchen gingen schweigend die Straße zurück. Als sie den Suq hinter sich gelassen hatten und die Umgebung ruhiger wurde, deutete Sausan auf eine kleine Mauer.

»Komm, lass uns hier eine Pause machen. Da können wir ungestörter reden als zu Hause.«

Latifa nickte.

»Was ist denn passiert? Gibt es Probleme mit Zaid?«, fragte Sausan vorsichtig, als die beiden im Schatten einer dürren Akazie auf dem Mäuerchen saßen.

»Nein – das heißt, ja … Ach, es ist so vieles, ich weiß gar nicht, wo ich anfangen soll«, gestand Latifa und kämpfte wieder mit den Tränen.

Sausan nahm die Hand ihrer Cousine und wartete. Schließlich versuchte sie, es Latifa leichter zu machen, indem sie von ihren eigenen Kämpfen berichtete. »Latifa, habe ich dir eigentlich schon mal erzählt, warum ich mein Studium abbrechen musste?«

»Nein«, erwiderte Latifa und blickte erstaunt auf.

»Mein Bruder Faisal hat damals herausgefunden, dass ich einen Freund am College hatte. Deshalb durfte ich nicht mehr studieren. Du kannst dir nicht vorstellen, wie elend mir damals zumute war. Im ersten Jahr war ich so niedergeschlagen, dass ich fast am Leben verzweifelt wäre.

Ich hatte keine Hoffnung mehr, keine Kraft mehr zum Kämpfen, keinen Mut zum Träumen! Aber es gibt immer einen Weg nach vorne, Latifa. Man darf nur nicht aufgeben! Manchmal kann sich alles ganz unerwartet zum Besseren wenden, glaube mir. Gerade jetzt! Merkst du es denn nicht? Veränderung liegt in der Luft, auch hier bei uns! Wir dürfen uns nicht mehr entmutigen lassen, keiner von uns. Wir müssen etwas wagen! Wir alle, Männer und Frauen!«

Latifa blickte Sausan überrascht an. »Das denkt Zaid wohl auch. Er ist in Sana'a, bei den Demonstranten.«

»Wirklich? Aber das ist doch großartig! Du kannst stolz auf ihn sein, Latifa! Faisal ist auch so oft wie möglich dabei. Er ruft mich fast jeden Tag an und erzählt von ihren Diskussionen auf dem Tahrir-Platz. Auch viele seiner Freunde unterstützen die Reformbewegung. Jamal zum Beispiel, der Fotograf, der die Reportage über mich geschrieben hat, fotografiert täglich die Ereignisse in Sana'a und stellt seine Bilder ins Internet. Gerade eben waren wir bei Malika im Café und haben sie uns angesehen. Du glaubst nicht, was da los ist! So eine Aufbruchsstimmung gab es im Jemen noch nie! Wie gerne wäre ich auch dort! Ich liege Faisal ständig in den Ohren, dass er mich holen soll!« Sausans Augen sprühten vor Begeisterung. »Stell dir doch mal vor, in Sana'a wird jetzt Geschichte geschrieben und dein Mann ist dabei!«

Latifa lächelte unsicher. »Ach, Sausan, ich hätte ihn aber viel lieber hier bei mir!« Und sie erzählte ihrer Cousine von dem Verrat ihres Vaters, von den Gängeleien der Frauen, von ihrer Angst, keine Kinder bekommen zu können, von Mahmuds aufdringlichem Verhalten und der jüngsten Auseinandersetzung wegen Zaids Verschwinden.

Sausan hörte aufmerksam zu. Als Latifa ihren Bericht beendet hatte, fragte sie: »Warum erst jetzt, Latifa? Warum hast du mir nicht früher davon erzählt? Warum hast du deine Sorgen so lange mit dir alleine herumgetragen, hast du denn kein Vertrauen zu mir?«

Latifa drückte Sausan die Hand und lächelte scheu. »Das weiß ich selbst nicht. Ich denke, ich habe mich zu sehr geschämt. Aber ich bin sehr froh, dass ich dich heute getroffen habe und jetzt mit dir reden kann. Dann hat Allah mich vielleicht doch nicht vergessen.« Nachdenklich blickte sie vor sich auf den Boden und zeichnete mit der Spitze ihres Schuhes verschlungene Kreise in den Staub. Schließlich atmete Latifa tief ein und fragte: »Aber was bedeutet das alles nun für mich? Das, was in Sana'a und dem Rest der Welt gerade geschieht. Was soll ich jetzt tun?«

»Ich würde sagen, wir gehen erst mal zu mir nach Hause. Dort versuchen wir weiter, deinen Mann zu erreichen. Oder ich telefoniere mit Faisal oder Jamal. Vielleicht wissen sie ja etwas von Zaid oder sie können etwas herausfinden. Und dann sehen wir weiter, okay? Hauptsache, wir halten zusammen, meine Liebe, und lassen uns nicht mehr einschüchtern. Wir sind doch schließlich Jemenitinnen, stolze Töchter von Stammeskriegern! Wir schaffen das, du wirst schon sehen!«

Latifa lächelte zaghaft. »Ja, das hoffe ich!«

11. Felsenmond

»Ist sie nicht bildschön? Ma sha Allah, was für ein Wunder!« Sausan strich vorsichtig über die zarte Wange des winzigen Babys, welches mit Tüchern zu einem festen Bündel verschnürt schlafend in Hannas Armen lag. »Du bist eine Heldin, Schwesterherz!«

Hanna strahlte. »Al hamdu li-llah, gelobt sei Allah. Sie ist wirklich perfekt!« Hingerissen betrachtete sie das schmale, ovale Gesichtchen mit dem zarten Mund und den kräftigen, mit schwarzem Kajal nachgezogenen Brauen. Auch die Augen des Babys hatte die Hebamme zum Schutz gegen den bösen Blick schwarz geschminkt. »Meine Tochter!«, flüsterte Hanna. »Ich liebe sie jetzt schon mehr als mein Leben!«

Sausan lächelte und drückte Hannas Hand. »Du wirst eine wunderbare Mutter sein, da bin ich sicher.«

»Ich weiß jetzt auch, wie ich sie nennen will: Sie soll

Bilquis heißen, so wie die Königin von Saba!«, fuhr Hanna begeistert fort.

»Ein guter Name«, stimmte Sausan ihr zu. »Möge sie furchtlos, wissbegierig, stark und schön werden wie ihre Namensvetterin!«

»Bei Allah, ich flüchte mich zu Allah vor dem gesteinigten Teufel! Nach Bescheidenheit scheint man in diesem Hause ja nicht gerade zu streben!«, mischte sich die alte Hebamme ein. »Fatima, sag deiner großen Tochter – wie hieß sie noch gleich? –, dass Hanna und ihr Baby jetzt Ruhe brauchen! Sie soll sich aus dem Zimmer scheren und sich lieber in der Küche nützlich machen oder den Diwan richten!«

Sausan lachte fröhlich. »Schon gut, schon gut, Großmütterchen. Ich bin schon draußen. Aber man wird schließlich nicht jeden Tag zum ersten Mal Tante, oder? Tante Sausan, wie hört sich das an? Nicht schlecht, würde ich sagen!« Sie warf Hanna eine Kusshand zu und wandte sich zur Tür. »Ruh dich gut aus, Schwesterchen. Du hast es dir verdient!«

Mithilfe ihrer Nachbarin Sufiye machte Sausan sich nun unverzüglich daran, den Diwan zu schmücken. Hier würden während der nächsten fünfundvierzig Tage die Gäste empfangen werden, die Hanna im Wochenbett besuchten. Für Mutter und Kind hatte man ein Metallbett ausgeliehen, welches am Kopfende des Zimmers längs an die Wand gestellt und mit einem bunten Baldachin zugehängt werden sollte. Dafür mussten die Mädchen zunächst einige Nägel in die Wand schlagen, um Schnüre zu spannen, an denen dann die großen, bunten Tücher aufgehängt werden sollten.

»Hanna weiß noch nichts davon, dass wir doch nicht die alten Stoffbahnen von den Al-Jundis ausgeliehen haben«, sagte Sausan augenzwinkernd zu Sufiye. »Sie wird sich so freuen, wenn sie sieht, dass du extra für ihr Wochenbett neue Tücher bestickt hast!«

Sufiye nickte. »Ja, das hoffe ich. Es war eine Menge Arbeit, hat mir aber auch viel Spaß gemacht. Allerdings müsste Hanna nun eigentlich mindestens noch fünf weitere Kinder bekommen, damit die Mühe sich auch wirklich gelohnt hat!«, sagte sie grinsend.

»Also, dann lass mal sehen«, bat Sausan neugierig.

Sufiye nahm die hellrosa Tücher aus einer großen Plastiktüte und faltete sie behutsam auseinander.

»Ma sha Allah«, staunte Sausan. »Das ist ja unglaublich! Wie lange hast du denn daran gesessen?«

Sufiye lächelte verlegen. »Das willst du lieber nicht wissen. Aber ich habe es gerne gemacht. Und außerdem habe ich mir gedacht, wenn Besucherinnen sich nach dem Baldachin erkundigen, könnt ihr ihnen vielleicht mitteilen, dass ich bereit bin, auch auf Bestellung Wochenbettbaldachine anzufertigen. Möglicherweise kann ich mir damit ein bisschen was verdienen …«

Der Baldachin war oben und unten mit gebauschten Bordüren versehen und die Flächen waren mit bunten paillettenbesetzten Schriftzügen verziert. Auf eine Seite hatte Sufiye in großzügig geschwungenen Buchstaben »Alf Mabruk Hanna – tausend Segenswünsche, Hanna« gestickt, auf einer anderen Seite standen sich zwei wunderbar filigran gestickte Pfauen gegenüber, deren Körper kalligrafisch aus Koransuren zusammengesetzt waren.

Auch Sausans Mutter war begeistert. »Jetzt fehlt nur noch eines!«, sagte sie und verschwand rasch in der Küche. Als sie zurückkam, hatte sie eine Schale voll grüner und roter Chilischoten sowie etliche Knoblauchknollen dabei.

»Oh weh, da tränen mir jetzt schon die Augen«, wehrte Sausan erschrocken ab, doch ihre Mutter ließ sich nicht erweichen.

»Also hör mal! Wir müssen doch tun, was wir können, um die Jinn und den bösen Blick fernzuhalten, oder?«

Sausan nickte ergeben. »Natürlich. Schaden kann es ja nichts. Dann gib mal her.«

Nachdem die Schoten aufgefädelt und in langen Schnüren dekorativ am Bett befestigt worden waren, stellten die Mädchen noch Kübel mit duftenden Kräutern vor das Bett, rückten die Polsterkissen entlang der Wände ein letztes Mal zurecht und verteilten Spucknäpfe im Raum. Dann stellte Sausan winzige Gläser, eine Thermoskanne mit Qishr, aromatischem Tee aus Kaffeeschalen, und eine Glaskaraffe mit frisch püriertem, scharfem Ingwersaft auf ein bereitstehendes niedriges Tischchen.

»Puh, haben wir es jetzt endlich geschafft oder haben wir noch etwas vergessen?«, wandte sie sich fragend an Sufiye und streckte stöhnend ihren schmerzenden Rücken.

Die Angesprochene schüttelte den Kopf. »Nein, ich denke, wir haben alles. Außer natürlich der Wasserpfeife, falls ...«

»Die kommt nicht zum Baby in den Diwan! Wer rauchen will, muss das im Flur tun. Aber gut, dass du mich erinnerst. Dort müssen wir ja auch noch einen Teppich und ein paar Kissen hinlegen! Oh weh, in einer Stunde ist schon das Nachmittagsgebet und danach kommen bestimmt schon die ersten Gäste! Tante zu werden ist anstrengender als erwartet!«

Sufiye lächelte. »Das ist erst der Anfang, Sausan!«

Tatsächlich erschienen die ersten Frauen aus der Nachbarschaft schon kurz nachdem der Gebetsruf verklungen war. Hanna war in den Diwan umgezogen und lag nun mit dem Neugeborenen unter dem Baldachin, wo sie die Glückwünsche der Frauen entgegennahm.

»Deine Tochter strahlt wie eine Braut«, sagte eine alte Nachbarin zu Hannas Mutter. »Möge Allah sie bewahren und ihrer Tochter ein langes Leben schenken!«

»Amin! Ja, Hanna ist wie ausgewechselt, seitdem sie ihr Baby im Arm hält«, bestätigte Fatima. »Hoffen wir nur, dass diese Stimmung eine Weile anhält! Sie kann eine echte Kratzbürste sein, wenn sie unzufrieden ist.«

Hanna lächelte. »Keine Braut kann so glücklich sein wie eine Mutter!«

»Hört, hört!«, erwiderte die alte Nachbarin lachend. »Was du nicht sagst, Kind. Jetzt lass mal ein bisschen Zeit vergehen und dann sprechen wir uns wieder! Am Anfang lieben wir sie immer heiß und innig: unsere Männer, unsere Kinder …«

»Und auch dann, wenn sie uns nichts als Arbeit und Mühe machen, lieben wir sie noch immer!«, seufzte Hannas Mutter und wischte sich über die Augen. »Ach, wenn doch mein lieber Mann noch unter uns wäre. Wie sehr würde er sich dann heute freuen! Allah sei seiner Seele gnädig.«

Sausan hatte sich kurz in ihr Zimmer zurückgezogen und blickte nun ungeduldig immer wieder zum Fenster hinüber. Malika hatte versprochen zu kommen und auch mit Latifa hatte sie telefoniert. Die hatte zwar gerade Aischa zu Besuch, wollte aber mit ihrer Freundin auf jeden Fall auch so bald wie möglich vorbeikommen. Da, bogen sie nicht eben um die Straßenecke? Sausan stand rasch auf, drehte ihr langes Haar geschickt zu einem Knoten und öffnete die Haustür.

»Latifa, Aischa, ahlan wa sahlan – herzlich willkommen! Wie schön, dass ihr kommen konntet!«

Die beiden jungen Frauen traten ein und nahmen ihre Schleier ab.

Nachdem sie sich begrüßt hatten, deutete Sausan lächelnd auf Aischas Bauch. »Bei dir ist es wohl auch bald wieder so weit! Geht es dir gut? Wo hast du denn die beiden Großen gelassen?«

Aischa lachte. »Die beiden Großen? Nun, wenigstens tragen sie beide keine Windel mehr und haben hoffentlich genug Verstand, um nicht vom Dach zu fallen! Aber groß? Das ist noch ein langer Weg, Sausan. Ich habe sie im Dorf bei meinen Schwiegereltern gelassen. Ich bin nur zwei kurze Tage wegen einer Untersuchung hier. Wie schön, dass es so gut passt und ich jetzt sogar Hanna und ihr Baby sehen kann! Wo ist sie denn, die junge Mutter?«

Latifa hatte gerade das Baby auf den Arm genommen, als auch Malika erschien. »Das ist also die Kleine? Ma sha Allah. Allah segne sie! Herzlichen Glückwunsch, Hanna! Möge Allah dir helfen, sie aufzuziehen, und möge er ihr eine rosige Zukunft schenken.«

Malika küsste Hanna und reichte ihr ein aufwendig verpacktes Geschenk. »Und wie geht es jetzt weiter? Wirst du mit dem Kind hier bei deiner Mutter bleiben können?«

»Danke, Malika, vielen Dank! Ehrlich gesagt weiß ich noch nicht, wo wir leben werden. Mein Mann hat in letzter

Zeit am Telefon öfter davon gesprochen, mich nach Saudi-Arabien zu holen. Auch da die Situation hier so instabil ist. In sechs Wochen, am Ende des Wochenbettes, wird er kommen, um seine Tochter und mich zu sehen. Dann sehen wir weiter.« Hanna zuckte mit den Schultern. »Ich weiß selbst nicht, was mir lieber wäre. Hauptsache, ich habe meine Kleine bei mir. Aber im Augenblick bin ich mir gar nicht sicher, ob ich meine Tochter überhaupt noch mal zurückbekomme! Latifa sieht so aus, als ob sie Bilquis gar nicht mehr hergeben will …«

»Da könntest du recht haben«, sagte Latifa leise und drückte dem Baby einen zarten Kuss auf die Stirn, bevor sie es mit einem bedauernden Lächeln der Mutter zurückgab. »Ich hoffe, auch für mich wird die Zeit kommen.«

»Stell dir vor, Sausan«, warf Malika ein, um Latifa abzulenken, »kurz nachdem du mich angerufen hast, kam eine Nachbarin zu uns und hat uns auch von Hannas Niederkunft berichtet. Die Nachricht hat sich in Windeseile verbreitet!«

»Ja, gute Nachrichten sprechen sich bei uns im Ort eben fast so schnell herum wie schlechte«, erwiderte Sausan grinsend. »Aber setzt euch doch und lasst mich Tee ausschenken!« Die jungen Frauen ließen sich auf den Matratzen nieder, während Hanna versuchte, ihr Baby, das zu schreien begonnen hatte, an die Brust zu legen.

»Weil von schlechten Nachrichten gesprochen wurde«,

nahm Latifa den Faden auf und wandte sich an Malika, »Sausan hat mir kürzlich erzählt, dass du dein Internetcafé geschlossen hast! Stimmt das wirklich? Das finde ich sehr schade, denn ich hatte gehofft, irgendwann auch einen Computerkurs bei dir machen zu können! Obwohl ich natürlich erst mal meine Alphabetisierungsklasse abschließen muss …«

Malika nickte ernst. »Ja, so ist es. Es hat mir selbst auch sehr leidgetan, aber da war wirklich nichts mehr zu machen. Als Erstes hätte ich mir sonst wegen der ständigen Stromausfälle einen Generator kaufen müssen, damit die Computer überhaupt noch betrieben werden können! Aber das lohnt sich einfach nicht, denn es trauen sich ja kaum noch Frauen oder Mädchen in den Suq, seitdem es dort zu bewaffneten Auseinandersetzungen gekommen ist. Ich habe also keine Kurse mehr zusammenbekommen. Außerdem ist die Amerikanerin, die dieses Projekt betreut hat, auf unbestimmte Zeit ausgereist. Deshalb haben wir das Ganze erst mal auf Eis gelegt.« Malika hob bedauernd die Hände. Von den Drohbriefen, die sie erhalten hatte, und ihrer eigenen Angst davor, im Suq überfallen zu werden, wollte sie lieber nichts sagen. Zumindest nicht heute.

Sausan horchte auf. »Sally ist abgereist? Schade, ich habe mich gar nicht von ihr verabschiedet! Na ja, vielleicht ist das besser so. Die Stimmung ist plötzlich so gekippt, sogar bei uns in der Stadt! Und nun werden überall derartig viele Aggressionen frei, dass man nicht weiß, was noch alles passieren kann. Überall sieht man bewaffnete Männer …«

Die jungen Frauen schwiegen. Sausan dachte an die aufwühlenden Berichte und Bilder, die Faisal und Jamal ihr regelmäßig aus Sana'a zukommen ließen, Latifa war froh, dass ihr Mann schon recht bald ernüchtert von den Demonstrationen nach Hause gekommen war und wieder bei seinem Vater im Laden arbeitete, und Malika sah gedankenverloren aus dem Fenster. Plötzlich begann um ihren Mund ein kleines Lächeln zu spielen.

»Na, an was denkst du denn nun?«, wollte Sausan wissen, als sie den verträumten Ausdruck auf Malikas Gesicht sah.

»Könnt ihr ein Geheimnis für euch behalten?«, fragte Malika zurück.

Sofort lehnten Latifa, Sausan und Aischa sich näher an sie heran, begierig, mehr zu erfahren.

»Aber sicher!«, versprach Sausan mit blitzenden Augen, und Latifa nickte bestätigend.

»Auf jeden Fall!«

»Hey, sprecht lauter! Ich will auch hören, um was es geht«, meldete sich Hanna zu Wort und streckte ihren Kopf unter dem Baldachin hervor.

Malika lachte. »Na klar. Aber so aufregend ist es für euch wahrscheinlich gar nicht. Ich freue mich, weil mein Vater endlich zugestimmt hat, mich in zwei Wochen mit Sack und Pack nach Sana'a zu bringen.«

»Nach Sana'a? Was willst du denn da?«, fragte Aischa verwundert. »Dort ist es doch sicher noch gefährlicher als hier. Wenn man sich irgendwie aus diesem ganzen Chaos heraushalten will, dann muss man zu uns aufs Dorf kommen. Da verändert sich so schnell nichts.«

Malika lachte. »Da hast du sicher recht, Aischa. Aber ich will nach Sana'a, weil die Chefredakteurin meiner Zeitung mich eingeladen hat, ganz bei ihr mit einzusteigen! Sie will mich richtig einstellen und hat mir sogar angeboten, solange ich will, bei ihrer Mutter zu wohnen. Ist das nicht großartig?«

»Das ist ja unglaublich!« Sausan blickte ihre Freundin überrascht an. »Ich freue mich sehr für dich! Auch wenn du mir furchtbar fehlen wirst, Malika. Meine kleine Schulfreundin wird Zeitungsreporterin in der Hauptstadt!« Sie nahm Malika stürmisch in den Arm. »Wie spannend! Das muss ich unbedingt gleich Jamal erzählen!«

»Halt!«, rief Malika in gespielter Empörung und hielt Sausan am Ärmel fest. »Ein Geheimnis, habe ich gesagt!«

»Und weshalb ist das ein Geheimnis?«, wollte Latifa wissen, die mit etwas Spektakulärerem gerechnet hatte.

Malika hob warnend die Augenbrauen. »Meine Brüder dürfen auf keinen Fall davon erfahren, bevor ich in Sana'a bin! Die beiden lassen sich sonst etwas einfallen, um meine Pläne zu durchkreuzen, da bin ich sicher. Alles, was ich tue, versuchen sie zu sabotieren!« Sie seufzte. »Wenn ich diese zwei nicht mehr im Nacken habe, wird es mir so viel besser gehen ... Also bitte: Stillschweigen bewahren, meine Damen.«

Sausan kicherte. »Nun frage ich mich nur, ob der verträumte Ausdruck auf deinem Gesicht vorhin wirklich von dem Gedanken an die Zeitung kam oder nicht vielleicht eher von dem Gedanken an einen gewissen Zeitungsreporter namens Fatih?«

»Aha! Jetzt wird es interessant!«, feixte Latifa und boxte Malika spielerisch in die Seite. »Wenn du mir auch noch verrätst, was es mit diesem geheimnisvollen Fatih auf sich hat, erzähle ich euch Mädels vielleicht sogar, was mein Mann in letzter Zeit so alles versucht, damit wir ein Baby bekommen!« Sie zwinkerte Sausan zu. »Seitdem der Doktor ihm gesagt hat, dass medizinisch gesehen bei uns alles in Ordnung ist, hat sich mein Zaid nämlich ausgerechnet, dass wir es einfach nur öfter probieren müssen!«

Mit langen Schritten sprang Sausan die Stufen zum Dach hoch. Sie musste jetzt unbedingt mit ihren Gedanken alleine sein! Die Sonne war längst untergegangen und nur einige vergessene Wäschestücke flatterten hier oben noch einsam im Abendwind. Sausan lehnte sich an den rauen Pressbeton der Dachbrüstung und atmete tief durch. Aus dem Nachbarhaus wehte der Geruch frisch gebackenen Brotes herüber und aus dem Dunkel des Tales drang fernes

Hundegebell empor. Was für ein Tag! Erst die Geburt der zauberhaften kleinen Bilquis, anschließend das fröhliche Zusammensein mit ihren Freundinnen und die Neuigkeiten von Malikas bevorstehendem Umzug und jetzt eben Faisals Anruf! Schon morgen wollte er kommen … und er würde Jamal mitbringen!

Sausans Herz begann, schneller zu schlagen. Jamal! Faisal hatte zwar nichts verraten, aber in seiner Stimme hatten alle Verheißungen der Welt gelegen. Und es konnte eigentlich nur einen einzigen Grund für Jamals Besuch geben. Würde er sie morgen fragen? Sausan konnte vor ihrem inneren Auge Jamals Gesicht sehen. Sie hätte dieses Gesicht auf der Stelle auf ein Stück Papier bannen können, so wie sie es heimlich schon oft getan hatte. Zwar hatte Sausan den jungen Fotografen aufgrund der Unruhen im Land nun schon einige Monate nicht mehr gesehen, doch die Erinnerung an seine forschenden Augen und sein schallendes Lachen konnte sie zu jeder Tages- und Nachtzeit abrufen.

Jamal. Seit ihrer ersten flüchtigen Begegnung während der Café-Eröffnung in Sana'a hatte sie ihn nicht mehr vergessen können und kurz danach hatte er sie tatsächlich kontaktiert und eine sehr erfolgreiche Fotoreportage über ihre Kunst geschrieben. Dabei hatte Sausan ihn näher kennengelernt und ihr erster Eindruck hatte sich bestätigt: Jamal war ein Mann, der die Welt mit offenen Augen betrachtete und keine Angst vor unerlaubten Fragen hatte.

Und jetzt? Sausan merkte, wie dasselbe verträumte Lächeln, das sie vorhin bei Malika beobachtet hatte, nun auch von ihrem Gesicht Besitz ergriff. Morgen!

Gegenüber begann der pechschwarze Nachthimmel am Horizont schwach schwefelgelb zu glühen. Gebannt beobachtete Sausan, wie die tiefgelbe Scheibe des vollen Mondes sich zitternd hinter den scharf geschnittenen Gipfeln des Bergmassivs hervorschob. Fasziniert sog sie die Luft ein. Wie unfassbar groß und nah der Mond heute war! Und wie großzügig er sein silbernes Licht auf die Felsen goss und sie zum Leuchten brachte!

Sausan schloss für einen Augenblick dankbar die Augen. Szenen der vergangenen drei Jahre schossen ihr durch den Kopf. Sie sah sich mit Malika im College. Wie sehr hatten sie sich beide seitdem verändert, und wie stark war ihre Freundschaft geworden, obwohl sie nicht mehr täglich gemeinsam denselben Weg gingen. Und jetzt wollte Malika in Sana'a ihr Glück versuchen. Was für eine mutige Frau! Sausan dachte an die zarte Latifa mit ihrem großen Wunsch, Kinder zu bekommen, und schickte ein Gebet für sie zum Himmel. Dass es Aischa gut ging, hatte Sausan schon bei ihrem letzten Besuch im Dorf vor ein paar Monaten feststellen können. Und Hanna? Die war robust, sie würde sich nicht unterkriegen lassen und für sich und ihre Tochter jeweils das Bestmögliche erkämpfen, davon war Sausan überzeugt.

Der Mond hatte sich inzwischen von den Felsen gelöst. Groß und verheißungsvoll schwebte er am nächtlichen Himmel und schien voller Güte und Milde auf Sausan herunterzublicken.

Sie öffnete die Augen, hob ihren Blick zum Mond und flüsterte dankbar in die Stille hinein: »Morgen …«

Die Ballade vom Jemen

Ein Land wie Staub und Dornen,
ein Land wie Sturzflut und Meer,
ein Land wie Berge und Felsen,
ein Land wie sonst nirgends mehr.

Ein Land, die Straßen voll Kinder,
bunte Kleider, zerrissene Schuh,
grüßen fröhlich oder werfen mit Steinen,
aber lassen dich nie in Ruh.

Ein Land voll Leben und Treiben,
von morgens bis spät in die Nacht,
hier wird gefeilscht und gestritten,
hier wird geweint und gelacht.

Ein Land der Äcker und Felder,
Terrassen an steilem Hang,
Häuserburgen auf Felsenspitzen,
zu entdecken ein Leben lang.

Ein Land für Männer geschaffen,
Dolch im Gürtel auf weißem Gewand,
Landcruiser auf steinigen Pisten,
Kamele im Wüstensand.

Ein Land der Gegensätze,
schwarzer Balto auf glitzerndem Tuch,
grelle Schminke unter dem Schleier,
heute Segen und morgen schon Fluch.

Ein Land zum Verzweifeln und Hassen,
Unterdrückung und Korruption,
Qatbacken voll grünem Speichel,
wie der Vater, so auch schon der Sohn.

Ein Land zum Hoffen und Lieben,
jeder Fremde ist hier ein Gast,
einmal gesehen vergisst du es nie mehr,
weil dich sein Zauber erfasst.

Oh Land zwischen gestern und morgen,
wo führt dein Weg dich hin?
Für deine Zukunft will ich beten,
du gehst mir nicht aus dem Sinn.

Leider haben sich auch im Jemen die großen Hoffnungen des »Arabischen Frühlings« nicht erfüllt. Während radikale Kräfte und ausländische Mächte mit allen Mitteln der Gewalt um Einfluss kämpfen, sterben täglich Zivilisten durch die Folgen des Krieges: Bombenangriffe, eine zerstörte Infrastruktur, Lebensmittel- und Wasserknappheit. Die Prognosen sind düster, also bitte ich Sie: Lassen Sie uns dieses einzigartige Land nicht aufgeben!
Strecken Sie Ihre Hand aus und unterstützen Sie die humanitären Hilfsbemühungen durch eine Spende für das Kinderhilfswerk Unicef. http://www.unicef.de/informieren/projekte/-/jemen-krieg/75274

Vielen Dank! Ihre Jasmin Adam

Fabio Geda

Im Meer schwimmen Krokodile

192 Seiten, ISBN 978-3-570-40201-6

Als Enaiat eines Morgens erwacht, ist er allein. Er hat nichts als seine Erinnerungen und die drei Versprechen, die er seiner Mutter gegeben hat. Er durchwandert die Länder des Ostens bis nach Europa, reist auf Lastwagen, arbeitet, schlägt sich durch, lernt das Leben von seiner grausamen Seite kennen. Und trotzdem entdeckt er, was Glück ist …

Fabio Geda erzählt die wahre Geschichte von Enaiatollah Akbari in einem zu Herzen gehenden Buch: Eine Geschichte, die uns den Glauben an das Gute zurückgibt.

40278

cbj

www.cbj-verlag.de